Goldmann Science Fiction

LLOYD BIGGLE

Der Tag ist nicht mehr fern

A GALAXY OF STRANGERS

Science Fiction Stories

Deutsche Erstveröffentlichung

Wilhelm Goldmann Verlag

Aus dem Amerikanischen übertragen von
Jürgen Saupe

Made in Germany · 5/79 · 1. Auflage · 1110

Umschlagentwurf: Creativ Shop, A. + A. Bachmann, München
Umschlagillustration: Jürgen F. Rogner, München
Gesamtherstellung: Mohndruck Reinhard Mohn GmbH, Gütersloh
Verlagsnummer 23303
Lektorat: Helmut Putz/Melanie Berens
Herstellung: Lothar Hofmann
ISBN 3-442-23303-8

Inhalt

Lernen nach alter Art 7
AND MADLY TEACH

Das zweischneidige Seil 38
THE DOUBLE-EDGED ROPE

Auge um Auge 47
EYE FOR AN EYE

Erste Liebe 70
FIRST LOVE

Wer ist Spitzenreiter? 86
WHO'S ON FIRST?

Hin und zurück nach Seidarap 106
ROUND TRIP TO SEIDARAP

Die Bretter, die die Welt bedeuten 122
NO BIZ LIKE SHOW BIZ

Was Gott tut, das ist wohlgetan 137
WHAT HATH GOD WROUGHT!

Lernen nach alter Art

Miss Mildred Boltz klatschte in die Hände und rief: »Was für eine hübsche Schule!«

Sie schimmerte wunderbar in der hellen Morgensonne, eine feine, zarte blauweiße Farboase, die wie ein Edelstein inmitten der schwer zu beschreibenden Türme und Kuppeln und Spitzen des weit hingestreckten großstädtischen Komplexes lag.

Sie änderte jedoch ihre Meinung noch im Sprechen. Das Gebäude war kastenförmig auf Nützlichkeit angelegt und häßlich. Nur seine Farbe machte es schön.

Der Fahrer des Lufttaxis hatte vor sich hingemurmelt, weil er auf die falsche Spur geraten war und seine Kehre verpaßt hatte. Er blickte sie rasch an. »Wie bitte?«

»Die Schule«, sagte Miss Boltz. »Sie hat eine hübsche Farbe.«

Sie schlängelten sich durch eine kreuzungsfreie Anlage, beschrieben einen Kreis und steuerten die richtige Spur an. Dann wandte sich der Fahrer wieder ihr zu. »Ich hab' von Schulen gehört. Im Westen hatten sie mal welche. Aber das hier ist keine Schule.«

Miss Boltz blickte ihm verwirrt in die ernsten Augen und hoffte nur, nicht zu erröten. Für eine Frau ihres Alters gehörte es sich nicht, rot zu werden. Sie sagte: »Ich habe Sie bestimmt falsch verstanden. Ich dachte, das hier ist –«

»Ja. Das ist die Adresse, die Sie mir gegeben haben.«

»Dann ist es freilich eine Schule. Ich bin Lehrerin. Ich werde hier unterrichten.«

Er schüttelte den Kopf. »Nein. Wir haben gar keine Schulen.«

Der Abstieg geschah so beunruhigend plötzlich, daß Miss Boltz ihren Widerspruch verschlucken und sich an ihrem Sicherheitsgurt festhalten mußte. Dann befanden sie sich auf dem Bodenparkplatz, und er öffnete die Tür. Sie stieg mit der Würde aus, die man von einer älteren Lehrerin erwartete, bezahlte den Fahrpreis und wandte sich dem Gebäude zu. Sie hätte gern seine merkwürdige Ansicht über Schulen erforscht, wollte aber nicht zu spät zu der Verabredung kommen. Überhaupt, so eine Idee! Wenn das keine Schule war, was war es dann?

In dem Labyrinth von Gängen mit Buchstaben und Doppelbuchstaben war jede Richtung, die sie einschlug, anscheinend die falsche. Als sie schließlich ihr Ziel erreichte, atmete sie heftig und kämpfte mit einem sanften Anfall panischer Angst. Eine Empfangsdame ließ sich ihren Namen sagen und erklärte streng: »Mr. Wilbings erwartet Sie. Gehen Sie gleich hinein.«

An der Bürotür prangte ein Schild: ROGER A. WILBINGS. STELLVERTRETENDER OBERSCHULRAT (OBERSTUFE). SCHULDISTRIKT DER NORDÖSTLICHEN VEREINIGTEN STAATEN. PRIVAT. Miss Boltz zögerte, und die Empfangsdame sagte noch einmal: »Gehen Sie gleich hinein.«

»Danke«, sagte Miss Boltz. Mit ungeschickten Fingern machte sie sich an der Tür zu schaffen und öffnete sie.

Der Herr, der in der Mitte des Raumes hinter dem Schreibtisch saß, hatte anscheinend ein grimmig leeres Gesicht für sie aufgesetzt. Sie trat zaghaft näher, und der Ausdruck löste sich in das Oval einer Glatze auf, die von einem Haarkranz umgeben war. Miss Boltz blinzelte und wünschte, sie hätte ihre Kontaktlinsen eingesetzt. Mr. Wilbings Aufmerksamkeit war auf die Papiere gerichtet, die sich auf seiner Schreibtischplatte türmten, und er zeigte auf einen Stuhl für sie, ohne sich die Mühe zu machen, aufzublikken. Sie ging wie eine Seiltänzerin auf den Schreibtisch zu und setzte sich.

»Einen Augenblick, bitte«, sagte er.

Sie gab sich den Befehl, sich zu entspannen. Sie war keine neugebackene Collegeabsolventin, die verzweifelt die erste Anstellung suchte. Sie hatte einen Vertrag und war seit fünfundzwanzig Jahren angestellt. Sie war nur gekommen, um sich einen neuen Posten anweisen zu lassen.

Ihre Nerven mißachteten den Befehl.

Mr. Wilbings sammelte seine Papiere ein, klopfte sie zurecht und legte sie in einen Aktendeckel zurück. »Miss – ah – Boltz«, sagte er. Seine seltsam gekünstelte Art faszinierte sie. Er trug eine Brille, ein Gerät, das sie seit Jahren nicht mehr gesehen hatte, und auf seiner Oberlippe hatte er einen kleinen Fleck kurz geschnittener Haare; so etwas hatte sie außer in Filmen und Theateraufführungen noch nie gesehen. Er stieß den Kopf nach vorn und neigte ihn zurück und visierte sie unangenehm über den langen Bogen seiner Nase hinweg an.

Er nickte plötzlich und wandte sich wieder dem Schreibtisch zu. »Ich habe Ihre Akten durchgesehen, Miss – ah – Boltz.« Er stieß den Aktendeckel ungeduldig beiseite. »Ich schlage vor, Sie nehmen Ihren Abschied. Meine Sekretärin wird Ihnen die nötigen Papiere zum Ausfüllen geben. Guten Morgen.«

Die Plötzlichkeit des Angriffs riß sie aus ihrer Nervosität. Sie sagte ruhig: »Ich schätze Ihre Anteilnahme, Mr. Wilbings, aber ich habe nicht die Absicht, den Abschied zu nehmen. Jetzt zu meiner neuen Stelle.«

»Meine liebe Miss Boltz!« Er hatte beschlossen, nett zu ihr zu sein. Sein Ausdruck änderte sich merklich und blieb zwischen einem Lächeln und einem höhnischen Grinsen stehen. »Es geht mir um Ihr eigenes Wohlergehen. Ich verstehe, daß Ihr Ausscheiden vielleicht finanzielle Opfer zeitigt, und unter den Umständen könnten wir, denke ich, eine angemessene Regelung über Ihre Pension erreichen. Das würde Ihnen Sicherheit und die Freiheit geben, zu tun und zu lassen, was Sie wollen, und ich kann Ihnen versichern, daß Sie sich nicht –« Er schwieg und klopfte mit einem Finger auf die Schreibtischplatte. »– *nicht* für den Lehrberuf eignen. Diese Vorstellung mag für Sie vielleicht schmerzhaft sein, aber das ist die nackte Wahrheit, und je eher Sie das begreifen –«

Einen Augenblick der Hilflosigkeit lang konnte sie ihr Lachen nicht zurückhalten. Er brach verärgert ab und starrte sie an.

»Es tut mir leid«, sagte sie und fuhr sich leicht über die Augen. »Ich bin fünfundzwanzig Jahre Lehrerin gewesen. Eine gute Lehrerin, wie Sie wissen, wenn Sie meine Leistungsberichte durchgesehen haben. Das Unterrichten ist mein ganzes Leben, und ich habe es gern, und es kommt ein bißchen spät, mir zu sagen, ich eigne mich nicht dafür.«

»Lehren ist ein Beruf für junge Menschen, und Sie sind beinahe fünfzig. Und dann – müssen wir an Ihre Gesundheit denken.«

»Die ganz ausgezeichnet ist«, sagte sie. »Natürlich hatte ich Lungenkrebs. Der ist auf dem Mars normal. Wissen Sie, er wird durch den Staub hervorgerufen und kann leicht geheilt werden.«

»Sie hatten ihn viermal, Ihren Berichten nach.«

»Ich hatte ihn viermal und wurde viermal geheilt. Ich bin nur zur Erde zurückgekehrt, weil die Ärzte meinten, ich sei ungewöhnlich anfällig für den marsischen Krebs.«

»Lehren auf dem Mars –« Er machte eine geringschätzige Handbewegung. »Sie haben nirgendwo anders unterrichtet, und in der Zeit, in der Sie ausgebildet wurden, spezialisierte sich Ihr College auf die Ausbildung von Lehrkräften für den Mars. Im Erziehungswesen hat sich eine Revolution ereignet, Miss Boltz, und Sie sind von ihr gar nicht berührt worden.« Er klopfte wieder streng auf den Schreibtisch. »Sie sind nicht für den Unterricht geeignet. Gewiß nicht in diesem Distrikt.«

Sie sagte eigensinnig: »Werden Sie meinen Vertrag erfüllen, oder muß ich gerichtliche Schritte unternehmen?«

Er zuckte die Achseln und nahm ihren Akt zur Hand. »Englisch, Schreiben und Lesen. Zehnte Klasse. Ich nehme an, Sie glauben, Sie können damit fertig werden.«

»Ich kann damit fertig werden.«

»Ihre Klasse trifft sich von Viertel nach zehn bis Viertel nach elf, montags bis freitags.«

»Ich interessiere mich nur für ganztägige Arbeit«, sagte sie.

»Das ist eine ganztägige Stelle.«

»Fünf Stunden in der Woche?«

»Der Posten verlangt vierzig Stunden Vorbereitung auf die Klasse. Vermutlich werden Sie weit mehr brauchen.«

»Ich verstehe«, sagte sie. Sie war sich noch nie so verwirrt vorgekommen.

»Der Unterricht beginnt am nächsten Montag. Ich teile Sie einem Studio zu und setze sofort eine technische Besprechung für Sie an.«

»Einem – *Studio?«*

»Studio.« Seine Stimme hatte etwas von gehässiger Genugtuung an sich. »Sie werden ungefähr vierzigtausend Schüler haben.«

Er entnahm einer Schublade zwei Bücher, eines davon war ein gewichtiger Band mit dem Titel *Techniken und Verfahren des Fernsehunterrichts*, und das andere, vom Automaten geschrieben und mit einer Kunststoffspirale zusammengehalten, ein Leitfaden für den Englischkurs der zehnten Klasse, Schuldistrikt der Nordöstlichen Vereinigten Staaten. »Das müßte alles an Informationen enthalten, was Sie benötigen«, sagte er.

Miss Boltz erwiderte stockend: »Fernsehunterricht? Dann – nehmen meine Schüler über das Fernsehen an der Klasse teil?«

»Gewiß.«

»Dann werde ich sie nie sehen.«

»Die werden Sie sehen, Miss Boltz. Das genügt völlig.«

»Ich nehme an, die Prüfungen werden maschinell benotet, aber was ist mit Klassenarbeiten? Um eine einzige durchzugehen, würde ein ganzes Semester nicht ausreichen.«

Er blickte sie mit gerunzelter Stirne an. »Es gibt keine Klassenarbeiten. Es gibt auch keine Prüfungen. Ich nehme an, das Erziehungswesen auf dem Mars setzt noch immer Prüfungen und Arbeiten ein, um die Schüler zum Lernen zu zwingen, aber wir haben diese dunklen Zeitalter der Erziehung hinter uns gelassen. Wenn Sie etwa die Vorstellung haben, Ihren Schülern den Stoff mit Hilfe von Prüfungen, Arbeiten und so weiter einzuhämmern, so schlagen Sie sich das aus dem Kopf. Solche Dinge sind typisch für schlechten Unterricht, und wir würden das nicht zulassen, selbst wenn es möglich wäre, was es nicht ist.«

»Wenn es keine Prüfungen oder Arbeiten gibt und ich meine Schüler nie sehe, wie kann ich dann den Erfolg meines Unterrichts abschätzen?«

»Dafür haben wir unsere eigenen Methoden. Alle zwei Wochen erhalten Sie eine Trendex-Beurteilung. Ist noch etwas?«

»Nur noch eins.« Sie lächelte schwach. »Würde es Ihnen etwas ausmachen, mir zu sagen, warum Sie sich so offensichtlich über meine Anwesenheit hier ärgern?«

»Das macht mir nichts aus«, sagte er gleichgültig. »Sie haben einen altmodischen Vertrag, den wir erfüllen müssen, aber wir wissen, daß Sie das Semester nicht durchhalten werden. Wenn Sie gehen, haben wir die Schwierigkeit, mitten im Jahr Ersatz für Sie auftreiben zu müssen, und vierzigtausend Studenten werden einige Wochen schlechtem Unterricht ausgesetzt gewesen sein. Sie werden uns unseren Standpunkt kaum vorwerfen können, daß es besser für Sie wäre, jetzt den Abschied zu nehmen. Wenn Sie es sich bis Montag anders überlegen, verbürge ich mich, daß Sie die volle Pension erhalten werden. Wenn nicht, dann merken Sie sich folgendes: Die Gerichte haben uns das Recht bestätigt, einen Lehrer wegen Unfähigkeit zu pensionieren, ganz gleich, wieviel Dienstjahre er hat.«

Die Sekretärin von Mr. Wilbings gab ihr eine Zimmernummer an. »Das ist Ihr Büro«, sagte sie. »Warten Sie dort. Ich werde jemanden hinschicken.«

Es war ein kleines Zimmer mit einem Schreibtisch, Bücherregalen, einem Aktenschrank, einem Schränkchen für Mikrofilme und einem Lesegerät. Ein schmales Fenster ging auf lange Reihen schmaler Fenster hinaus. Gegenüber dem Schreibtisch befand sich ein Bildschirm von einem Meter Durchmesser. Es war das erste Büro, das Miss Boltz je gehabt hatte, und sie saß an ihrem Schreibtisch vor der finsteren braunen Wand und kam sich einsam und gering und nicht wenig verängstigt vor.

Das Telefon läutete. Nach wilder Suche entdeckte sie es in einem vertieften Fach der Schreibtischplatte, aber da hatte es schon aufgehört zu läuten. Sie untersuchte den Schreibtisch weiter und fand ein weiteres vertieftes Fach, in dem die Schalter für den Bildschirm verborgen waren. Es gab vier Wählscheiben, jede mit den Zahlen von Null bis Neun. Mit einem Minimum an Rechnen kam sie darauf, daß 9999 Kanäle möglich waren. Sie probierte verschiedene Zahlen aus und erhielt einen leeren Schirm, vom Kanal 0001 abgesehen, der eine gedruckte Ankündigung zeigte: MONTAG, 9. SEPTEMBER, KLASSENBEGINN. ANMELDUNG FINDET JETZT STATT. ANMELDUNG NÖTIG FÜR PUNKTE FÜR DEN ABSCHLUSS.

An ihrer Tür klopfte es. Es war ein freundlich blickender, ergrauter Mann von etwas über Fünfzig, der sich als Jim Pargrin, Cheftechniker, vorstellte. Er setzte sich auf den Schreibtischrand und grinste auf sie herab. »Ich hatte Angst, Sie hätten sich verlaufen. Ich rief an, aber niemand antwortete.«

»Als ich das Telefon gefunden hatte, hatten Sie schon wieder aufgelegt«, antwortete Miss Boltz.

Er lachte leise und sagte dann ernst: »Sie sind also die vom Mars. Wissen Sie, auf was Sie sich einlassen?«

»Hat man Sie hergeschickt, um mir Angst zu machen?«

»Ich mache nur den neuen Technikern Angst. Ich dachte mir nur – aber das tut nichts zur Sache. Kommen Sie mit in Ihr Studio, und ich erkläre Ihnen die Lage.«

Sie gingen um eine Ecke und ließen die Reihen der Büros rasch hinter sich. Die Zimmer, an denen sie jetzt vorüberkamen, hatten riesige Glasfenster, die auf den Flur hinausgingen. Miss Boltz mußte an das Aquarium auf dem Mars denken, in das sie manchmal ihre Schüler führte, um ihnen das fremdartige Meeresleben der Erde zu zeigen.

Pargrin schloß eine Tür auf und gab ihr den Schlüssel. »Sechs-vier-drei-neun. Ein langer Weg von Ihrem Büro, aber es ist wenigstens im gleichen Stock.«

Ein scheußlicher schwarzer Schreibtisch mit kurzen, dicken Metallbeinen duckte sich vor einer schmalen Wandtafel. Die Kamera starrte von der gegenüberliegenden Wand auf sie nieder, und neben ihr war ein Monitor. Pargrin schloß einen Schaltkasten auf, berührte einen Schalter, und das Licht blendete sie mit einem Schlag.

»Da Sie Englischlehrerin sind, meint man, Sie bräuchten keine Spezialausrüstung«, sagte er. »Sehen Sie die Knöpfe auf dem Schreibtisch? Nummer eins gibt Ihnen eine Aufnahme des

Schreibtisches, der Wandtafel und etwa des Bereichs, der innerhalb dieser Linien am Boden liegt. Nummer zwei ist eine Nahaufnahme des Schreibtisches. Nummer drei ist die Nahaufnahme der Tafel. Wollen Sie es probieren?«

»Ich verstehe nicht.«

Er berührte einen anderen Schalter. »Da.«

Der Monitor flackerte auf. Miss Boltz blickte hin, sah die plumpe Frau in den mittleren Jahren an, die zurückstarrte, und dachte, sie sähe grausam alt aus. Das Kleid, das sie am Tag zuvor mit soviel Sorgfalt und für zuviel Geld erstanden hatte, war ein Sammelsurium abstoßender Farben. Ihr Gesicht war erschreckend bleich. Sie sagte sich traurig, daß sie auf ihrer Rückreise vom Mars wirklich mehr Zeit auf dem Sonnendeck hätte verbringen sollen.

»Versuchen Sie es mit Nummer zwei«, schlug Pargrin vor.

Sie setzte sich hinter den Schreibtisch und drückte den Knopf Nummer zwei. Die Kamera zuckte, und Miss Boltz betrachtete die Nahaufnahme von sich, und es schauderte sie. Nummer drei, sie an der Tafel, war ebenso schlecht.

Pargrin schaltete die Kamera aus und verschloß den Schaltkasten. »Hier neben der Tür melden Sie sich«, sagte er. »Wenn Sie diesen Knopf bis viertel nach zehn nicht gedrückt haben, fällt Ihre Klasse automatisch aus. Und Sie müssen sofort gehen, wenn Ihre Klasse um Viertel nach elf zu Ende ist, damit sich der nächste Lehrer auf die Halbzwölfstunde vorbereiten kann. Davon abgesehen gehört es zu guten Manieren, wenn man die Tafel abwischt und aufräumt. Die Sachen sind im Schreibtisch. Alles klar?«

»Ich denke schon«, erwiderte sie. »Es sei denn, Sie können mir sagen, wie ich geschriebenes und gesprochenes Englisch lehren soll, ohne meine Schüler je sprechen oder das lesen zu hören, was sie geschrieben haben.«

Er begleitete sie stumm bis an die Tür ihres Büros. Sie öffnete sie und blickte ihn an.

»Ich weiß, was Sie meinen«, sagte er. »Es war anders, als wir Kinder waren. Das Fernsehen war das, das man ansah, wenn die Eltern einen ließen, und man ging mit all den anderen Kindern in die Schule. Das hat sich jetzt aber geändert, und es geht anscheinend gut so. Jedenfalls sagen das die großen Tiere. Auf jeden Fall, alles Gute!«

Sie kehrte an ihren Schreibtisch zurück und schlug nachdenklich *Techniken und Verfahren des Fernsehunterrichts* auf.

*

Am Morgen des folgenden Montags erreichte Miss Boltz ihr Studio um fünf nach zehn und meldete sich durch Knopfdruck an. Sie wurde dafür mit einem weißen Licht über dem Bildschirm des Monitors belohnt. Sie setzte sich an den Schreibtisch, drückte Knopf Nummer zwei, faltete die Hände und wartete.

Genau um Viertel nach zehn wurde das weiße Licht rot, die Scheinwerfer erstrahlten, und vom Monitor blickte ihr eigenes Bild sie mißbilligend an. »Guten Morgen«, sagte sie. »Hier ist die Englischstunde der zehnten Klasse. Ich bin Miss Boltz.«

Sie hatte beschlossen, diese erste Unterrichtsstunde ihrer Vorstellung zu widmen. Wenn sie sich schon nicht mit den Tausenden ihrer Schüler bekannt machen konnte, so sollten diese etwas über sie selbst wissen. Das war sie ihnen wenigstens schuldig.

Sie sprach davon, wie sie jahrelang auf dem Mars gelehrt hatte, wie die Schüler zusammen in die Schule kamen, wie nur zwanzig oder fünfundzwanzig Schüler in einem Zimmer waren, anstatt daß vierzigtausend über ebenso viele Fernsehgeräte am Unterricht teilnahmen. Sie beschrieb die Pause, wenn die Schüler, die die Kuppel zum Spielen verließen, Atemgeräte tragen mußten. Sie erzählte ihnen von den Schulausflügen, wenn die Klasse oder vielleicht die ganze Schule die Kuppel verließ, um das Pflanzenleben auf dem Mars oder die Felsen und die Bodenformen zu studieren. Sie sagte ihnen einige der Fragen, die die Schüler auf dem Mars gern stellten, wenn sie etwas über die Erde wissen wollten.

Die Minuten schleppten sich mühsam dahin. Unter dem starren Auge der Kamera kam sie sich wie gefangen vor, und ihr Bild auf dem Monitor begann verstört und verängstigt auszusehen. Die gleichmäßige Wärme der Lampen brachte sie bald zum Schwitzen. Sie hatte nicht gedacht, daß Unterrichten so anstrengend sein könnte.

Das Ende der Stunde war wie ein Todeskampf. Sie lächelte schwach, und vom Monitor blickte ihr das scheußliche Zerrbild eines Lächelns entgegen. »Morgen sehen wir uns wieder«, sagte sie. »Guten Morgen.«

Das rote Licht wurde weiß. Miss Boltz warf einen letzten schaudernden Blick auf die Kamera und ergriff die Flucht.

Sie saß an ihrem Schreibtisch und kämpfte hilflos mit den Tränen, als Jim Pargrin hereinschaute.

»Was ist denn?« fragte er.

»Ich wollte, ich wäre auf dem Mars geblieben.«

»Wieso wollen Sie denn das? Sie haben einen guten Anfang hingelegt.«

»Ich hatte nicht den Eindruck.«

»Ich schon.« Er lächelte sie an. »Wir haben heute morgen zur Probe einen Trendex von Ihnen gemacht, während der letzten zehn Minuten. Das machen wir manchmal bei einem neuen Lehrer. Die meisten Schüler fangen mit den zugeteilten Klassen an, aber wenn der Lehrer nicht gut ist, schalten sie schnell auf etwas anderes um. Am Ende der ersten Stunde prüfen wir also nach, wie sich ein neuer Lehrer hält. Wilbings forderte einen Trendex von Ihnen an, und er kam runter, um zuzusehen, wie wir ihn machten. Ich glaube, er war enttäuscht.« Jim lachte verschmitzt. »Er lag nur einen Bruchteil unter hundert, was praktisch perfekt ist.«

Er ging, bevor sie ihm danken konnte. Sie wandte sich wieder ihrem Schreibtisch zu, und die Niedergeschlagenheit war wie durch einen Zauber vertrieben. Fröhlich machte sie sich an die Aufgabe, den Plan für das Englisch der zehnten Klasse umzuschreiben.

Gegen den Grundplan hatte sie nichts. Der war umfassend, gut angelegt und manchmal beinahe logisch. Aber die Beispiele, die dürftige Aufstellung von Erzählungen, Romanen und Theaterstücken zum Studieren und ergänzenden Lesen – die waren unglaublich. Einfach unglaublich.

»Empfohlenes Theaterstück«, hieß es im Plan, *»Elefanten heiratet man nicht*, von H. N. Varga. Dieser köstliche Schwank –«

Sie strich es mit kräftiger Feder aus und schrieb an den Rand: »W. Shakespeare, *Der Kaufmann von Venedig.«* Sie setzte *Die Geschichte zweier Städte* von Dickens an die Stelle von *Satteldekken und sechs Gewehre*, einem aufregenden Roman aus dem Wilden Westen von Percivale Oliver. Sie fand überhaupt keinen Abschnitt, der sich mit Poesie beschäftigt hätte, und so schuf sie einen. Ihre Feder strich den Plan gnadenlos zusammen, und ihr Gewissen legte ihr keine Fesseln an. Hieß es nicht in dem Handbuch, Originalität würde bei Lehrern gefördert werden?

Als sie am nächsten Morgen auf den Flur trat, der zu ihrem Studio führte, war sie nicht mehr nervös.

Die ausgedehnte Unfreundlichkeit des Gebäudes und die triste Einsamkeit ihres Büros bedrückten sie so sehr, daß sie beschloß, sich auf die Unterrichtsstunden in ihrem Apartment vorzubereiten. Erst in der Mitte der dritten Woche fand sie den Weg in den neunten Stock, wo sich ihrem Handbuch nach ein Selbstbedienungsrestaurant befand. Als sie vor den Verkaufsautomaten in der Reihe wartete, kam sie sich zwischen den jungen Lehrern, die sie stumm umstanden, eindeutig vorgeschichtlich vor.

Als sie zu den Tischen ging, winkte ihr eine Hand. Jim Pargrin sprang auf und nahm ihr das Tablett ab. Ein jüngerer Mann rückte ihr einen Stuhl zurecht. Nach so vielen Stunden der Einsamkeit war diese plötzliche Aufmerksamkeit atemberaubend.

»Mein Neffe«, sagte Pargrin. »Lyle Stewart. Miss Boltz. Sie ist Lehrerin vom Mars. Lyle unterrichtet Physik.«

Er war ein gutaussehender junger Mann mit dunkler Hautfarbe und einem offenen Lächeln. Sie sagte, sie freue sich, ihn zu treffen, und meinte es auch. »Sie sind nämlich der erste Lehrer, mit dem ich spreche«, setzte sie hinzu.

»Meistens nehmen wir keine Notiz voneinander«, pflichtete ihr Stewart bei. »Im strengen Sinn ein Beruf, in dem nur die Tüchtigsten überleben.«

»Aber ich möchte meinen, daß eine Art Zusammenarbeit –«

Stewart schüttelte den Kopf. »Angenommen, Sie bringen etwas, das läuft. Ihr Trendex ist hoch, und den anderen Lehrern fällt es auf. Sie schauen sich also Ihre Stunde an, und wenn sie Ihre Sache klauen können, tun sie es. Dann schauen Sie ihnen zu, wie sie Ihre Technik benutzen. Natürlich gefällt Ihnen das nicht. Wir hatten Lehrer, die zum Angriff übergingen, Gerichtsverfahren und den verschiedensten böswilligen Unfug. Bestenfalls sprechen wir einfach nicht miteinander.«

»Wie gefällt es Ihnen hier?« fragte Pargrin sie.

»Mir fehlen die Schüler«, erwiderte Miss Boltz. »Es macht mir Kummer, sie nicht zu kennen oder ihren Fortschritt überprüfen zu können.«

»Mühen wir uns doch nicht mit Abstraktionen wie Fortschritt ab«, sagte Stewart unerbittlich. »Die Neue Erziehung sieht das so: Wir setzen das Kind dem richtigen Stoff aus. Das geschieht in seinem eigenen Zuhause, das für es die natürlichste Umgebung ist. Es wird aufnehmen, was ihm seine individuellen Fähigkeiten gestatten, und wir haben kein Recht, mehr als das zu erwarten.«

»Das Kind hat dabei kein Gefühl für Leistung, keinen Antrieb, zu lernen«, protestierte sie.

»Wieder nichts als belanglose Abstraktionen. Die Neue Erziehung strebt die Technik an, die die Werbung zu einem so bedeutenden Faktor unserer Wirtschaft gemacht hat. Die Aufmerksamkeit der Leute fesseln, sie unwillkürlich zum Kaufen bringen. Oder die Aufmerksamkeit des Schülers fesseln und ihn zum Lernen bringen, ob er will oder nicht.«

»Aber der Schüler lernt nichts über gesellschaftliche Werte!«

Stewart zuckte die Achseln. »Auf der anderen Seite hat die Schule keine Probleme mit der Disziplin. Sie muß keine außerlehrplanmäßigen Tätigkeiten überwachen. Kein Problem mit dem Transport der Kinder zwischen Heim und Schule. Sie lassen sich nicht überzeugen?«

»Bestimmt nicht.«

»Behalten Sie das für sich. Und wenn es unter uns bleibt, werde ich Ihnen den stärksten Faktor dieser Philosophie der Neuen Erziehung mitteilen. Er heißt Geld. Anstelle eines Vermögens, das in Gebäude und Grundbesitz investiert wird, und Tausenden von Schulen, die erhalten werden müssen, haben wir ein Fernsehstudio. Wir sparen ein weiteres Vermögen an Gehältern für die Lehrer, da wir für viele Tausende von Schülern einen Lehrer haben, anstatt für nur zwanzig oder dreißig. Die gescheiten Kinder werden lernen, ganz gleich, wie schlecht sie unterrichtet werden, und mehr braucht unsere Zivilisation nicht, ein paar gescheite Leute, die einen Haufen gescheiter Maschinen bauen. Und das Schulgeld ist in hundertfünfzig Jahren noch nie so niedrig gewesen.« Er stieß seinen Stuhl zurück. »Schön, Sie gesehen zu haben, Miss Boltz. Vielleicht können wir Freunde werden. Da Sie Englischlehrerin sind, und ich Physik unterrichte, werden wir wahrscheinlich nichts voneinander stehlen. Jetzt muß ich fort, um mir ein paar neue Tricks auszudenken. Mein Trendex ist ganz schön tief.«

Er ging, und sie blickte ihm nachdenklich nach. »Er sieht aus, als hätte er zuviel gearbeitet«, meinte sie.

»Die meisten Lehrer haben keinen Vertrag, so wie Sie«, sagte Pargrin. »Sie können jederzeit entlassen werden. Lyle möchte nach diesem Jahr zur Industrie gehen, und wenn man ihn hinausschmeißt, wird er Schwierigkeiten haben, eine Stelle zu finden.«

»Er hört auf als Lehrer? Das ist schade.«

»Es hat keine Zukunft.«

»Für einen guten Lehrer gibt es immer eine Zukunft.«

Pargrin schüttelte den Kopf. »Sehen Sie sich um. Die Lehrer sind alle jung. Sie bleiben dabei, solange es geht, weil die Bezahlung sehr gut ist, aber dann kommt eine Zeit, in der einem Sicherheit wichtiger als Geld ist. Auf jeden Fall wird es in absehbarer Zukunft überhaupt keine Lehrer mehr geben. Der Zentraldistrikt experimentiert jetzt mit gefilmten Stunden. Man nehme einen guten Lehrer, filme die Arbeit eines Jahres, und dann braucht man den Lehrer nicht mehr. Man spielt einfach die Filme ab. Nein, der Lehrberuf hat kaum Zukunft. Haben Sie Ihr Exemplar der Trendex-Werte erhalten?«

»Nein, wieso? Hätte ich eines bekommen müssen?«

»Sie kommen alle zwei Wochen heraus. Sie wurden gestern verteilt.«

»Ich habe keines bekommen.«

Er fluchte leise und bat sie mit einem Blick um Entschuldigung. »Wilbings kann richtig hinterlistig sein, wenn er will. Er glaubt wahrscheinlich, Sie überrumpeln zu können.«

»Ich fürchte, ich begreife dieses Bewertungssystem nicht.«

»Es ist gar nicht kompliziert. Über einen Zeitraum von zwei Wochen nehmen wir tausend Proben von den Schülern eines Lehrers. Wenn alle von ihnen die ihnen zugeteilte Stunde ansehen, wie sie es eigentlich müßten, ist der Trendex des Lehrers einhundert. Wenn nur die Hälfte zusieht, ist der Trendex fünfzig. Ein guter Lehrer hat einen Trendex von fünfzig. Wenn der Trendex eines Lehrers unter zwanzig fällt, wird er entlassen. Unfähigkeit.«

»Dann brauchen die Kinder die Stunden nur anzusehen, wenn sie Lust dazu haben?«

»Die Eltern müssen die Fernseher stellen«, sagte Pargrin. »Sie müssen dafür sorgen, daß ihre Kinder während der zugeteilten Schulstunden anwesend sind – in Bereitschaft, wie das heißt –, aber sie sind nicht verpflichtet, sie eine bestimmte Klasse ansehen zu lassen. Die Schüler sind also da, ihre Geräte sind eingeschaltet, aber wenn ihnen Ihr Unterricht nicht gefällt, können sie sich etwas anderes ansehen. Deshalb ist es äußerst wichtig für den Lehrer, die Stunde interessant zu machen.«

»Ich verstehe. Was war mein Trendex?«

Er blickte weg. »Null.«

»Sie meinen, mir sieht *niemand* zu? Ich dachte, ich mache es gut.«

»Sie müssen etwas gemacht haben, das sie an diesem ersten Tag nicht interessiert hat. Vielleicht langweilte es sie einfach. Das passiert. Haben Sie sich irgendwelche anderen Lehrer angesehen?«

»Du liebe Güte, nein! Ich hatte so viel zu tun, daß es mir nie eingefallen ist.«

»Lyle hat vielleicht Vorschläge für Sie. Ich werde ihn bitten, zur Zwei-Uhr-Klasse zu uns in Ihr Büro zu kommen. Und dann – na, wir werden sehen.«

Lyle Stewart breitete vor ihr einige Papiere auf dem Schreibtisch aus und beugte sich über sie. »Das sind die Trendex-Werte«, sagte er. »Sie hätten ein Exemplar bekommen müssen.«

Sie warf einen Blick auf die Liste der Namen und suchte den ihren: Boltz, Mildred. Englisch, zehnte Klasse. Zeit: 10.15. Kanal 6439. Null. Jahresdurchschnitt: Null.

»Die Tricks, die Sie anwenden können, hängen irgendwie vom Lehrstoff ab«, sagte Stewart. »Hier ist eine Marjorie McMillan um zwei. Sie unterrichtet Englisch der elften Klasse, und ihr Trendex ist vierundsechzig. Das ist sehr hoch. Schauen wir mal, wie sie das macht.« Er drehte die Wählscheiben.

Genau um zwei erschien Marjorie McMillan, und Miss Boltz hatte entsetzlicherweise den Eindruck, daß diese Marjorie McMillan sich eben auszog. Ihre Schuhe und Strümpfe lagen sauber ausgerichtet auf dem Boden. Sie war gerade dabei, sich die Bluse aufzuknöpfen. Sie warf einen Blick zur Kamera hinauf und wich mit gespieltem Schrecken zurück.

»Was macht ihr Mädels und Jungs denn hier?« gurrte sie. »Ich dachte, ich wäre allein.«

Sie war eine rassige Blondine, auf knallige, unverschämte Art hübsch. Im Profil zeigte sie aufregende Kurven. Sie lächelte, warf den Kopf zurück und wollte sich auf Zehenspitzen davonschleichen.

»Meine Güte, solange ich unter Freunden bin –«

Die Bluse wurde abgelegt. Der Rock ebenfalls. Sie stand in einem verführerisch kurzen Aufzug vor ihnen, der nur aus Shorts und einem Büstenhalter bestand. Die Kamera gab die roten und goldenen Farbtöne leuchtend wieder. Sie huschte mit schleifenden Tanzschritten hin und her und legte den Schalter für die Nahaufnahme der Tafel um, als sie am Schreibtisch vorbeitanzte.

»Zeit, sich an die Arbeit zu machen, Mädels und Jungs«, sagte sie. »Das nennt man einen Satz.« Sie las laut mit, während sie ihn an die Tafel schrieb. »Der-Mann-rannte-die-Straße-hinunter. ›Rannte die Straße hinunter‹, das hat der Mann gemacht. Wir nennen das das Prädikat. Komisches Wort, was? Seid ihr noch bei mir?«

Miss Boltz protestierte verwirrt: »Englisch der *elften* Klasse?«

»Gestern unterhielten wir uns über Verben«, sagte Marjorie McMillan. »Erinnert ihr euch? Ich möchte wetten, ihr habt nicht aufgepaßt. Ich möchte wetten, ihr paßt nicht einmal jetzt auf.«

Miss Boltz holte tief Luft. Der Büstenhalter lockerte sich plötzlich. Die Enden flatterten lose, und Miss McMillan erwischte ihn gerade noch, bevor er fiel. »Hab' ihn diesmal beinahe verloren«, sagte sie. »Vielleicht werde ich ihn eines Tages verlieren. Und das wollt ihr doch nicht verpassen, was? Paßt also lieber auf. Und jetzt schauen wir uns das blöde alte Prädikat noch einmal an.«

Miss Boltz sagte still: »Das kommt für mich eigentlich nicht in Frage, oder?«

Stewart dunkelte den Bildschirm ab. »Ihr hoher Wert wird sich nicht lange halten«, sagte er. »Sobald die Schüler zur Überzeugung kommen, daß sie das Ding nicht verlieren wird. Aber schauen wir uns den an. Englisch der zehnten Klasse. Ein Lehrer. Trendex fünfundvierzig.«

Er war jung, einigermaßen gutaussehend und raffiniert. Er balancierte die Kreide auf der Nase. Er jonglierte mit Radiergummis. Er parodierte. Dann ging er zur Lesung des modernen Klassikers *Satteldecken und sechs Gewehre* über, und er las sehr gut vor, spielte Abschnitte vor, kroch hinter seinen Schreibtisch und zielte mit imaginärer Waffe auf die Kamera. Es war ziemlich realistisch.

»Die Kinder werden ihn mögen«, sagte Stewart. »Er wird sich wahrscheinlich gut halten. Schauen wir, ob es noch jemanden gibt.«

Es gab eine Geschichtslehrerin, eine gesetzte junge Frau mit glänzendem künstlerischen Talent. Sie zeichnete Skizzen und Karikaturen verblüffend leicht hin und verband sie durch munteres Gespräch. Es gab einen Wirtschaftslehrer, der erstaunliche Zauberkunststücke mit Karten und Geld vorführte. Es gab zwei junge Frauen, deren Praxis sich der von Marjorie McMillan näherte, wenn sie auch zurückhaltender waren. Ihre Werte lagen auch viel tiefer.

»Das genügt, um Ihnen eine Vorstellung zu geben, auf was Sie sich eingelassen haben«, sagte Stewart.

»Ein Lehrer, der nichts als unterrichten kann, ist schrecklich benachteiligt«, erwiderte Miss Boltz nachdenklich. »Diese Lehrer sind einfach Darsteller. Sie unterrichten ihre Schüler nicht, sie unterhalten sie.«

»Sie müssen den Stoff ihrer Kurse sozusagen garnieren. Wenn die Schüler zusehen, können sie gar nicht anders, als *irgend etwas* zu lernen.«

Jim Pargrin hatte geschwiegen, während sie von einem Kanal zum anderen schalteten. Jetzt stand er auf und schüttelte feierlich den ergrauten Kopf. »Ich schaue bei der Technik nach. Vielleicht können wir ein paar Filme für Sie zeigen. Normalerweise wird das nicht gern gesehen, weil wir weder Leute noch Einrichtungen genug haben, das für jeden zu tun, aber ich glaube, ich könnte etwas machen.«

»Danke«, sagte sie. »Das ist sehr nett von Ihnen. Und danke, Lyle, daß Sie bei einer aussichtslosen Sache geholfen haben.«

»Eine Sache ist nie aussichtslos, solange man noch arbeitet«, sagte er.

Die beiden Männer gingen zusammen. Lange, nachdem sich die Tür hinter ihnen geschlossen hatte, saß Miss Boltz noch da und blickte auf den leeren Bildschirm und fragte sich, wie lange sie arbeiten würde.

Fünfundzwanzig Jahre lang hatte sie auf dem öden, ungastlichen Mars von der Erde geträumt. Sie hatte davon geträumt, inmitten grüner Bäume und Büsche barfuß durch das grüne Gras zu laufen und über ihr statt der verschwommenen Durchsichtigkeit einer Luftkuppel die endlose Weite des blauen Himmels zu sehen. Sie war in den kahlen Wüsten des Mars gestanden und hatte von hochgehenden Meereswogen geträumt, die auf einen Wasserhorizont zurasten.

Jetzt war sie wieder auf der Erde und lebte in dem endlosen Stadtkomplex der östlichen Vereinigten Staaten. Straßen und Gebäude umzingelten die kleinen Parks. Der blaue Himmel war vom Luftverkehr fast verdunkelt. Sie hatte einmal von einem Lufttaxi aus das Meer erblickt.

Doch man brauchte sich die grünen Felder, die Seen, die Bäche und das Meer nur zu nehmen; sie waren da. Sie mußte nur zu ihnen gehen. Statt dessen hatte sie gearbeitet. Sie hatte sich mit dem Lehrstoff abgeplagt. Sie hatte Stunden damit verbracht, ihre Beispiele zu schreiben, zu überarbeiten und zu sammeln, und noch mehr Stunden, alles peinlich genau einzuüben, bevor sie sich dem gierigen Auge der Kamera stellte.

Und niemand hatte zugesehen. Während der ersten beiden Wochen hatten sich ihre Schüler zu Hunderten und Tausenden von ihr abgewandt, bis sie alle verloren hatte.

Sie schüttelte die Demütigung mit einem Achselzucken ab und nahm sich für den Unterricht den *Kaufmann von Venedig* vor. Jim Pargrin half ihr persönlich, und sie konnte hervorragende Filme zum Hintergrund des Stückes wie auch Szenen aus ihm zeigen.

Sie sagte traurig: »Ist es nicht schade, diese herrlichen Sachen vorzuführen, wenn niemand zusieht?«

»*Ich* schaue zu«, erwiderte Pargrin. »Mir gefallen sie.«

Seine freundlichen Augen ließen eine wehmütige alte Erinnerung aufsteigen, an den jungen, gutaussehenden Mann, der zu ihrem Abflug zum Mars gekommen war und sie genauso angesehen hatte, als er ihr versprach, er werde nachkommen, wenn er sein Ingenieurstudium abgeschlossen haben werde. Er hatte sie zum Abschied geküßt, und als nächstes hörte sie, daß er bei einem Unfall umgekommen sei.

Pargrin rief sie an, als die nächsten Trendex-Werte da waren. »Haben Sie ein Exemplar bekommen?«

»Nein«, sagte sie.

»Ich besorge eines und schicke es hinauf.«

Das tat er, doch sie wußte ohne hinzusehen, daß der Wert für Boltz, Mildred, Englisch der zehnten Klasse, und so weiter, immer noch Null war.

Sie durchforschte die Bibliotheken nach Büchern über die Technik des Fernsehunterrichts. Sie sah sich die Zeitschriften für Erziehung an und untersuchte die Rätsel der Neuen Erziehung. Sie las von der Unverletzlichkeit des Individuums, vom Recht des Schülers auf Erziehung in seinem eigenen Heim, wo ihn gesellschaftliche Ablenkungen nicht stören konnten. Sie las von den psychologischen Gefahren der Rivalität beim Lernen, vom Unheil künstlicher Wertmaßstäbe. Sie las von den Gefahren altmodischen Gruppenunterrichts und seinem unseligen Beitrag zur Kriminalität.

Pargrin brachte wieder die Trendex-Werte. Sie zwang sich zum Lächeln. »Wieder Null?«

»Nun, eigentlich nicht.«

Sie starrte auf das Papier, blinzelte und sah noch einmal hin. Ihr Wert war 0,1 – ein Zehntel eines Prozents. Atemlos rechnete sie im Kopf nach. Sie hatte einen Schüler! In diesem Augenblick hätte sie alle ihre Pensionsleistungen dafür hingegeben, diesen einen treuen jungen Menschen zu sehen.

»Was, glauben Sie, wird man machen?« fragte sie.

»Ihr Vertrag ist keine Kleinigkeit. Wilbings wird erst etwas unternehmen, wenn er sicher ist, daß der Fall gut für ihn steht.«

»Schön zu wissen, daß ich einen Schüler habe«, sagte sie und fügte sehnsüchtig hinzu: »Meinen Sie, es gibt noch mehr?«

»Warum bitten Sie sie nicht, Ihnen zu schreiben? Wenn Sie eine Menge Briefe haben, können Sie die als Beweis vorlegen.«

»Mir geht es nicht um Beweise«, sagte sie. »Aber ich werde sie bitten, mir zu schreiben. Ich danke Ihnen.«

»Miss – ah – Mildred –«

»Ja?«

»Nichts. Ich meine, würden Sie heute abend mit mir essen gehen?«

»Sehr gern.«

Eine Woche verging, bevor sie schließlich ihre Schüler bat, ihr zu schreiben. Sie wußte nur zu genau, warum sie zögerte. Sie hatte Angst, es könnte keine Antwort kommen.

Es kam jedoch der Morgen, an dem sie eine Minute früher mit dem Stoff fertig wurde und die Hände faltete und sich zwang, die Kamera anzulächeln. »Ich möchte euch um etwas bitten. Ich möchte, daß mir jeder von euch einen Brief schreibt. Erzählt mir etwas über euch. Sagt mir, wie euch das gefällt, was wir studiert haben. Ihr wißt alles über mich, und ich weiß gar nichts von euch. Schreibt mir bitte.«

Sie empfing elf Briefe. Sie brachte die Briefe Jim Pargrin, und als er sie gelesen hatte, sagte sie: »Es muß Tausende von ihnen geben, gescheite, eifrige Kinder, die liebend gern lernen würden, wenn sie nicht durch all die Unterhaltung bis zur Gleichgültigkeit betäubt wären.«

»Haben Sie schon etwas von Wilbings gehört?«

»Kein Wort.«

»Er bat mich, Ihren nächsten Trendex mit zweitausend Proben zu machen. Ich sagte ihm, ich bräuchte einen Sonderauftrag vom Ausschuß. Ich bezweifle, daß er sich die Mühe machen wird.«

»Er bereitet etwas gegen mich vor.«

»Fürchte ich auch«, sagte Pargrin. »Wir sollten uns wirklich etwas zu Ihrer Verteidigung ausdenken. Sie werden einen Anwalt brauchen. Der nächste Trendex ist am Montag fällig. Da werden Sie wahrscheinlich von Wilbings hören.«

Wilbings ließ sie am Montagmorgen kommen. Sie hatte ihn seit jenem ersten Tag nicht mehr gesehen. »Kennen Sie die Trendex-Werte?« fragte er sie.

Weil sie wußte, daß er sie absichtlich in Unwissenheit gelassen hatte, schüttelte sie unschuldig den Kopf. Ihr Gewissen legte keinen Protest ein.

Er setzte ihr geduldig Technik und Zweck auseinander.

»Wenn der Trendex so wertvoll ist, wie Sie behaupten«, sagte sie, »warum teilen Sie den Lehrern die Werte dann nicht mit?«

»Aber die Lehrer wissen Bescheid. Sie erhalten Exemplare mit den Bewertungen.«

»Ich habe keines bekommen.«

»Vermutlich ein Versehen, da es Ihr erstes Semester ist. Auf jeden Fall habe ich alle bis auf das von heute, und das wird heruntergeschickt, sobald es fertig ist. Sie können gerne einen Blick darauf werfen.«

Er ging einen Bericht nach dem anderen durch und deutete gemessen auf die Nullen. Als er den Wert 0,1 erreichte, hielt er inne. »Sehen Sie, Miss Boltz, unter den tausend Stichproben, die wir machten, fanden wir nur einen Schüler, der Ihnen zusah. Das ist die schlechteste Leistung, die wir je gehabt haben. Ich muß Sie bitten, freiwillig den Abschied zu nehmen, und wenn Sie sich weigern, bleibt mir nichts –«

Er unterbrach sich, als seine Sekretärin mit dem neuen Trendex hereingetrippelt kam. »Ja, danke. Also hier, Boltz, Mildred –«

Er stockte. Es hatte ihm anscheinend die Sprache verschlagen. Miss Boltz fand ihren Namen und las den Wert.

Siebenundzwanzig.

»Offensichtlich habe ich mich verbessert«, hörte sie sich sagen. »Gibt es noch etwas?«

Als er endlich wieder sprechen konnte, klang seine Stimme merklich höher. »Nein. Nichts mehr.«

Als sie durch das Vorzimmer ging, hörte sie seine Stimme noch einmal, wie sie ärgerlich aus dem Sprechgerät der Sekretärin quäkte. »Pargrin. Ich möchte, daß Pargrin sofort herunterkommt.«

Er wartete im Selbstbedienungsrestaurant auf sie. »Es lief gut«, sagte er betont beiläufig. »Nehme ich zumindest an.«

»Es lief zu gut.«

Er nahm einen großen Biß von seinem Brot und kaute feierlich.

»Jim, warum hast du das getan?« wollte sie wissen.

Er wurde rot. »Was getan?«

»Meinen Trendex so frisiert.«

»Niemand *frisiert* einen Trendex. Das ist nicht möglich. Selbst Wilbings wird dir das sagen.« Leise fügte er hinzu: »Wieso weißt du?«

»Das ist die einzig mögliche Erklärung, und du hättest es nicht tun dürfen. Du bekommst vielleicht Schwierigkeiten und schiebst das Unvermeidliche nur hinaus. Mein nächster Wert wird wieder

Null sein.«

»Das macht nichts. Wilbings wird schließlich etwas unternehmen, jetzt aber nicht mehr so rasch.«

Sie aßen schweigend, bis der Leiter des Restaurants eine dringende Nachricht von Mr. Wilbings an Mr. Pargrin brachte. Pargrin zwinkerte ihr zu. »Ich glaube, ich werde Spaß haben. Wirst du heute nachmittag in deinem Büro sein?«

Sie schüttelte den Kopf. »Ich werde meine Schüler besuchen.«

»Dann sehen wir uns morgen.«

Sie sah ihn nachdenklich an. Sie hoffte aufrichtig, er habe sich nicht in Schwierigkeiten begeben.

Während sie auf der Dachlandefläche auf ein Lufttaxi wartete, nahm sie einen Brief aus ihrer Handtasche und las ihn noch einmal.

»Ich heiße Darrel Wilson. Ich bin sechzehn, und ich muß meistens in meinem Zimmer bleiben, weil ich krank war und zum Teil gelähmt bin. Mir gefällt Ihre Stunde, und könnten wir bitte mehr Shakespeare haben?«

Jim Pargrin fuhr sich durchs Haar und starrte sie an. »Also jetzt. Was war das noch mal? *Klassen*zimmer?«

»Ich habe neun Schüler, die jeden Tag herkommen, um zur Schule zu gehen. Ich brauche Platz für den Unterricht.«

Pargrin schnalzte leise mit der Zunge. »Wilbings würde der Schlag treffen.«

»Für die Fernsehstunde brauche ich nur fünf Stunden die Woche, und ich habe das ganze Jahr schon vorausgeplant. Warum sollte jemand etwas dagegen haben, wenn ich in meiner Freizeit einer ausgewählten Gruppe von Schülern Stunden gebe?« Leise fügte sie hinzu: »Diese Schüler brauchen das.«

Es waren wunderbare Kinder, begabte Kinder, aber sie hatten es nötig, Fragen stellen zu können, ihre Gedanken und Gefühle ausdrücken zu können und in ihren persönlichen Problemen mit Anteilnahme behandelt zu werden. Sie brauchten das unbedingt. Zehntausende, Hunderttausende von begabten Kindern erstickten geistig und gefühlsmäßig in der öden Einsamkeit der Fernsehstunden. Es war eine Riesentragödie.

»Was Wilbings nicht weiß, macht ihn nicht heiß«, sagte Pargrin. »Aber ein Klassenzimmer? Im ganzen Gebäude ist nichts, was einem Klassenzimmer nur ähnlich wäre. Könntest du mit einem großen Studio etwas anfangen? Wir könnten einen Vorhang über das Fenster tun, damit du nicht gestört wirst. Wann würde deine Klasse zusammensein?«

»Den ganzen Tag. Von neun bis drei. Sie bringen sich etwas zu essen mit.«

»Also jetzt. Vergiß nicht deine Fernsehstunde. Auch wenn niemand zusieht –«

»Ich vergesse sie nicht. Meine Schüler werden die Stunde zum Selbststudium benutzen. Es sei denn, du könntest es einrichten, daß ich meine Fernsehstunde in dem größeren Studio abhalte.«

»Ja, das kann ich machen.«

»Wunderbar! Ich kann dir gar nicht genug danken. Hast du übrigens Schwierigkeiten mit Mr. Wilbings gehabt?«

»Kaum. Er meinte, dein Trendex sei ein Versehen. Da ich die Werte nicht selbst erstelle, konnte ich ihn nur an den Trendex-Techniker weiter verweisen.«

»Dann bin ich ein Weilchen sicher. Ich fange morgen mit meiner Klasse an.«

Drei der Schüler kamen in Rollstühlen. Ella war ein reizendes, sensibles Mädchen, das ohne Beine geboren worden war, und obwohl ihr die Wissenschaft ein Paar verschafft hatte, mochte sie es nicht benutzen. Darrel und Charles waren gelähmt. Sharon war blind. Die Fernsehunterhalter konnten sie mit ihren Tricks nicht erreichen, doch den Worten von Miss Boltz lauschte sie mit hingerissenem Gesicht.

Ihr Intelligenzniveau überstieg bei weitem das aller Klassen, die Miss Boltz je gehabt hatte. Sie kam sich unbedeutend vor und war nicht wenig besorgt. Ihre Besorgnis verschwand jedoch, als sie an jenem ersten Morgen in die glänzenden Gesichter blickte.

Sie hatte zwei Mitverschwörer: Jim Pargrin übernahm selbst die technische Abwicklung ihrer Fernsehstunde und richtete fröhlich die Kamera auf die ganze Klasse; Lyle Stewart konnte der Gelegenheit, mit wirklichen Schülern zu arbeiten, nicht widerstehen und kam am Nachmittag, um zwei Stunden Naturwissenschaften und Mathematik zu geben. Miss Boltz legte entschlossen den Lehrstoff fest. Geschichte, Englisch, Literatur und Sozialkunde. Sollte die Klasse weiterbestehen, würde sie später noch eine Fremdsprache dazunehmen. Dieser Mittwoch war ihr glücklichster Tag, seit sie auf die Erde zurückgekehrt war.

Am Donnerstagmorgen brachte ein Bote einen amtlich aussehenden Briefumschlag. Er enthielt ihr Entlassungsschreiben.

»Ich habe schon davon gehört«, sagte Jim Pargrin, als sie ihn anrief. »Wann ist die Verhandlung?«

»Nächsten Dienstag.«

»Versteht sich. Wilbings hat vom Ausschuß die Erlaubnis bekommen, einen speziellen Trendex zu machen. Er hat sogar einen Techniker von draußen geholt, und um doppelt sicherzugehen, hat man zweitausend Proben gemacht. Du wirst einen Anwalt brauchen. Kennst du einen?«

»Nein. Ich kenne kaum jemanden auf der Erde.« Sie seufzte. Der erste Tag richtigen Unterrichts hatte ihr so viel Auftrieb gegeben, daß dieser plötzliche Zusammenprall mit der Wirklichkeit sie betäubte. »Ich fürchte, ein Anwalt wird eine Menge Geld kosten, und ich werde mein ganzes Geld brauchen können.«

»Eine Kleinigkeit wie eine Verhandlung vor dem Erziehungsausschuß sollte nicht so teuer sein. Überlaß das nur mir. Ich werde dir einen Rechtsanwalt besorgen.«

Sie wollte widersprechen, aber es blieb keine Zeit. Die Schüler warteten auf sie.

Am Sonnabend aß sie mit Bernhard Wallace zu Mittag. Er war der Anwalt, den Jim Pargrin empfohlen hatte. Er war ein kleiner, älterer Mann mit scharfen grauen Augen. Nach dem Nachtisch lehnte er sich zurück, wirbelte einen Schlüsselring um einen Finger und grinste sie an.

»Zu den nettesten Leuten, die ich kennenlernte, gehören meine Lehrer«, sagte er. »Ich dachte, die Sorte gibt es nicht mehr. Wissen Sie eigentlich, daß Ihre Art beinahe ausgestorben ist?«

»Auf dem Mars gibt es eine Menge guter Lehrer«, erwiderte sie.

»Klar. In den Kolonien betrachtet man die Erziehung mit anderen Augen. Es wäre Selbstmord für sie, die Sache einfach zu übernehmen. Ich denke manchmal, vielleicht begehen wir hier auf der Erde Selbstmord. Diese Neue Erziehung hat einige Resultate, von denen Sie vielleicht nichts wissen. Das schlimmste ist, daß die Kinder keine Erziehung bekommen. Ich bin irgendwie froh, diesen Fall zu bearbeiten. Machen Sie sich keine Sorgen wegen der Kosten. Es wird keine geben.«

»Das ist sehr freundlich von Ihnen«, murmelte sie. »Aber einem ausgedienten Lehrer zu helfen, das wird die Lage nicht groß verbessern.«

»Ich kann Ihnen nicht versprechen, die Sache zu gewinnen«, sagte er ernst. »Wilbings hat alle Trümpfe in der Hand. Er kann sie gleich auf den Tisch legen, und Sie müssen die Ihren zurückhalten, weil Ihre beste Verteidigung wäre, zu zeigen, was für ein Durcheinander an komplettem Unsinn diese Neue Erziehung ist, und das können Sie nicht.«

»Da bleibt kaum Hoffnung, nicht wahr?«

»Offen gesagt, es wird schwierig sein.« Er zog eine alte goldene Uhr heraus und kniff die Augen zusammen. »Ich werde es mir durch den Kopf gehen lassen, und vielleicht werde ich eine oder zwei Überraschungen parat haben. Sie konzentrieren sich einfach auf den Unterricht und überlassen die Sorgen mir.«

Als er gegangen war, bestellte sie noch eine Tasse Kaffee, trank sie langsam und machte sich Sorgen.

Am Montagmorgen gab es für sie selbst eine Überraschung, und zwar kamen drei Jungen und vier Mädchen in ihr Büro und baten um die Erlaubnis, sich ihrer Klasse anschließen zu dürfen. Sie hätten sie im Fernsehen gesehen, sagten sie, und es hätte nach Spaß ausgesehen. Sie war erfreut, hatte jedoch Zweifel. Nur einer von ihnen war offiziell ihr Schüler. Sie notierte sich die Namen der anderen und schickte sie nach Hause. Ihr Schüler durfte bleiben.

Er war ein schlaksiger Junge von fünfzehn, und obwohl er anscheinend gescheit war, krankte er an einer gewissen versteckten Verdrossenheit, die ihr unbehaglich war. Er hieß Randy Stump. »Ein blöder Name, aber ich hab' ihn nun mal«, murmelte er. Sie zitierte, was Shakespeare zum Thema Namen gesagt hatte, und er staunte sie verblüfft an.

Sie wollte ihn eigentlich mit den anderen nach Hause schicken. Dann sagte sie sich, sie wäre eine schlechte Lehrerin, wenn sie mit einer kleinen Störung der Ordnung nicht fertig würde.

Er scharrte unruhig mit den Füßen, als sie ihn sich ansah. Er war einen Kopf größer als sie, und er sah an ihr vorbei und schien ein Stück nackter Wand ungeheuer interessant zu finden.

Er schlich neben ihr her, als sie ihn durch den Gang zum Klassenzimmer führte. Er setzte sich an den abgelegensten Tisch und fiel sofort in eine stumme Unbeweglichkeit, die an Hypnose zu grenzen schien. Die anderen versuchten, ihn in ihre Diskussion miteinzubeziehen, doch er beachtete sie nicht. Wann immer Miss Boltz aufblickte, sah sie seine Augen gespannt auf sie gerichtet. Schließlich begriff sie. Er nahm am Unterricht teil, sah ihn aber noch wie im Fernsehen.

Die Fernsehstunde ging gut. Es war eine Gruppendiskussion über die »Geschichte zweier Städte«, und der jugendliche Scharfsinn ihrer Klasse machte ihr Freude. Das rote Licht erlosch um Viertel nach elf. Jim Pargrin winkte zum Abschied, und sie winkte zurück und wandte sich dem Geschichtsunterricht zu. Sie zerbrach sich den Kopf, wie sie Randy Stump aus der Kapsel ziehen sollte, die ihm das Fernsehen übergestülpt hatte.

Als sie von ihren Notizen aufblickte, sah sie, daß ihre Schüler auf die Tür starrten, die leise aufging. Eine Stimme sagte trocken: »Was geht hier vor?«

Es war Roger Wilbings.

Er setzte die Brille ab und wieder auf. »Nun!« rief er. »Miss Boltz! Ich habe viele Lehrkräfte gesehen, die sich idiotisch benahmen, aber ich habe noch nie etwas so Idiotisches gesehen. Ich bin froh, Ihre Unfähigkeit aufs neue bestätigt zu sehen. Sie sind nicht nur eine erschreckend untaugliche Lehrerin, sondern Sie leiden offensichtlich auch an einer Geistesstörung. Kein vernünftiger Erwachsener würde diese –«

Er schwieg. Randy Stump war wie auf einen Schlag aus seiner Hypnose erwacht. Er sprang vor, pflanzte sich fest vor Wilbings auf und knurrte: »Das nehmen Sie zurück!«

Wilbings beäugte ihn kühl. »Geh nach Hause! Sofort!« Er ließ seinen Blick durch das Zimmer schweifen. »Ihr alle! Ihr geht sofort nach Hause!«

»Sie können uns nicht zwingen«, sagte Randy.

Wilbings kehrte seine ganze Autorität heraus. »Kein junger Verbrecher –«

Randy packte ihn an den Schultern und schüttelte ihn heftig. Wilbings' Brille beschrieb einen langen Bogen und zerschellte. Er riß sich los und holte zu einem schwächlichen Schlag aus, und Randys Gegenhieb traf dumpf auf und war vernichtend. Der Stellvertretende Oberschulrat wirbelte nach hinten in den Vorhang und rutschte dann sanft zu Boden, während Glas in den Gang hinaus klirrte.

Miss Boltz beugte sich über Wilbings. Randy wartete erschrokken und zerknirscht in der Nähe. »Tut mir leid, Miss Boltz«, stotterte er.

»Weiß ich«, sagte sie. »Aber ich denke, du gehst jetzt lieber nach Hause.«

Schließlich wurde Wilbings fortgeführt. Miss Boltz war sehr überrascht, daß er nichts weiter sagte. Doch der Blick, den er auf sie abschoß, als er das Zimmer verließ, machte jedes Wort überflüssig.

Jim Pargrin brachte einen Mann, der das Fenster ersetzen sollte. »Zu dumm«, bemerkte er. »Er hat dich sowieso schon in der Zwickmühle, aber jetzt wird er versuchen, vor dem Ausschuß aus deiner Klasse eine große Sache zu machen.«

»Soll ich sie alle nach Hause schicken?« fragte sie besorgt.

»Also jetzt. Damit würdest du doch aufgeben? Mach nur weiter. Wir können das in Ordnung bringen, ohne dich zu stören.«

Sie kehrte an ihren Schreibtisch zurück und schlug ihr Notizbuch auf. »Gestern sprachen wir über Alexander den Großen –«

Die fünfzehn Mitglieder des Erziehungsausschusses nahmen eine Seite eines langen, schmalen Tisches ein. Sie waren meist ältere Geschäftsleute, feierlich, doch manche offenbar ungeduldig.

An einem Ende des Tisches saß Miss Boltz mit Bernard Wallace. Ihnen gegenüber Wilbings mit einem gelangweilten Techniker, der den Vorgang aufnehmen sollte.

Der Präsident eröffnete das Treffen. Er warf einen kurzen Blick auf Bernard Wallace. »Das ist keine Verhandlung«, kündigte er an. »Dies ist lediglich eine Anhörung, um dem Ausschuß die nötigen Informationen zu verschaffen, damit er die richtige Entscheidung treffen kann. Wir haben nicht die Absicht, Rechtsfragen zu erörtern.«

»Selbst Anwalt«, flüsterte Wallace, »und ein guter.«

»Fangen Sie an, Wilbings«, sagte der Präsident.

Wilbings stand auf. Ein Auge war prächtig verfärbt, und es bereitete Wilbings Mühe, zu lächeln. »Der Grund für dieses Treffen liegt in der Tatsache, daß Mildred Boltz einen Vertrag vom Typ 79 B hat, der im Jahre 2022 ausgestellt wurde. Sie werden sich erinnern, daß –«

Der Präsident klopfte auf den Tisch. »Schon gut, Wilbings. Sie möchten, daß Miss Boltz wegen Unfähigkeit entlassen wird. Legen Sie Ihre Beweise für Unfähigkeit vor, und wir werden sehen, was Miss Boltz dazu zu sagen hat.«

Wilbings verbeugte sich höflich. »Ich gebe jetzt Ihnen allen vier reguläre Trendex-Werte von Mildred Boltz sowie eine besondere Bewertung, die kürzlich vom Ausschuß bewilligt wurde.«

Es wurden Papiere herumgereicht. Miss Boltz sah sich nur die spezielle Bewertung an, die sie noch nicht gesehen hatte. Der Wert war 0,2 – zwei Zehntel eines Prozents.

»Vier dieser Werte sind Null oder so niedrig, daß wir sie praktisch als Null ansehen können«, sagte Wilbings. »Der Wert von

Siebenundzwanzig ist ein besonderer Fall.«

Der Präsident beugte sich vor. »Ist es nicht ein bißchen ungewöhnlich, daß ein Wert so stark vom Durchschnitt abweicht?«

»Ich habe Grund zu glauben, daß dieser Wert nur eines von diesen beiden sein kann: Betrug oder Fehler. Ich gebe freiwillig zu, daß das meine persönliche Ansicht ist und daß ich keine Beweise habe, die vor einem Gericht stichhaltig wären.«

Die Mitglieder des Ausschusses flüsterten geräuschvoll miteinander. Der Präsident sagte langsam: »Mir ist mindestens tausendmal versichert worden, daß der Trendex unfehlbar ist. Würden Sie uns freundlicherweise den Grund zu Ihrer Annahme mitteilen?«

»Ich möchte das lieber nicht tun.«

»Dann werden wir diese persönliche Ansicht nicht zur Kenntnis nehmen.«

»Die Angelegenheit ist wirklich unwichtig. Selbst wenn man die Siebenundzwanzig mitrechnet, kommt Miss Boltz in neun Wochen nur auf einen Durchschnitt von etwas über fünf.«

Bernard Wallace saß zurückgelehnt in seinem Stuhl, hatte eine Hand in eine Tasche geschoben und wirbelte mit der anderen den Schlüsselring umher. »Wir sehen die Siebenundzwanzig nicht als unwichtig an«, sagte er.

Der Präsident runzelte die Stirn. »Wollen Sie bitte Wilbings den Fall vortragen lassen?«

»Gern. Worauf wartet er noch?«

Wilbings wurde rot. »Es ist undenkbar, daß ein Lehrer mit irgendwelchen Fähigkeiten Werte von Null oder Bruchteilen eines Prozents haben könnte. Als weiteren Beweis für die Unfähigkeit von Miss Boltz möchte ich den Ausschuß davon in Kenntnis setzen, daß sie ohne Erlaubnis zehn ihrer Schüler in ein Studio dieses Gebäudes brachte und versuchte, ihnen Unterricht zu erteilen, der sich über den ganzen Morgen und den ganzen Nachmittag erstreckte.«

Das Füßescharren, das Hantieren mit Zigaretten, das ungezwungene Flüstern, dies alles hörte auf. Miss Boltz trafen verwirrte Blicke. Wilbings ließ die Stille wirken und fuhr dann fort: »Ich brauche Ihnen die vermutlich tödlichen Wirkungen dieser überholten Unterrichtsmethode nicht vorzutragen. Sollten diese bekannten Tatsachen noch eines Beweises bedürfen, so bin ich bereit, eine Aufstellung des Sachschadens als Beweis vorzulegen, der während nur einer dieser Schulstunden angerichtet wurde. Außerdem bin ich persönlich von einem der jungen Rowdys, die unter ihrer Aufsicht standen, angegriffen worden. Glücklicherweise entdeckte ich diesen finsteren Anschlag auf die Jugend unseres Distrikts, bevor die Auswirkungen ihres unerlaubten Unterrichts nicht wieder gutzumachen waren. Ihre sofortige Entlassung wird dem natürlich einen Riegel vorschieben. Meine Herren, so liegt unser Fall.«

Der Präsident sagte: »Das ist kaum zu glauben, Miss Boltz. Würden Sie dem Ausschuß vielleicht mitteilen –«

Bernard Wallace unterbrach ihn: »Sind wir jetzt dran?«

Der Präsident zögerte, sah sich am Tisch um, ob jemand etwas vorschlagen wollte, und meinte dann: »Also los!«

»Eine Frage, meine Herren. Wie viele von Ihnen haben Ihre eigene Erziehung unter den tödlichen Bedingungen absolviert, die Wilbings eben beschrieben hat? Die Hände heben und bitte ehrlich sein. Acht, zehn, elf. Elf von fünfzehn. Danke. Schreiben Sie, meine elf Herren, Ihre gegenwärtigen, erniedrigenden Verhältnisse jener finsteren Erziehungsmethode zu?« Die Mitglieder des Ausschusses lächelten.

»Sie, Wilbings«, fuhr Wallace fort, »Sie reden, als ob jeder mit den tödlichen Wirkungen des Gruppenunterrichts vertraut wäre oder sein sollte. Sind Sie persönlich eine Autorität auf diesem Gebiet?«

»Die Grundlagenforschung ist mir auf jeden Fall vertraut«, erklärte Wilbings steif.

»Haben Sie diese Art Erziehung selbst erlebt? Unter solchen Bedingungen unterrichtet?«

»Aber nein!«

»Dann sind Sie persönlich keine Autorität. Über die sogenannten tödlichen Auswirkungen wissen Sie nur das, was irgendwelche Windbeutel geschrieben haben.«

»Mr. Wallace!«

»Was denn? Ist meine Feststellung ungefähr richtig? Sie wissen nur das –«

»Ich bin immer froh, der Arbeit einer verläßlichen Autorität die angemessene Aufmerksamkeit zukommen zu lassen«, sagte Wilbings.

»Und Sie, meine Herren?«

»Wir sind keine Fachleute auf dem Gebiet der Erziehung«, erklärte der Präsident. »Wir müssen uns auf die Autoritäten verlassen.«

»Prächtig. Hier ist Miss Mildred Boltz, die fünfundzwanzig

Jahre lang Gruppenunterricht auf dem Mars erteilt hat und im Westen vermutlich die fachkundigste Autorität auf diesem Gebiet ist. Miss Boltz, ist der Gruppenunterricht irgendwie schädlich für den Schüler?«

»Bestimmt nicht«, entgegnete Miss Boltz. »Ich kann mich an keinen einzigen Fall erinnern, der beweisen würde, daß der Gruppenunterricht in diesen fünfundzwanzig Jahren dem Schüler nicht gut getan hätte. Während der Fernsehunterricht –«

Sie unterbrach sich, als Wallace sie heftig mit dem Ellbogen stieß.

»Miss Boltz ist Expertin, was Gruppenunterricht betrifft«, sagte Wallace. »Niemand ist hier in der Lage, ihr Urteil auf diesem Gebiet in Frage zu stellen. Als sie zehn ihrer Schüler zusammenbrachte, wußte sie, was sie tat. Ich persönlich würde es sogar für sehr gut halten, wenn ein Schuldistrikt einen Fachmann für Gruppenunterricht unter seinen Mitarbeitern hätte. Wilbings ist anscheinend nicht dieser Ansicht, aber Sie als Mitglieder des Ausschusses mögen es vielleicht in Erwägung ziehen. Und jetzt zu diesem Unsinn mit dem Trendex.«

Wilbings sagte kühl: »Die Trendex-Werte sind kein Unsinn.«

»Ich glaube, ich könnte Ihnen vielleicht sagen, daß sie das sind, aber wir haben nicht die Zeit. Sie behaupten, der Wert von siebenundzwanzig ist entweder Betrug oder ein Fehler. Woher wollen Sie wissen, daß die anderen nicht Betrug oder Fehler sind? Nehmen wir den letzten, diese Sonderbewertung.«

»Da Sie die Frage aufwerfen«, sagte Wilbings, »stelle ich fest, daß Miss Boltz mit einem technischen Mitarbeiter befreundet ist, der in der Lage ist, jeden Wert nach Wunsch zu beeinflussen. Dieser Freund wußte, daß Miss Boltz verabschiedet werden sollte. Plötzlich schoß ihr Wert ein einziges Mal auf einen zufriedenstellenden Wert empor. Die Tatsachen sprechen für sich selbst.«

»Warum sind Sie so sicher, daß dieser letzte Wert weder Betrug noch Fehler ist?«

»Weil ich einen vertrauenswürdigen Techniker von draußen herbrachte. Er hat selbst den letzten Trendex von Miss Boltz gemacht.«

»Da haben wir es ja«, sagte Wallace spöttisch. »Wilbings möchte Miss Boltz den Abschied geben. Er weiß nicht genau, ob der gewöhnliche Trendex genügen wird. Er zieht also einen persönlichen Freund von draußen hinzu, einen, bei dem er sich darauf verlassen kann, die Werte zu bekommen, die er braucht. Also wenn das nicht dem Betrug Tür und Tor öffnet –«

Der Tumult ließ die Fenster erzittern. Wilbings war schreiend aufgesprungen. Der Präsident rief zur Ordnung. Die Mitglieder des Ausschusses diskutierten erregt miteinander.

»Meine Herren«, sagte Wallace, als er sich Gehör verschafft hatte, »ich bin kein Trendex-Fachmann, aber soviel kann ich Ihnen sagen, daß diese fünf Bewertungen auf nichts als ein Durcheinander hinauslaufen. Ich gehe gern mit Ihnen vor Gericht, wenn Sie das wollen, und das Gericht wird Sie lachend wegschicken, aber vielleicht läßt es sich auch einfacher machen. Ich glaube, im Augenblick weiß niemand von uns, ob Miss Boltz wirklich Fähigkeiten hat oder nicht. Machen wir noch einen Trendex, lassen wir die Faxen mit den Proben. Machen wir einen Trendex von allen Schülern, die Miss Boltz hat. Ich kann nichts versprechen, aber wenn diese Bewertung mit dem Durchschnittswert zusammenfällt, dann wäre ich geneigt, vorzuschlagen, daß Miss Boltz ihren Abschied ohne Gerichtsverfahren nimmt.«

»Das klingt vernünftig«, sagte der Präsident. »Wilbings, holen Sie Pargrin, und wir werden sehen, ob es zu machen ist.«

Miss Boltz lehnte sich auf ihren Stuhl zurück und blickte mürrisch auf die blanke Tischplatte. Sie fühlte sich hintergangen. Es war ganz offensichtlich, daß sie die Chance einer Atempause nur hatte, wenn sie die Richtigkeit jener Trendex-Werte in Abrede stellte. Die Prüfung, die Bernard Wallace vorschlug, würde sie so entscheidend bestätigen, daß jede Verteidigung zusammenbrechen würde. Jim Pargrin würde das bestimmt begreifen.

Als er hereinkam, wich er ihrem Blick sorgfältig aus. »Es ist möglich«, sagte er, als der Präsident beschrieben hatte, was benötigt wurde. »Es bringt unsere Arbeit durcheinander, aber ist es morgen recht?«

»Ist es morgen recht, Wilbings?« fragte der Präsident.

»Wenn es um Miss Boltz geht, habe ich kein Vertrauen zu unseren Mitarbeitern.«

Pargrin zog die Augenbrauen hoch. »Ich weiß nicht, worauf Sie hinauswollen, aber wenn Sie Zweifel haben, dann holen Sie zur Aushilfe doch Ihren Techniker.«

»Genügt Ihnen das, Wilbings?« fragte der Präsident.

Wilbings nickte. »Ganz und gar.«

»Na gut. Die Stunde von Miss Boltz ist um viertel nach elf zu Ende. Können wir das Resultat um halb zwölf haben? Schön. Der Ausschuß wird morgen um halb zwölf zusammentreten und den

Fall endgültig abschließen.«

Die Versammlung löste sich auf. Bernard Wallace tätschelte Miss Boltz den Arm und flüsterte ihr ins Ohr: »Ängstigen Sie sich bloß nicht. Sie machen alles wie sonst und geben Ihre beste Fernsehstunde.«

Sie kehrte zu ihrer Klasse zurück, wo Lyle Stewart sie vertrat. »Wie ist es gelaufen?« fragte er.

»Die Sache ist noch unklar«, antwortete sie. »Doch nicht sehr, wie ich fürchte. Morgen könnte der letzte Tag für uns sein. Schauen wir also, was sich noch erreichen läßt.«

Die Fernsehstunde an diesem Mittwochmorgen war die beste, die sie je gehalten hatte. Die Schüler arbeiteten glänzend. Als sie ihnen zusah, dachte sie mit brennendem Herzen an die vielen tausend Schüler, die sie verloren hatte, die ihr zugunsten von Jongleuren, Zauberkünstlern und jungen Lehrerinnen in Trikots den Rücken gekehrt hatten.

Das rote Licht verlosch. Lyle Stewart kam herein. »Sehr hübsch«, sagte er.

»Ihr wart wunderbar«, sagte Miss Boltz zu ihrer Klasse.

Die blinde Sharon sagte tränenerstickt: »Sie sagen uns doch, was passiert? Sofort?«

»Ich werde es euch sagen, sobald ich es weiß«, versprach Miss Boltz. Sie zwang sich zu einem Lächeln und wandte sich dann ab.

Als sie den Gang entlangeilte, wurde sie von einer schlaksigen Gestalt abgefangen.

»Randy!« rief sie. »Was machst du hier?«

»Es tut mir so leid, Miss Boltz«, heulte er. »Ich tu's nie wieder. Darf ich wieder kommen?«

»Ich würde dich gern wieder haben, Randy, aber vielleicht gibt es ab heute keine Klasse mehr.«

Er war anscheinend wie betäubt. »Keine Klasse?«

Sie schüttelte den Kopf. »Ich fürchte sehr, man wird mich verabschieden. Rausschmeißen, könnte man sagen.«

Er ballte die Fäuste. Tränen strömten über sein Gesicht, und er schluchzte krampfhaft. Sie versuchte ihn zu trösten, und es vergingen einige Minuten, bis sie begriff, warum er weinte. »Randy!« rief sie. »Es ist nicht deine Schuld, daß man mich entläßt! Was du getan hast, hat damit nichts zu tun!«

»Wir lassen nicht zu, daß man Sie rausschmeißt«, schluchzte er.

Als sie das Erdgeschoß erreichte, war sie schon zu spät dran.

Atemlos lief sie den Korridor zum Ausschußraum hinab und blieb vor der geschlossenen Tür stehen. Ihre Uhr zeigte Viertel vor zwölf.

Sie klopfte zaghaft. Keine Antwort. Sie klopfte lauter und öffnete schließlich die Tür einen Spaltbreit.

Das Zimmer war leer. Keine Ausschußmitglieder, kein Techniker, kein Wilbings, kein Anwalt Wallace. Es war vorbei, und man hatte sich nicht einmal die Mühe gemacht, sie zu unterrichten. Man wußte, daß sie verstehen würde. Sie fuhr sich mit dem Ärmel über die Augen. »Nur Mut«, flüsterte sie und wandte sich zum Gehen.

Als sie wieder den Gang entlanglief, wurde sie von schnellen Schritten überholt. Es war Bernard Wallace, und er grinste. »Ich fragte mich schon, was Sie aufgehalten hat«, sagte er. »Ich ging nachsehen. Haben Sie die Neuigkeiten gehört?«

Sie schüttelte den Kopf. »Ich habe nichts gehört.«

»Ihr Trendex war neunundneunzig Komma noch was. Wilbings warf nur einen Blick darauf, und es hätte ihn fast umgehauen. Er wollte ›Betrug!‹ schreien, traute sich aber nicht, weil sein eigener Techniker mitgemacht hatte. Der Ausschuß ließ die Sache nach einem Blick fallen. Am liebsten hätten sie Wilbings gleich mit fallen lassen, aber man war in Eile.«

Miss Boltz hielt die Luft an und mußte sich an eine Wand lehnen. »Das ist nicht möglich.«

»Es ist Tatsache. Wir haben das ein bißchen geplant. Jim und ich, wir verschafften uns die Namen all Ihrer Schüler und schrieben ihnen. Nächsten Mittwoch besondere Stunde. Große Sache. Nicht verpassen. Verdammt wenige haben sie verpaßt. Wilbings hat uns direkt in die Hände gespielt, und wir haben ihn fertiggemacht.«

»Nein«, sagte Miss Boltz. Sie schüttelte den Kopf und seufzte. »Nein. Wir können uns nichts vormachen. Ich bin natürlich dankbar, aber es war ein Trick, und wenn der nächste Trendex kommt, fängt Wilbings von vorne an.«

»Es war ein Trick«, gab Wallace zu, »aber eine Art ständiger Trick. Am ersten Tag haben Sie den Kindern von der Schule auf dem Mars erzählt, sagte mir Jim. Das hat sie fasziniert. Wir dachten uns, daß sie die Fernsehklasse auch faszinieren müßte. Wilbings hat den Spezialtrendex gemacht, bevor Sie Ihre Klasse angefangen hatten, aber Jim hat seitdem jeden Tag heimlich nachgeprüft, und Ihre Werte stiegen und stiegen. Gestern lag er über zehn, und da jetzt alle Kinder wissen, was Sie machen, wird er hinaufschnellen und oben bleiben. Also, keine Sorgen mehr. Glücklich?«

»Sehr glücklich. Und sehr dankbar.«

Er wirbelte seinen Schlüsselbund um den Finger und ging.

Sie sah Jim Pargrin auf sich zukommen. Sie faßte ihn bei der Hand und sagte: »Dir verdanke ich alles.«

»Du verdankst es nur dir selbst. Ich war oben und habe es deiner Klasse gesagt. Sie feiert wie wild.«

»Du liebe Güte! Ich hoffe, sie macht nichts kaputt.«

»Ich freue mich für dich. Ein bißchen traurig bin ich aber auch.« Er blickte sie wieder so an, daß sie sich jünger, fast jugendlich fühlte. »Ich dachte mir, wenn du deine Stellung verlierst, kann ich dich vielleicht überreden, mich zu heiraten.« Er blickte verlegen zur Seite.

Sie machte ein paar Schritte und sah sich dann um. »Wieso glaubst du, ich würde dich nicht heiraten, auch wenn ich weiter unterrichte?«

Sein verblüffter Ausruf war unverständlich, und als sie schon lang um eine Ecke gebogen war, konnte sie ihn noch immer pfeifen hören.

Im fünften Stock eilte sie den Gang entlang, der auch zu ihrem Büro führte. Da sah sie, wie die Tür zu ihrem Büro langsam aufging. Ein Gesicht schaute in ihre Richtung, und plötzlich riß eine schlaksige Gestalt die Tür ganz auf und rannte weg. Es war Randy Stump.

Sie blieb wie angewurzelt stehen. »Randy«, flüsterte sie.

Was wollte er in ihrem Büro? Dort waren nur ihre Notizbücher, Schreibzeug und ihre – Handtasche. Sie hatte ihre Handtasche auf dem Schreibtisch liegen lassen.

»Randy«, flüsterte sie wieder und ging langsam weiter.

Sie blickte in ihr Büro. Plötzlich lachte sie, lachte und weinte und lehnte sich an die Tür, während sie rief: »Wo hat er diesen Einfall nur her?«

Auf dem Schreibtisch lag unberührt ihre Handtasche. Daneben war ein lächerlich großer, polierter Apfel, der im weichen Deckenlicht glänzte.

Das zweischneidige Seil

Es war schon einige Minuten nach zwölf, und aus dem kleinen Restaurant strömten appetitliche Dünste, die den Passanten wie hypnotisiert zum Stehen brachten.

In jeder anderen Hinsicht war das Restaurant eher widerwärtig – der Platz, an dem es lag, sein Aussehen, sein Besitzer, der eine, schwankende Kellner, die meisten der Gäste und der Schwarm Fliegen, der unbehindert durch den offenen Eingang flog. Sein Name, »Le Favori des Rois«, war schon mehr als schändlich. Er war in der aufgeklärten Atmosphäre einer Volksrepublik eine hochverräterische Erinnerung an das verhaßte Königreich, verbunden mit einer entwürdigenden, kapitalistischen Neigung zur Übertreibung.

Die königsblauen Buchstaben waren jedoch längst bis zur Unleserlichkeit verblaßt. Nur wenige Leute bemerkten sie, und niemand dachte sich etwas, am wenigsten der Besitzer, der selbst Kapitalist und somit politisch verdächtig war, wenn auch seine Suppe die beste war, die man südlich der Donau bekommen konnte.

Als Serge Marzoff das Restaurant betrat, saß der Fremde an seinem üblichen Tisch. Unter all den Menschen der überquellenden Hauptstadt besaß nur der obskure Mr. Jones das Vorrecht, im »Le Favori des Rois« über einen reservierten Tisch zu verfügen. Er kam jeden Tag zur selben Stunde mit dem Taxi, und er gab gute Trinkgelder.

Marzoffs Eintritt war zeitlich sorgfältig abgestimmt. Mr. Jones war eingetroffen, hatte Zeit gehabt, sein Essen zu bestellen und eine seiner teuren, ausländischen Zigarren zu entzünden, und von diesem Moment an würde alles wie gewohnt verlaufen. Marzoff würde sich bestürzt in dem überfüllten Restaurant umsehen. Mr. Jones würde aufspringen und ihm einen Platz an seinem Tisch anbieten. Marzoff würde ablehnen, um seinem vornehmen Freund nicht lästig zu fallen. Mr. Jones würde nicht locker lassen und den protestierenden Marzoff zu seinem Stuhl führen. Dann würde man speisen und sich unterhalten.

Leider hielten sich die Ereignisse dieses Tages nicht an ihren üblichen glatten Verlauf. Mr. Jones las in seiner Post und sah Marzoff nicht eintreten. Marzoff ließ sein Auge durch den Raum schweifen und entdeckte zu seinem Entsetzen direkt vor sich einen leeren Tisch. Er verwünschte sein Unglück und tat, als sähe er den Tisch nicht.

Der scharfäugige Besitzer kam auf ihn zu und wies auf den leeren Tisch. Marzoff nickte herablassend. »Ich sitze lieber weiter hinten«, sagte er. Der Besitzer sah sich um, warf die Hände in die Höhe, und in diesem Moment blickte Mr. Jones her, sah Marzoff und sprang auf.

Der erleichterte Marzoff gestattete Mr. Jones, ihn wegzuführen. Er war gerade noch einer Katastrophe entkommen, einer doppelten Katastrophe. Hätte er sich vom Besitzer an den leeren Tisch setzen lassen, hätte er seine Aufgabe nicht erfüllen können und außerdem sein Essen selbst bezahlen müssen.

»Nett, Sie wiederzusehen«, murmelte Mr. Jones. Er sammelte seine Briefe ein und steckte sie weg. Er war ein angenehmer, grauhaariger Mann, der prompt lächeln konnte, und Marzoff mochte ihn mehr, als er sich selbst eingestehen wollte.

»Nett, Sie zu sehen«, erwiderte Marzoff. Er konnte sich jetzt entspannen und nach Herzenslust bestellen, weil er sicher wußte, daß das Essen von einer erstaunlichen Einrichtung bezahlt wurde, die von Mr. Jones Spesenkonto genannt wurde. »Und haben Sie Nachrichten von zu Hause?« fragte er.

»Nichts Aufregendes«, entgegnete Mr. Jones. »Meine Tochter teilt mir mit, daß ich Großvater werde, zum fünftenmal. In meiner Heimatstadt herrscht eine Hitzewelle, und man hätte gern etwas Regen. Mein junger Neffe interessiert sich für fliegende Untertassen, und ich soll ihm ein billiges Fernglas besorgen, damit er sich auf die Lauer legen kann. Was ist los?«

Marzoff hatte ein Gesicht gezogen. »Kapitalistischer Blödsinn«, sagte er.

Jones paffte friedlich seine Zigarre. »Ich glaube, ich erinnere mich, etwas von fliegenden Untertassen über diesem Land gehört zu haben. Natürlich Gerüchte. Ihr von der Zensurbehörde würdet so etwas nicht im Druck erscheinen lassen.«

»Der Zweck der Zensurbehörde«, erklärte Marzoff steif, »besteht darin, darauf zu achten, daß die Leute nicht durch Lügen und leere Gerüchte irregeführt werden.«

Jones machte eine versöhnliche Geste. »Selbstverständlich. Wie könnte man sonst die Existenz einer Zensurbehörde rechtfertigen? Trotzdem sind Lügen manchmal relativ. Es gibt Grade der Unwahrheit, so wie es Grade der Wahrheit gibt. Vor allem ein Mann von der Zensur sollte sich dessen bewußt sein.«

Jones richtete seine blauen Augen mit einem anscheinend arglosen Ausdruck auf Marzoff, doch der rutschte unruhig auf seinem Stuhl hin und her. Sie wurden vom Kellner unterbrochen, der stumm wartete, bis Marzoff gewählt hatte.

»Gerüchte«, sagte Jones, als der Kellner außer Hörweite war, »sind ein natürlicher, schöpferischer Ausdruck des Volkes. Es ist unklug, eine so wichtige Form der Verständigung zu unterbinden, da in den meisten Gerüchten ein Körnchen Wahrheit steckt. Das stimmt doch?«

Marzoff zuckte die Achseln. Er ließ sich nicht hereinlegen.

»Nehmen wir an«, fuhr Jones fort, »einer Ihrer Bauern würde irgendwo an einer abgelegenen Stelle eine fliegende Untertasse landen sehen. Was würde er tun?«

»Nichts«, sagte Marzoff. »Weil er sie nicht sehen würde. Es gibt nichts dergleichen.«

»Woher wissen Sie das?« fragte Mr. Jones. »Aber Sie haben wahrscheinlich damit recht, daß Ihr Bauer nichts tun würde. Ihm ist gesagt worden, daß es dergleichen nicht gibt. Deshalb würde er seinen eigenen Augen nicht trauen. Wenn er so verwirrt wäre, daß er zur Polizei rennen würde, was würde geschehen? Man würde ihn entweder ins Gefängnis werfen, weil er über ein verbotenes Thema redet, oder man würde ihn auslachen. Natürlich wird er nie wieder über fliegende Untertassen reden. In meinem Land wäre es anders. Es würde sich rasch herumsprechen. Zeitungsleute würden mit Kameras kommen. Die Behörden würden Nachforschungen anstellen, und die Wissenschaftler auch. Die Wahrheit würde bestätigt oder der Schwindel aufgedeckt werden. Ich glaube, das ist viel besser so. Die Zensur ist ein zweischneidiges Schwert. Oder vielleicht ist sie ein zweischneidiges Seil. Sie kann das ersticken, was sie eigentlich beschützen soll.«

»Das ist lächerlich«, verwahrte sich Marzoff. »Wer braucht Schutz vor etwas, das es gar nicht gibt?«

Zu seiner großen Erleichterung sah er den Kellner herankommen. Der alte Mann stellte einen dampfenden Teller mit Gulasch vor Jones auf den Tisch und hinkte davon.

»Lassen Sie es sich durch den Kopf gehen«, sagte Jones. »Sollte dieser Planet je vom Raum her überfallen werden, dann wird der erste Schlag nicht mein Land treffen. Er wird eine Ihrer Volksrepubliken treffen, aber wahrscheinlich nicht Ihre Freunde, die Sowjets, und zwar wegen deren bewundernswerter Technologie. Es wird ein Land wie Ihres sein, rückständig, mit einem unvollkommenen Nachrichtensystem und einem Volk, das seit langem darauf abgerichtet ist, nur zu glauben, was man ihm sagt, und zu tun, was ihm gesagt wird.« Er nahm einen Löffel voll Gulasch und seufzte: »Unglaublich. Dieser Koch könnte in New York oder Paris ein Vermögen machen. Und dabei plagt er sich hier ab.«

Marzoff seufzte ebenfalls. Er war erleichtert, daß Jones endlich das Thema gewechselt hatte. Sein Essen kam auch. Sie speisten und redeten über das Wetter. Sie beendeten ihr Mahl. Jones gab Marzoff eine ausländische Zigarre und bestand darauf, die Rechnung zu bezahlen. Sie trennten sich am Eingang des Restaurants. Marzoff wollte in sein Büro zurück, und Jones nach einem Taxi Ausschau halten.

Marzoff war beunruhigt. Nervös spannte er ein Formular in seine Schreibmaschine, dasselbe, das er jedesmal nach seinem wöchentlichen Treffen mit Jones ausfüllte, und dann hielt er inne und starrte nachdenklich auf die Tasten. Warum dieses plötzliche Interesse für fliegende Untertassen, und wieso glaubte Jones, ein Bauer würde Angst haben, darüber zu reden, selbst wenn er eine gesehen hätte?

Eine Vermutung wie diese war eine abfällige Äußerung über die Haltung der Volksmasse und daher Hochverrat. Wenn er die Einzelheiten des Gespräches berichtete, würde Jones zweifellos des Landes verwiesen werden. Er würde als Versager nach Hause geschickt, dem Schicksal ausgeliefert, das die kapitalistischen Machthaber Versagern zugedacht hatten. Wahrscheinlich würde man ihn erschießen, was bedauerlich wäre.

Auf eine Regung hin ging Marzoff zu dem Brett hinüber, wo die neuen Bestimmungen angeschlagen waren. Er war den ganzen Morgen nicht im Büro gewesen, und es war möglich –

Fliegende Untertassen.

Marzoff las nach und erschrak zutiefst. Fliegende Untertassen . . . schriftliche oder mündliche Erörterung . . . in der Öffentlichkeit oder privat . . . *die Todesstrafe!* Und er, Serge Marzoff, hatte eben in einem öffentlichen Restaurant mit einem Ausländer über fliegende Untertassen geredet!

Er stolperte zu seinem Schreibtisch zurück und vergrub sein Gesicht in den Händen. Konnte man sie belauscht haben? Wie gewöhnlich hatten sie mit leisen Stimmen gesprochen, und bei dem Lärm und Durcheinander im Restaurant, nein, das glaubte er nicht. Er würde einen harmlosen Bericht schreiben und das Beste hoffen müssen. Und wenn er Mr. Jones das nächstemal sehen würde, müßte er ihn scharf dafür zurechtweisen, daß er ihnen beiden fast sein albernes zweischneidiges Seil um den Hals gelegt hatte.

Marzoff schrieb. Mr. Jones hatte etwas über die Rückständigkeit der Genossen Bauern gesagt und Interesse gezeigt, als ihm Marzoff auseinandersetzte, wie das vom laufenden Siebenjahresplan in Ordnung gebracht werden würde. Und so weiter.

Er riß die Seite aus der Schreibmaschine, unterschrieb und begab sich schüchtern zum Leiter der Behörde, Dimitri Storavieff. Storavieff sagte: »Ach, dieser Zeitungskorrespondent.« Er warf einen Blick auf den Bericht und zeichnete ihn ab. Er entließ Marzoff mit einem Kopfnicken.

Marzoff ging zurück an seinen Schreibtisch. Ein Stapel Zeitungen war während seiner Abwesenheit dort abgelegt worden, aber er war zu aufgewühlt, um sich sofort an die Arbeit zu machen. Wäre es möglich, fragte er sich, daß Jones ihm etwas hatte mitteilen wollen? Aber ausländische Zeitungsleute hatten Beziehungen zu allen möglichen hohen Beamten, und Marzoff war ein Niemand. Es stimmte, daß sein Vater Landwirtschaftsminister gewesen war, bevor ihn unglücklicherweise gedungene Mörder der Kapitalisten getötet hatten. Und sein Onkel war stellvertretender Polizeichef, doch abgesehen davon, daß er die untergeordnete Stellung in der Zensurbehörde erhalten hatte, war das von keinem großen Einfluß gewesen. Nein, wenn Jones Informationen weitergeben wollte, würde er sich nicht Marzoff zum Empfänger wählen.

Was bezweckte er also?

Plötzlich hatte Marzoff die Antwort. Mr. Jones hatte einen Köder ausgelegt, um zu sehen, was an die Oberfläche kommen würde. Er hatte versucht, herauszufinden, was Marzoff, was die Zensurbehörde wußte. Wieso hatte Jones diesen bestimmten Moment gewählt, als eben die Bestimmung über die fliegenden Untertassen erlassen worden war? Die Bestimmung selbst war der Grund. Sie kam ohne Zweifel unerwartet. Und schon zwei Stunden später verletzte Jones sie in einem öffentlichen Restaurant, um herauszubekommen, was sich hinter ihr verbarg.

»Ach so!« murmelte Marzoff. Es gab also fliegende Untertassen oder etwas Ähnliches. Sie waren eine kapitalistische Verschwörung, und Jones hatte mit ihr zu tun.

Fünf Minuten später stand Marzoff wieder vor dem Leiter. Storavieff blickte ungeduldig auf. »Was gibt's denn?«

»Ich denke«, sagte Marzoff mit kühnerer Stimme als üblich, »ich habe eine schreckliche Verschwörung gegen unsere Glorreiche Republik und unseren Glorreichen Führer entdeckt.«

»Einer der Zeitungsartikel? Zeigen Sie her.«

»Nein. Aber man muß ganz sichergehen, und ich bin mir jetzt, das heißt, ich bin mir sicher, aber es fehlt noch – ich meine –« Marzoff wurde rot und schwieg verwirrt.

Storavieff sah ihn scharf an. »Was wollen Sie?«

»Urlaub«, platzte Marzoff heraus. »Ein paar Tage, um Nachforschungen –«

Storavieff nickte. »Nehmen Sie eine Woche Urlaub. Wenn das nicht genügt, lassen Sie es mich wissen.«

Marzoff strahlte. »Danke.«

Am nächsten Tag schlürfte Marzoff schlechten Wein an einem Tisch im Freien, gegenüber dem Restaurant »Le Favori des Rois«. Dann näherte sich Mr. Jones dem Restaurant. Marzoff widerstand der Versuchung, sich zum Essen einladen zu lassen und fragte sich lieber, was er von der Kunst wisse, wie Spione zu fangen seien. Leider nur sehr wenig. Er fuhr fort, seinen Wein zu schlürfen und nachzudenken, und als Mr. Jones schließlich herauskam und Ausschau nach einem Taxi hielt, war Marzoff zu nichts anderem als einem leichten, aber äußerst ekelhaften Schwips gekommen.

Er trank seinen Wein aus und lief langsam zum Ende des Platzes und zurück. Schließlich kehrte er zu seinem Stuhl an dem Tisch zurück und bestellte wieder Wein.

Angenommen, sagte er zu sich selbst, daß Mr. Jones seine Bewunderung für das Essen im »Le Favori des Rois« nur vortäuscht – warum dann der tägliche Besuch in dieser tristen Gegend? Offenbar suchte er das »Le Favori des Rois« auf, um jemanden zu treffen. Den Besitzer? Ein logischer Schluß und daher unwahrscheinlich. Der Besitzer hatte kaum Kontakt mit seinen Kunden, da er sie lediglich an die leeren Tische führte. Andererseits –

Der Kellner!

Für den Kellner war es einfach, Mitteilungen von Jones zusammen mit dem Essen weiterzureichen, und für Jones, Nachrichten unter dem Teller zurückzulassen. Das ging seit Monaten so, direkt vor der Nase von Marzoff, und er hatte keinerlei Verdacht gehegt.

Er sprang auf und machte sich daran, die Umgebung zu erkunden. Sein Umherirren endete in der schmalen Gasse hinter dem Restaurant, in der es aber so unangenehm roch, daß er sich rasch zurückziehen mußte. Er kehrte an seinen Tisch zurück. Durch die offene Restauranttür konnte er manchmal den alten Kellner sehen.

Endlich wurde es dunkel. Marzoff lauerte in den Schatten, sah, wie nach und nach die Geschäfte schlossen, wie der Platz sich leerte. Es wurde Mitternacht. Endlich schickte sich auch der störrische Besitzer des »Le Favori des Rois« ins Unvermeidliche und schloß geräuschvoll seine Tür. Marzoff rannte mit jagendem Herzen über den Platz zur Mündung der übelriechenden Gasse.

Minuten vergingen, und dann kam schlurfend der Kellner in Sicht. Marzoff preßte sich an eine dunkle Wand, bis der Kellner das Ende des Platzes erreichte; dann eilte er ihm nach.

Eine alptraumhafte, hindernisreiche Wanderung durch enge, unbeleuchtete Straßen begann. Schließlich bog der Kellner in einen kleinen Hof ein, hob sich einen Augenblick vor noch dunkleren Schatten ab und war verschwunden. Marzoff rannte hinter ihm her. Als er am Ende des Hofes war, packten ihn starke Arme, warfen ihn zu Boden und bearbeiteten ihn mit den Fäusten. Er richtete sich auf, schlug zurück und wurde sofort bewußtlos geprügelt. Minuten oder Stunden später öffnete er seine Augen in einer überfüllten Zelle mit einem einzigen, hohen, vergitterten Fenster und erfuhr, daß er sich im Gewahrsam der Polizei befand.

»Ihr Name«, sagte der Beamte und blätterte in Marzoffs Papieren, »ist Serge Marzoff.«

»Genau.«

»Mein Mitarbeiter teilt mir mit, daß Sie sich weigern, mit einem so kleinen Tier wie ihm zu reden. Genügt mein bescheidener Rang, oder muß ich meinen Vorgesetzten rufen?«

Marzoff nahm seinen Mut zusammen und sagte deutlich: »Ich habe Informationen über eine schändliche Verschwörung, und ich verlange eine Unterredung mit unserem Glorreichen Führer.«

Der Beamte brachte das Gelächter der Umstehenden mit einer Handbewegung zum Schweigen. »Marzoff«, sagte er nachdenklich, »Sie sind nicht zufällig mit General Marzoff verwandt?«

»Er ist mein Onkel.«

Der Beamte blickte Marzoff vorsichtig an. »Und – unser kürzlich betrauerter Landwirtschaftsminister?«

»War mein Vater.«

»Verstehe.« Der Beamte ließ seine Daumen in vollkommener Stille kreisen. »Wenn Sie sich entschließen, sich mir vertraulich zu eröffnen, werde ich dafür einstehen, meinen geringen Einfluß so zu verwenden, daß Ihre Informationen an die zuständigen Stellen gelangen.«

»Unser Glorreicher Führer«, sagte Marzoff fest.

»Abführen!« sagte der Beamte.

Im Laufe des Tages wiederholte sich der Auftritt viermal vor Beamten, deren Rang schwindelerregend höher wurde. Nach jedem Verhör wurde er in eine bessere Zelle gebracht. Die letzte, in der er die Nacht verbrachte, war beinahe bequem.

Am zweiten Tag ließ man ihn in Ruhe, und seine Entschlossenheit löste sich in panische Angst auf. Er hatte hochgestellten Beamten die Zeit gestohlen, und nur seine Verbindung mit einer Familie, die ihn schon seit langem als nutzlos abgeschrieben hatte, bewahrte ihn vor schneller Hinrichtung.

Um Mitternacht wurde er aus seinem Bett gerissen. Er ging zitternd mit, erwartete ein Erschießungskommando, wurde jedoch in ein Auto gesteckt und in rasender Geschwindigkeit durch dunkle Straßen gefahren. Der Wagen hielt an einem ihm unbekannten Hintereingang, und man führte ihn durch endlose Korridore schließlich in einen schwach erleuchteten Raum, in dem eine Gruppe Männer darauf wartete, das Urteil über ihn zu fällen. Dann erkannte er einen von ihnen.

»Unser Glorreicher Führer«, murmelte er und sank auf die Knie.

»Auf die Füße, Genosse Marzoff!« sagte die vertraute Stimme. »Im Dienst am Volke sind wir alle gleich.«

Marzoff stand auf und hielt die Augen gesenkt.

»Sie haben Information für mich, Genosse Marzoff?«

Marzoff holte tief Luft. Er kannte diesen Mann seit Jahren, obwohl sich der Glorreiche Führer bestimmt nicht an ihn erinnerte. Soweit sich Marzoff zurückerinnern konnte, hatte er ihn schon immer mit scheuer Bewunderung betrachtet, damals, als sowohl der Glorreiche Führer als auch sein Vater und Onkel auf der Flucht vor dem alten, tyrannischen Regime gewesen waren. Die Stimme, das Gesicht waren ihm vertraut wie die von Familienangehörigen. Seine Scheu fiel ab, und er berichtete die ganze Unterhaltung mit Mr. Jones und wozu sie geführt hatte.

Im Raum war es still, als er am Ende war. Der Glorreiche Führer räusperte sich vernehmlich und sagte nicht unfreundlich: »Genosse Marzoff. Ihre Motive sind über jeden Verdacht erhaben, Ihr Eifer ist lobenswert, und Ihr Denken ist unbeschreiblich konfus. Fliegende Untertassen? Jedermann weiß, daß sie eine Erfindung der Kapitalisten sind, um ihre aufsässigen Bevölkerungen niederzuhalten. Unsere Bürger brauchen zur Stärkung ihrer Treue keine solchen Hirngespinste. Was Ihre Arbeit als Agent betrifft, so weiß ich, daß ich mich auf Ihre Verschwiegenheit verlassen kann, wenn ich Ihnen sage, daß der Mann, dem Sie folgten, ein Spitzel unserer Polizei ist. Sie haben sich lästig erwiesen, Genosse Marzoff, aber Sie haben es gut gemeint, und Sie sind der Sohn eines alten Freundes. Sie werden morgen früh zur Zensurbehörde zurückkehren und in Zukunft Ihre Pflichten dort erfüllen und den Staatsschutz Fachleuten überlassen. Ich versichere Ihnen, daß er in guten Händen liegt. Einverstanden?«

Marzoff nickte.

»Schön.«

Der Glorreiche Führer stand auf und ging. Marzoff blickte ihm bewundernd nach, sah ihm ins Gesicht, als er sich noch einmal umdrehte, betrachtete seine Ohren, seltsame Ohren, die an den Seiten des Kopfes anscheinend in flachem Relief herausgearbeitet waren –

»Sie sind nicht der Glorreiche Führer«, platzte Marzoff heraus.

Der Mann blieb stehen, und jede Freundlichkeit war aus seinem Gesicht verschwunden. Er funkelte Marzoff an. Dann nickte er, und dieses stumme Nicken traf Marzoff wie ein donnernder Vernichtungsschlag.

Was es auch war.

Dimitri Storavieff sah ungeduldig auf und sagte: »Ach, Marzoff. Sie sind zurück?«

»Ja.«

»Und diese geheimnisvolle Verschwörung?«

»Es gab keine. Es tut mir leid, daß ich soviel Zeit vergeudet habe.«

Storavieff nickte. Marzoff war ein kleiner Idiot, aber andererseits hatte er bedeutende Verwandte, und selbst Idioten stoßen manchmal auf etwas Wichtiges. Es war kein Schaden angerichtet worden. Die Zensurbehörde hatte ihn gewiß nicht vermißt.

»Übrigens«, sagte Storavieff, »was diesen Zeitungskorrespondenten Jones angeht. Er hat gestern nacht einen dummen Unfall gehabt. Höchst bedauerlich. Es wird alle möglichen lästigen Anfragen geben. Es wäre vielleicht gut, wenn Sie in einem Brief an seine Familie unser Bedauern ausdrücken würden.«

»Jawohl.«

»Na schön. Sie wissen, was zu tun ist.«

Einen Augenblick später wurde Storavieff durch einen Wortwechsel im äußeren Büro aufgestört. Marzoff hatte sich geistesabwesend an den falschen Schreibtisch gesetzt. Storavieff sah ihm zu, wie er sich entschuldigte und in die richtige Ecke ging.

»Was für merkwürdige Ohren der Mensch hat«, dachte sich Storavieff plötzlich. »Merkwürdig, daß mir das noch nie aufgefallen ist.«

Ohren! Er schnippte mit den Fingern. Da war doch etwas über Ohren, ja, in einer neuen Bestimmung, die er las, als Marzoff ihn unterbrach. Er ging an seinen Schreibtisch und nahm die Aufstellung.

Ohren. Gewisse kapitalistische Korrespondenten machten sich über die Form der Ohren von Bürgern der südlichen Provinzen lustig. Dieses hochverräterische Tun sollte rassistische Spannungen ähnlich denen, die die kapitalistischen Nationen heimsuchten, auch in der Volksrepublik schaffen. Jede weitere Erwähnung von Ohren wäre ab sofort eine strafbare Handlung.

»Gehört sich auch so«, sagte Storavieff und zeichnete das Papier ab.

Auge um Auge

Walter Dudley und seine Frau blieben oben auf der Rampe stehen und warfen einen ersten Blick auf die unabhängige Welt Maylor. Die trostlose Landschaft erstreckte sich ohne Unterbrechung bis zum starren Horizont.

»Sieht nicht sehr interessant aus«, bemerkte Dudley.

Eleanor Dudley war deutlicher. »Hier stinkt's.«

»Vielleicht ist es in der Stadt besser«, sagte Dudley. Man konnte in einer Welt, die zugegebenermaßen die letzte Zuflucht des Versagers war, nicht viel an zivilisatorischem Flitterkram erwarten.

Im winzigen Ankunftsgebäude wurden sie von Hamal Bakr, dem provisorischen ortsansässigen Geschäftsführer der Galaktischen Versicherungsgesellschaft, begrüßt. Dudley konnte ihn auf den ersten Blick nicht leiden. Er war nicht nur groß, sondern auch noch gutaussehend. Er preßte Dudleys Hand und beugte sich tief über die von Eleanor, wobei er ihre Finger mit seinem Schnurrbart streifte und murmelte, daß die alte Behauptung, Maylor habe die schönsten Frauen, bis zu ihrer Ankunft nichts als Schwindel gewesen sei. Eleanor kicherte.

»Ich habe eine Wohnung für Sie gefunden«, sagte Bakr. »Sie wird Ihnen nicht gefallen, aber in der kurzen Zeit konnte ich nichts Besseres auftreiben. Hier herrscht schreckliche Wohnungsnot.«

»Wir haben wahrscheinlich schon Schlimmeres gesehen«, versicherte Dudley.

»Ich habe meinen Wagen draußen«, sagte Bakr. »Ich werde Sie fahren.«

Er führte sie durch den Zoll, stauchte Beamte zusammen, schüchterte Gepäckträger ein. Dann lud er das Ehepaar Dudley samt Gepäck in seinen schnittigen Wagen und röhrte, weiße Staubwolken aufwirbelnd, siegessicher davon.

»Für den Fall, daß Sie es kaum erwarten können«, sagte er zu Dudley, »kann ich Ihnen den Stand unserer Geschäfte hier in drei Worten zusammenfassen: Es läuft nichts.«

Dudley kratzte sich verwirrt den Kopf. »So schlimm kann es nicht sein. Was macht die Konkurrenz? Ich weiß, niemand deckt Flugwagen besser als die Galaktische ab, und bei Feuer –«

»Auf Maylor gibt es keine Flugwagen. Sind verboten. Zu gefährlich. Aber das hier –«, sagte Bakr und wich einem in der Mitte der Straße entgegenkommenden Fahrzeug eben noch aus, »– das halten sie für sicher.«

»Die müssen schrecklich viele Unfälle haben. Wie viele Versicherungsscheine für Wagen haben wir ausgegeben?«

»Einen.«

Dudley starrte ihn an. »Nur einen Schein? Auf dem ganzen Planeten? Das kann nicht Ihr Ernst sein.«

»Doch. Die Galaktische Versicherungsgesellschaft hat einen Versicherungsschein für Wagen ausgegeben, und zwar für meinen. Aufgrund merkwürdiger Bräuche und Gesetze sehen die Bürger von Maylor eine Versicherung als unnötig oder unverständlich oder beides an. Sie wollen unter keinen Umständen welche abschließen. Hat man Ihnen das nicht erklärt? Ich dachte, man habe Sie hierhergeschickt, um das Büro zu schließen.«

»Mir ist nichts erklärt worden«, erwiderte Dudley finster. »Ich wurde hierhergeschickt, um das Geschäft anzukurbeln.«

»Ich hatte keine Ahnung, sonst hätte ich es Ihnen schonend beigebracht.«

Eleanor meinte gedehnt: »Denken Sie sich nichts. Das ist die neunte Stelle, die Walter in vier Jahren gehabt hat. Man könnte sagen, er ist gewohnt, ein Versager zu sein.«

Man fuhr schweigend weiter.

Die Hauptstadt von Maylor erwies sich als nervenaufreibende Mischung von Schmutz, Lärm und Durcheinander. Fabriken spien Qualm aus, der Verkehr war ohrenbetäubend, und die niedrigen Gebäude waren scheußlich. Dudley sah sich die schäbigen Gebäude mit den Augen des Versicherungsexperten an und war entsetzt.

»Feuerversicherung?«

»Eine«, sagte Bakr. »Meine.«

Die Architektur wurde deutlich besser, als sie sich der Stadtmitte näherten. Die Gebäude waren aus Ziegelstein und manchmal zwei oder drei Stockwerke hoch. Der Verkehr wurde aber immer chaotischer. Fußgänger und Wagen teilten sich in die engen Straßen. Die Gebäude grenzten direkt an die Straßen. Es war möglich, einen vorsichtigen Schritt vor die Tür zu tun und dabei von einem Wagen erwischt zu werden.

»Solche Risiken und keine Versicherung?« fragte Dudley ungläubig.

Bakr gab keine Antwort.

Direkt vor ihnen war ein chaotischer Wirbel. An einem der Gebäude wurde gebaut. Arbeiter und Geräte waren über die Straße verteilt, und Fußgänger und Wagen zwängten sich vorbei.

»Hier sind wir«, sagte Bakr. »Ich kann auch gleich hier anhalten.« Er drängte sich zum Straßenrand, stieß Fußgänger beiseite und hielt dicht an einem Gebäude an. »Wir schaffen die Sachen rauf, und dann zeige ich Ihnen das Büro.«

»Was machen die mit dem Haus?« fragte Eleanor.

»Man baut noch ein Stockwerk drauf.«

»Und in dem Krach sollen wir leben?« rief sie.

Bakr und Dudley trugen das Gepäck nach oben und ließen dann die wütende Eleanor in den drei engen Zimmern, die auf Maylor eine Luxuswohnung darstellten, zurück, weil Dudley noch im Büro vorbeisehen wollte. Dudley blieb auf der Straße stehen, um den Bauarbeitern zuzusehen.

Ein Mann zog an einem dünnen Seil, das durch eine Reihe Flaschenzüge lief, und hob langsam eine gewaltige Ladung Ziegelsteine in die Höhe. Fußgänger schlenderten unbekümmert unter der schwankenden Last hindurch. Dudley hatte wirklich Angst. »Trifft man denn überhaupt keine Sicherheitsvorkehrungen?«

»Doch. Da steht ein anderer Arbeiter bereit für den Fall, daß der Mann am Seil müde wird. Wenn Sie die fragen, würde man Ihnen sagen, daß es kaum Unfälle gibt.«

»Haftpflichtversicherung?«

»Die wissen überhaupt nicht, was das ist«, sagte Bakr. »Wenn Sie können, schauen Sie sich das Seil mal aus der Nähe an. Der Hanf ist schlechte Qualität, und das Seil hat nur zwei Stränge. Wenn einer reißt, kann der andere die Last nicht halten. Gehen wir?«

Dudley nickte, und sie stiegen in Bakrs Wagen.

»Die Leute auf Maylor schauen gut aus«, bemerkte Dudley. Sie waren eine kräftige, blonde Rasse, hübsch und heiter.

»Allerdings«, stimmte Bakr ihm zu. »Maylor hat die schönsten Frauen. Und auch gutaussehende Männer. Aber für meinen Geschmack sind sie viel zu tugendhaft.«

Das Büro der Galaktischen Versicherung war ein kleines Zimmer im zweiten Stock. Es enthielt einen Schreibtisch, zwei Stühle und eine Reihe leerer Aktenschränke.

»Keine Mitarbeiter?« fragte Dudley.

»Keine Arbeit«, sagte Bakr. »Als ich hier übernahm, habe ich den einzigen Angestellten sofort entlassen.«

»Wie lange sind Sie hier?«

»Seit drei Monaten. Ich war auf dem Rückweg zur Zentrale, als man den Geschäftsführer für Maylor hinauswarf, und McGivern bat mich, die Stellung zu halten, bis ein neuer bestimmt sei. Zweimal die Woche habe ich vorgeschlagen, das Büro zu schließen. Ich hatte Angst, McGivern könnte mich befördern und mir die Stelle geben. Ich empfinde Mitleid mit Ihnen, aber sehr viel mehr kann ich für Sie nicht tun.«

»Sie können mich über die Lage aufklären. Soviel ich weiß, lief dieses Büro am Anfang sehr gut.«

»Das Geschäft war in den ersten sechs Monaten eine Sensation. Dann begannen Forderungen hereinzukommen, und nach weiteren sechs Monaten waren nur noch die Angestellten der Galaktischen versichert.«

»Was ist passiert? Wurden die Forderungen zurückgewiesen?«

Bakr schüttelte den Kopf. »Bei einem Eingeborenen mit einer Feuerversicherung brannte es. Die Gesellschaft bot eine großzügige Schadensregulierung, aber er nahm sie nicht an. Er hatte sich gegen Feuer versichert, und trotzdem hatte es bei ihm gebrannt. Warum sich gegen Feuer versichern, wenn einem das nicht die

Brände vom Leib hält?«

Dudley protestierte: »Man hat ihm doch sicher die Grundzüge des Versicherungswesens erklärt?«

»Auf Maylor sinnlos. Die Leute wollen kein Geld. Sie wollen, daß es nicht brennt. Dasselbe passierte mit unserer Lebensversicherung. Ein Eingeborener versicherte sein Leben bei der Galaktischen. Er starb trotzdem. Der Versicherungstext war offenbar nicht das Papier wert, auf das er gedruckt war. Und im Angesicht so offensichtlichen Versagens Geld anzubieten, lief auf Bestechung hinaus. Diese Haltung beruht auf völlig vernünftigen Gründen. Wenn Sie mögen, können Sie die gesetzlichen, gesellschaftlichen und geschichtlichen Hintergründe studieren – das werden Sie auch tun –, aber mehr als ein etwas besseres Verständnis, warum keine Versicherung zu verkaufen ist, werden Sie dadurch nicht erzielen.«

»Verstehe«, sagte Dudley.

»Ich nehme das nächste Schiff. Ich schlage vor, Sie kommen mit.«

»Das kann ich nicht. Ich hatte miserables Glück, und McGivern –«

»Hat er Ihnen eine Frist gesetzt?«

»Drei Monate, das ist zuwenig. Einmal gab er mir sechs Monate, und dann tauchte er mit seiner privaten Raumjacht, der ›Entschädigung‹ auf, als ich erst zwei Wochen an der Arbeit war. Er schaute mir ein paar Tage über die Schulter und löste mich ab. Es würde mich nicht wundern, wenn er morgen hier auftauchen würde und wissen wollte, warum das Problem noch nicht gelöst ist.«

Bakr stand auf. »Das droht, wenn der Boß eine Privatjacht hat. Wenn ich Ihnen irgendwie helfen kann –«

»Ich glaube, ich brauche einen Wagen.«

»Sie können einen mieten. Ich erledige das für Sie.«

»Und eine Versicherung für ihn.«

Bakr grinste. »Da wird sich auf einen Schlag das Geschäft verdoppeln. Wenn ich abreise, wird mein Schein natürlich gelöscht, aber eine Woche lang haben Sie einen sensationellen Geschäftsbericht.«

Dudley sah vom einzigen Fenster des Zimmers aus zu, wie Bakr abfuhr. An der Ecke streifte sein Wagen das Gewand einer Fußgängerin, und sie blieb mitten im Verkehr stehen, um ihm mild nachzulächeln. Dudley schüttelte den Kopf und zog sich an seinen Schreibtisch zurück.

Ihm blieben vielleicht drei Monate. Er hatte keinen Werbeetat, würde erst einen haben, wenn das Geschäftsvolumen es erlauben würde. Da konnte er nur als Vertreter von Tür zu Tür gehen. Er brauchte eine Zeitung, um herauszufinden, wo es in letzter Zeit gebrannt hatte oder wo eingebrochen worden war.

Unten im Gebäude war ein Krämerladen, und dort fragte er den Verkäufer, wo er eine Zeitung kaufen könne.

»Tut mir leid«, sagte der junge Mann, »wir haben keine mehr.«

»Gibt es jemanden, der eine hat?«

»Glaube ich kaum. Sie ist vor mehr als einer Woche erschienen.«

»Wann erscheint die nächste Ausgabe?«

Der Verkäufer sah ihn überrascht an. »Wieso – erst nächsten Monat.«

Dudley stellte sich vor, und der Verkäufer sagte ausdruckslos: »Galaktische – Versicherung? Ach, Galaktische. Sie sind oben.«

Dudley nickte. »Hat es hier in der Gegend in der letzten Zeit Einbrüche gegeben?« fragte er.

»Einbrüche? Was ist das?«

»Diebstähle.«

Der Verkäufer dachte nach. »Ich weiß nicht, was das ist.«

Beim Hinausgehen vergewisserte sich Dudley, ob er beim Hereinkommen richtig gesehen hatte. Die Eingangstür des Ladens hatte kein Schloß. Die Eingänge der benachbarten Läden hatten ebenfalls keine Schlösser. Und jetzt fiel ihm ein, daß die Tür zu seinem Büro auch kein Schloß hatte.

Keine Versicherungsgesellschaft, die von vernünftigen Menschen geleitet wurde, würde mit einem Geschäft eine Diebstahlversicherung abschließen, das kein Schloß an der Tür hatte. Und der Verkäufer hatte behauptet, daß es keine Verluste durch Diebstahl gäbe. Er wußte nicht einmal, was das Wort bedeutete.

Dudley ließ das Thema »Diebstahlversicherung« fallen und kehrte in sein Büro zurück, wo er sich ans Fenster stellte und den gefährlichen Verkehr betrachtete.

Bakr kam zurück, setzte sich gemütlich in den Schreibtischsessel und erklärte, daß Dudleys Wagen in ein paar Tagen bereitstünde. »Für Maylor ist das schnell«, sagte er.

»Ich brauche Unterricht«, erwiderte Dudley. »Ich habe noch nie einen gefahren.«

»Da brauchen Sie sich keine Sorgen zu machen. Die Eingeborenen können auch nicht fahren.«

»Trotzdem –«

»Schön. Ich bringe es Ihnen bei. Da habe ich etwas zu tun. Und heute abend möchte ich Sie und Eleanor zum Essen einladen. Danach zeige ich Ihnen das Nachtleben von Maylor City. Das ist in zwanzig Minuten erledigt. Kann ich noch etwas für Sie tun?«

»Ich würde mir gern eine Zeitung ansehen.«

Bakr runzelte die Stirn. »Wirklich ein Problem. Das Ding kommt nur einmal monatlich heraus. Ich versuche, eine aufzutreiben.«

»Ich habe noch nie eine so große Stadt ohne Tageszeitung gesehen. Haben die Papiermangel?«

»Nein, an *Nachrichten* mangelt's. Auf Maylor passiert nichts. Ich hole Sie um sieben ab.«

Er ließ einen mutlosen Dudley am Fenster zurück.

Das Restaurant war so makellos sauber und so völlig schmucklos, daß Dudley sich an eine Krankenhausstation erinnert fühlte. Die jungen Kellnerinnen sahen rosig und wie frisch geschrubbt aus.

»Mild ist das Wort«, sagte Bakr. »Auf Maylor ist alles und jedes mild, das Essen eingeschlossen. Ich habe allerdings vorgesorgt, und Sie bedienen sich bitte.« Bakr stellte ein kleines Fläschchen vor sich auf den Tisch.

»Was ist das?« fragte Eleanor.

»Eine scharfe Soße.« Er schraubte den Deckel ab und reichte das Fläschchen Eleanor, die vorsichtig daran roch. »Ein interessanter Duft.«

Sie gab es an Dudley weiter, und ein kurzes Schnüffeln ließ ihm die Tränen in die Augen steigen. »Essen Sie das Zeug?«

Bakr lachte. »Wenn Sie das für stark halten, sollten Sie sehen, wie die Eingeborenen darauf reagieren. Sie sehen zwar kräftig aus, haben aber alle schwache Mägen. Ich glaube, deshalb ist das Essen so mild.«

Ihre Bestellung kam, eine große Terrine mit einem dicken, sahnigen Eintopf. In ihm schwammen Klöße. Das Ganze sah köstlich aus und roch auch so. Bakr teilte geschickt aus und fügte dann seiner Portion mit Vergnügen etwas von seiner Soße hinzu. Dudley probierte, zog die Mundwinkel herab und bestätigte, daß irgend etwas fehlte.

Eleanor nahm einen Spritzer von Bakrs Soße und pries das Ergebnis begeistert. Dudley nahm das Fläschchen, vertat sich und schüttete einen Schwall in seine Schüssel. Das Essen verfärbte sich zu einem unappetitlichen Braun.

»Tolpatsch!« fuhr ihn Eleanor an.

Dudley zuckte die Achseln, rührte um und probierte. Augenblicklich krümmte er sich zusammen, Tränen schossen ihm in die Augen, und er würgte und keuchte, während ihm Bakr auf den Rücken klopfte. Bakr gab ihm dann eine andere Schüssel, aber Dudley wollte kein zweites Mal von der Soße nehmen. Er aß seinen Teller mürrisch und schweigend leer. Eleanor fügte ihrem Essen spöttisch mehr Soße hinzu und wandte ihre ganze Aufmerksamkeit Bakr zu.

»Also jetzt«, sagte Bakr, als sie aufgegessen hatten, »noch ein oder zwei Nachtlokale. Tanzen, wie Sie es noch nie gesehen haben, wobei sich die Partner über den Raum hinweg liebevolle Blicke zuwerfen.«

»Nein, danke«, erwiderte Dudley. »Ich möchte an diesem Versicherungsproblem arbeiten.«

»Ich bin für das Nachtleben«, erklärte Eleanor.

Dudley blitzte sie an.

»Wir fahren Walter zur Wohnung«, sagte Eleanor zu Bakr. »Er arbeitet besser, wenn ich nicht dabei bin.«

»Kann ich verstehen«, nickte Bakr.

Bakr hielt den Wagen vor dem Haus an, und Dudley stieg aus, ohne einen Blick auf Eleanor zu werfen. Der Ärger über ihre Benehmen war längst wachsender Gleichgültigkeit gewichen. Er hatte eher McGivern im Kopf. Wie würde McGivern den Bürgern von Maylor Versicherungen verkaufen? Noch besser, welches Vorgehen würde sich McGivern von Dudley erwarten?

Dudley machte es sich auf dem schmalen Sofa bequem. Wenn die Eingeborenen erst einmal die Idee der finanziellen Entschädigung begriffen hatten, würden sie sich bewußt werden, daß eine Versicherung nötig war. Ein richtig geregelter Anspruch würde einen Präzedenzfall schaffen.

Doch wie konnte er einen Anspruch richtig regeln, wenn nichts versichert war.

Als Bakr und Eleanor endlich von Alkohol umweht zurückkehrten, war der Boden des kleinen Wohnzimmers mit Papieren übersät, und Dudley hatte Kopfweh.

»Ich dachte, auf Maylor gäbe es keinen Alkohol«, sagte er mürrisch.

»Offiziell nicht«, grinste Bakr. »Die zarten Mägen hier richtet er so zu, daß er als Gift verboten ist. Glücklicherweise sind aber die Leute auf Maylor solche Unschuldslämmer, daß das Schmuggeln ein Kinderspiel ist. Ich habe mir meinen Vorrat mitgebracht. Wie kommen Sie voran?«

»Überhaupt nicht«, gab Dudley zu.

»Sie müssen sich den Tatsachen stellen, alter Junge. Versicherung und die Leute auf Maylor, das geht nicht zusammen. Die hier sind eine ekelhaft moralische Rasse. Sie möchten nichts umsonst und nehmen auch gar nichts an. Wenn es keine Gier und keine Angst gibt, was gibt es dann noch für Motive, um sich versichern zu lassen?«

»Dann müssen wir uns eben neue Motive ausdenken«, meinte Dudley nachdenklich.

Die beiden nächsten Tage verbrachte Dudley zumeist mit ergebnislosem Grübeln. Er lag auf dem Sofa und dachte nach, die Hände auf die Ohren gelegt, um etwas von dem Baulärm abzuhalten, der direkt über seinem Kopf toste. Er dachte nach, wenn er sich aus dem Fenster lehnte und das Verkehrsgewühl unten auf der Straße betrachtete. Er hielt den Atem an, aus Angst, das Seil des Aufzugs mit den Ziegeln könne reißen. Die Ladung kam an seinem Fenster vorbei, und einmal bemerkte er, daß sie mehrmals an die Hauswand stieß und die Seilschlinge schon an allen vier Seiten aufgescheuert war. Wenn ein Strang riß – er wandte sich kopfschüttelnd ab. Kein gewissenhafter Versicherungsmann würde ein solches Risiko eingehen, doch genau das würde er tun müssen, wenn er auf Maylor Versicherungen verkaufen wollte. Bessere Risiken gab es nicht.

Wenn er von der Wohnung genug hatte, ging er in sein Büro und verbrachte öde Stunden damit, die Tür ohne Schloß anzusehen. Bakr war eine große Hilfe, weil er Eleanor unterhielt, aber am Ende des zweiten Tages beklagte sie sich, daß sie alles, was es in Maylor City zu sehen gebe, schon gesehen habe.

Am dritten Tag wurde Dudleys Mietwagen abgeliefert, und Dudley und Bakr machten sich an den Unterricht. Dudley fuhr langsam, weil er Angst vor den Gefahren hatte, auf die sich die unbesorgten Fußgänger einließen, und Bakr mußte wiederholt leise über seine Fassungslosigkeit lachen.

»Was macht die Versicherungslage?« fragte Bakr.

»Mir ist noch nichts eingefallen«, gestand Dudley. »Wenn ich nur einen einzigen Anspruch richtig regeln könnte, aber wie kann ich das, wenn nichts versichert ist?«

»Einen Anspruch«, sagte Bakr nachdenklich. Sie waren in eine ruhige Wohngegend abgebogen, und der Wagen sprang wild über die unregelmäßigen Pflastersteine. »Ein Anspruch«, sagte Bakr noch einmal. »Sie sind doch selbst versichert, nicht wahr? Sie haben doch eine Haftpflichtversicherung für diesen Wagen abgeschlossen?«

»Natürlich. Aber ein Anspruch, in den ich verwickelt bin –«

»Anspruch ist Anspruch, ganz gleich, wer verwickelt ist.« Bakr griff in das Steuer. »Und hier ist er!«

Der Wagen schoß zur Seite. Eine Frau schrie, und Dudley trat verzweifelt auf die Bremse. Er brachte den Wagen knapp vor einem zerbrechlichen Holzhaus zum Stehen, sprang heraus und beugte sich über die junge Frau, die unter dem Wagen eingeklemmt war.

»Warum haben Sie nicht gebremst?« zischte Bakr. »Sie haben sie umgebracht!«

Dudley wandte sich von dem zermalmten Körper ab und kämpfte gegen die aufsteigende Übelkeit an. »Ist sie tot?«

»Noch toter kann sie gar nicht sein«, sagte Bakr finster. »Hören Sie, ich muß sofort zu Eleanor, sie irgendwo verstecken.«

»Eleanor?«

»Überlassen Sie das mir. Ich erledige es.«

Er zwängte sich durch die Menge der Neugierigen und rannte los. Dudley lehnte sich gegen den Wagen und blickte auf die reglose Gestalt, die unter den schweren Rädern lag. Ihm war elend.

Von irgendwoher kam ein junger Arzt. Man zog die Leiche unter dem Wagen hervor und bedeckte sie mit dem weißen Kittel des Arztes. Drei Polizisten kamen herbei. Einer übernahm das Kommando und schickte die anderen beiden fort. Er nahm Dudleys Ausweis und trug die Daten in ein Formular ein. Die Menge der Zuschauer wuchs weiter an. Dudley suchte in den Gesichtern nach Anzeichen von Unwillen, aber zu seiner riesigen Überraschung bemerkte er, daß man ihn mit höflichem Mitgefühl ansah.

Der Polizist klopfte ihm auf die Schulter. »Der Richter wird gleich hier sein.«

»Der Richter?« rief Dudley.

»Warum warten Sie nicht im Wagen?«

Dudley schluckte seinen Widerspruch hinunter und stolperte zum Wagen. Die Knie waren ihm schon weich, seit er die Tote gesehen hatte. Er zwängte sich auf einen rückwärtigen Sitz und wartete. Bald tauchte der Mann der Frau in Begleitung eines Polizisten auf, und von der anderen Seite erschien ein Richter in einem Wirbel von rotem Gewand. Der Ehemann, ein kräftiger, ehrlich wirkender junger Mann in der Kleidung eines Händlers, beugte sich über seine tote Gattin und trat dann still beiseite. Der Richter, ein starker alter Mann, studierte mit finsterer Stirn die Papiere Dudleys.

»Ein Fremder! Da wird es alle möglichen mühseligen Verwicklungen geben. Haben Sie eine Frau, Fremder Dudley?«

»Gewiß«, sagte Dudley.

»Eine Frau haben Sie, aber keine Manieren!« stieß der Richter hervor.

»Vor dem Richter müssen Sie aufstehen«, flüsterte der Polizist. Dudley kroch aus dem Wagen und blickte den Richter an.

»Und wenn Sie antworten, müssen Sie ›Euer Weisheit‹ sagen«, flüsterte der Polizist.

»Also«, polterte der Richter, »es wäre wohl zuviel erwartet, daß Ihre Frau hier auf Maylor ist. Wo ist sie?«

»Hier auf Maylor«, sagte Dudley und versäumte es nicht, »Euer Weisheit« hinzuzufügen.

»Prächtig.« Der finstere Gesichtsausdruck verschwand. Der Richter sah sich noch einmal die Papiere an. »Dann können wir die Angelegenheit noch vor dem Mittagessen in Ordnung bringen. Ist Ihre Frau unter dieser Adresse anzutreffen?«

»Als ich heute früh wegging, war sie dort, Euer Weisheit.«

»Prächtig. Dann fahren wir hin.«

»Im Wagen des Gesetzesübertreters?« fragte der Polizist.

»Natürlich. Sonst komme ich zu spät zum Mittagessen.«

Dudley saß mit dem Gatten der Toten hinten. Der Richter saß vorn neben dem Polizisten, der den Wagen steuerte. Dudley betrachtete unruhig den Ehemann, der noch nichts gesagt hatte. Wenn der junge Mann nicht vom Schock benommen war, so war seine Haltung wirklich heldenhaft.

Dudley wandte sich ab und versuchte sich einzureden, daß er sich keine Sorgen zu machen hatte. Er war versichert, und zwar gut. Er sagte: »Euer Weisheit?«

Der Richter drehte sich um.

»Ich bin versichert, Euer Weisheit.«

Der Richter ließ es sich durch den Kopf gehen. »Was ist Versicherung?«

»Nun, wenn es einen Unfall gibt –« Dudley brach matt ab. Der Richter hatte seine Aufmerksamkeit wieder dem Verkehrsgewühl zugewandt. Man fuhr schweigend weiter.

Der Wagen wurde abgestellt, und dann stieg man die Treppen

hinauf. Dudley öffnete die Tür, die wie die zum Büro auch kein Schloß hatte, und rief: »Eleanor!«

Keine Antwort. Die Wohnung war leer. Dudley warf einen Blick auf das Gepäck und stellte fest, daß ein Koffer fehlte.

»Sie ist nicht da, Euer Weisheit«, teilte er dem Richter mit.

»Tatsächlich. Vielleicht ist sie bei einem Nachbarn? Oder einkaufen?«

»Ich glaube, sie ist einfach weg. Sie hat einen Koffer mitgenommen.«

»Tatsächlich?« Der Richter setzte sich auf das Sofa und sah Dudley streng an. »Es sieht so aus, als ob ich doch zu spät zum Essen komme.« Er nickte zum Polizisten hinüber. »Sie stellen sofort Nachforschungen an.«

»Und Sie«, sagte der Richter und zeigte auf Dudley, »Sie warne ich. Wenn der Fall nicht sofort erledigt wird, werde ich das höchste Honorar verlangen.«

»Dagegen habe ich nichts«, erwiderte Dudley. »Ich weiß wirklich nicht, was Eleanor mit der Sache zu tun hat. Schließlich bin ich versichert.«

»Eleanor heißt Ihre Frau? Sie hat sehr wohl etwas damit zu tun. Auf dieser Welt folgen wir dem Gesetz der Gerechtigkeit.«

»Aber meine Versicherung –«

»Sie haben diesem Mann die Frau geraubt. Sie müssen ihm Ihre Frau geben. Das heißt, wenn er sie nehmen will. Das ist nur gerecht.«

»Eleanor geht vielleicht nicht darauf ein«, verwahrte sich Dudley.

»Sie hat keine Wahl.«

»Aber meine Versicherung –«

»Was ist denn diese Versicherung?«

»Sie entschädigt ihn finanziell für den Verlust, Euer Weisheit, in Bargeld.«

»Bargeld!« schrie der Richter. »Sie möchten Gerechtigkeit durch Geld ersetzen? Was für barbarische Sitten ihr Fremden habt!«

Die Rückkehr des Polizisten bewahrte den Richter vor dem scheinbar drohenden Schlaganfall. Die beiden unterhielten sich flüsternd, und der Ärger des Richters machte einem Erstaunen Platz. »Eine Verschwörung?« wollte er wissen.

»Es sieht so aus, Euer Weisheit.«

»Aber der Fremde Dudley hat seine Frau nicht warnen können. Er kannte nicht einmal unsere Gesetze.«

»Die Tatsache bleibt, Euer Weisheit.«

»Das stimmt. Und wenn der Fremde Dudley in die Verschwörung verwickelt ist, werde ich hart mit ihm verfahren. Was sollen wir inzwischen mit ihm machen, wenn ich mein Mittagessen nicht ganz verpassen will?«

»Ich weiß nicht, Euer Weisheit.«

»Sie sollten es wissen. Auch Sie arbeiten für die Gerechtigkeit. Wir müssen ihn einsperren. Die Frage ist nur, wo? In meiner ganzen Laufbahn ist so etwas noch nie geschehen. Wissen Sie von einem Richter, der einen Gesetzesübertreter eingesperrt hat?«

»Nein, Euer Weisheit.«

»Wir wissen, daß es früher Kerker gegeben hat, aber wir brauchen sie schon lange nicht mehr. Ich übergebe die ganze Angelegenheit in Ihre Hände. Sperren Sie ihn ein.«

»Ja, Euer Weisheit.«

»Und die Frau suchen Sie natürlich weiter. Die nächsten drei Stunden bin ich beim Essen.«

Nach längerer Diskussion mit seinen Kollegen beschloß der Polizist, Dudley in seiner Wohnung einzusperren.

»Sie dürfen nicht fort, bis Sie vom Richter wieder auf freien Fuß gesetzt sind«, sagte der Polizist. Er ging zusammen mit dem Ehemann, und Dudley fand sich offiziell hinter einer Türe eingesperrt, die kein Schloß hatte. Den Rest des Tages ging er in der kleinen Wohnung auf und ab, zählte die Ziegel, die am Fenster vorbei in die Höhe gezogen wurden, verfluchte Hamal Bakrs Ungeschicktheit. Wenn er sich konzentrieren konnte, dachte er flüchtig über das Problem mit der Versicherung nach.

Thaddeus McGivern ließ einem nie genug Zeit. Auf der Tafel in seinem Büro stand: Resultate, und zwar schnell!

Der Polizist kam am nächsten Tag vorbei, nicht, um nachzusehen, ob Dudley entflohen, sondern, um festzustellen, ob Eleanor zurückgekehrt sei.

»Der Richter wird ungeduldig«, verkündete er. »Nehmen Sie es mir nicht übel, daß Ihre Ehrlichkeit angezweifelt wird. Er trug mir auf, herauszufinden, ob Sie Ihre Frau nicht verbergen.«

»Bestimmt nicht«, sagte Dudley. »Ich habe keine Ahnung, wo sie ist. Haben Sie schon den Fremden Hamal Bakr gefragt? Vielleicht weiß er es.«

»Wir haben ihn gefragt. Er sagt, er weiß es nicht.«

»Haben Sie seine Wohnung durchsucht?«

»Wieso, wenn er doch sagt, daß sie nicht dort ist?«

»Ich habe das Gefühl«, entgegnete Dudley, »daß ich lange eingesperrt sein werde.«

Am nächsten Morgen wurde Dudley durch heftiges Klopfen an seiner Tür geweckt. Er öffnete schlaftrunken, und die Erscheinung, der er sich gegenübersah, ließ ihn vor Schreck sofort wach werden. »McGivern!« keuchte er.

Die Erscheinung blieb, lebensgroß und schwer erzürnt. McGiverns purpurner Anzug war makellos, doch den Hut hatte er in der Hand zusammengeknüllt. »Dudley«, bellte er, »warum sind Sie nicht im Büro?«

»Woher, ich meine, wie –«

»Eben angekommen. Natürlich mit der ›Entschädigung‹, und mein erster Besuch galt dem Büro der Galaktischen. Ich möchte wissen, welche neue Technik es Ihnen gestattet, Versicherungen vom Bett aus zu verkaufen.«

»Es hat Schwierigkeiten gegeben«, sagte Dudley schwach. »Man hat mich verhaftet.«

»Verhaftet?« McGivern watschelte durch das Zimmer und ließ sein Gewicht auf das Sofa fallen. »Was sind das für Schwierigkeiten?«

»Es ist ziemlich kompliziert.«

»Kann ich mir denken. Sie stehen unter Hausarrest, nehme ich an.« Er kratzte sich die glänzende Wölbung seines kahlen Schädels. »Ich würde Sie nur ungern gehen lassen, Dudley, aber Sie lernen einfach nichts dazu. Nehmen Sie die Sache auf Himil. Sie hätten nur ein paar Gesetzgeber bestechen müssen, aber Sie haben alles verpatzt.«

»Ich dachte, ich könnte auf ehrliche Weise –«

»Dudley, wir sind keine Moralphilosophen. Wir sind praktische Geschäftsleute. Hier ist ein ganzer Planet ohne Versicherung. Was haben Sie bis jetzt unternommen?«

»Ich habe einen Plan für eine völlig neue –«

»Pah! Was haben Sie getan? Mit Plänen kann man Dividenden nicht bezahlen.« Er kämpfte sich aus dem Sofa hoch und hielt Dudley eine Faust voll Geld hin. »Hier, bringen Sie die Sache mit dem Hausarrest in Ordnung. Ich werde ein bißchen herumschnüffeln. Die Hotels hier taugen nichts, ich bin also auf der ›Entschädigung‹. Sobald Sie mit der Polizei klar gekommen sind, melden Sie sich bei mir. Mehr als ein paar Tage kann ich Ihnen nicht geben, Dudley. Wenn Sie bis dahin keine Lösung finden, sind Sie für mich erledigt.«

Er ging, und Dudley befingerte nervös das Bestechungsgeld.

Dudley verbrachte den Rest des Tages damit, abwechselnd über das Problem mit der Versicherung nachzudenken und sich zu fragen, was der Polizist tun würde, wenn er die Wohnung verließe. Bestechen wollte er niemanden. Schnell frei sein konnte er nur, wenn Eleanor gefunden wurde. Sie würde nie einverstanden sein, zu einer Ehe gezwungen zu werden, aber war sie einmal gefunden, konnte die Polizei nichts mehr von ihm verlangen.

Er fragte sich jedoch, ob er skrupellos genug wäre, sie der Polizei zu übergeben, wenn er sie finden würde. Ihr konnte man nicht Bakrs abstrusen Versuch vorwerfen, einen Schadensfall zu konstruieren.

Er ging früh zu Bett und schlief sehr schlecht.

Am nächsten Morgen kam der Polizist mit der verblüffenden Nachricht, daß sich Eleanor freiwillig gestellt habe. Ihre Eheschließung mit dem Mann der toten Frau war aktenkundig, und Dudleys Hausarrest war beendet. Der Richter würde Dudley bei Gelegenheit eine Rechnung schicken.

»Bin ich von Eleanor gesetzlich geschieden?« wollte Dudley wissen.

»Aber nein. Was, wenn sich ihr neuer Mann von ihr scheiden läßt? Nur weil Sie dem Mann die Frau geraubt haben, darf man Ihrer Frau nicht den Mann wegnehmen. Wenn Sie sich von ihr trennen wollen, müssen Sie sich von ihr scheiden lassen.«

»Danke, daß Sie es mir so deutlich erklärt haben«, sagte Dudley.

Er fuhr mit dem Wagen zum Raumflughafen. McGivern frühstückte an Bord seiner Jacht »Entschädigung«. Der Steward deckte für Dudley, und McGivern knurrte mit dem Mund voll Toast: »Ich bin die ganze Nacht wach gewesen. Wußten Sie, daß es auf diesem schäbigen Planeten nicht mal eine Unterwelt gibt?«

»Nein«, antwortete Dudley, »aber es überrascht mich nicht.«

»Ich brauche nur einen Brandstifter und ein paar Diebe. Wenn man es richtig organisiert, könnten die innerhalb einer Woche ein überwältigendes Bedürfnis für Versicherungen schaffen. Nichts. Ich kann natürlich welche einführen, aber ich würde viel lieber die hiesige Unterwelt unter meine Fittiche nehmen. Was haben Sie?«

»Was gebraucht wird«, sagte Dudley, »ist ein völlig anderes Konzept der Schadensregulierung. Eine Art Tauschgeschäft, wobei der Verlust geldlos ersetzt würde.«

»Gefällt mir nicht«, widersprach McGivern. »Diese Leute unterscheiden sich letztlich nicht von den Leuten anderswo. Wenn sie mit der Vorstellung vertraut gemacht sind, werden sie auch Geld nehmen. Aber ich gebe zu, daß die Sache zwei Seiten hat. Die Zahl der Brände ist unglaublich niedrig. Diebstahl gibt es überhaupt nicht. Es kommen kaum Verkehrsunfälle vor, und das ist nicht nur unglaublich, das ist unmöglich. Wir müssen für genügend Verluste sorgen, damit eine Versicherung notwendig wird, und wir müssen ein oder zwei Präzedenzfälle für eine Schadensregulierung mit Geld schaffen. Sie übernehmen das letztere. Ich schaue morgen vorbei, um zu sehen, wie Sie das anstellen.«

»Ich denke immer noch, wir sollten uns einen Anwalt von hier nehmen und die Versicherungspolicen für die hiesigen Zustände umschreiben.«

»Auf Maylor gibt es keine Anwälte«, schnauzte McGivern. »Das war das erste, was ich herausfand, und Sie hätten es auch längst wissen müssen. Jetzt Bewegung, und suchen Sie mir einen Präzedenzfall!«

Am nächsten Morgen saß Dudley nervös an seinem Schreibtisch im Büro vor einem leeren Blatt Papier. Er sprang in panischem Schrecken auf, als sich die Tür öffnete, aber es war nicht McGivern. Es war Hamal Bakr.

»Kommen Sie nach Hause, alter Junge«, grinste Bakr. »Es ist alles vergeben. Eleanor hat das Essen fertig.«

»Wovon reden Sie?« wollte Dudley wissen. »Eleanor hat eben geheiratet.«

»Ihr neuer Gatte hat sich heute früh von ihr scheiden lassen.«

»Lange hat er nicht gebraucht, um sie kennenzulernen.«

»Ach, er wollte sich nicht scheiden lassen«, sagte Bakr. »Er konnte nur nicht anders.«

»Eleanor wirkt öfter so auf die Leute.«

»Unsinn. Haben Sie einen Blick auf das Scheidungsrecht auf Maylor geworfen? Sollten Sie tun. Wenn ein Gatte sich weigert, die Speisen zu essen, die seine Frau bereitet, so ist das ein Scheidungsgrund. Eleanor hat dem Kerl gestern früh gleich nach der Hochzeit das Frühstück gemacht. Sie hat dem Essen einen Schuß meiner Spezialsoße zugesetzt. Dem Kerl wurde schlecht, und man mußte ihm den Magen auspumpen. Mittags gab's noch mehr davon, und mit seinem empfindlichen Magen mußte er über Nacht ins Krankenhaus. Heute morgen hat er sich geweigert, das Frühstück zu sich zu nehmen, und sie rief einen Richter und wurde geschieden.«

»Sehr nett«, sagte Dudley. »Haben Sie McGivern gesehen?«

»Gestern. Er hat mich mit einem neuen Posten betraut. Ich fliege heute nacht ab. Jetzt kommen Sie aber zum Mittagessen.«

Sie gingen zurück zur Wohnung. Eleanor kam ihnen an der Tür entgegen, küßte Dudley überschwenglich und führte ihn an den Eßtisch.

»Eintopf nach Landesart«, sagte sie fröhlich. »Das Rezept stammt von der verstorbenen Frau meines Exgatten.«

Dudley stocherte mißmutig in seinem Teller herum, nahm einen kleinen Löffel und krümmte sich vor Schmerzen zusammen.

»Du hast die Soße hineingetan!« rief er, als er sich den Mund gespült und die Augen ausgewischt hatte.

»Köstlich, nicht wahr?« erwiderte Eleanor. »Nimm doch mehr.«

»Ich kann das Zeug nicht essen, und du weißt das.«

»Das ist ein schrecklicher Schlag gegen den Stolz einer Frau«, sagte Eleanor. Sie ging zur Wohnungstür und öffnete sie. Draußen stand mit gerunzelter Stirn der alte Richter.

»Noch dazu zur Essenszeit«, brummte er. »Ihr Fremden habt kein Anstandsgefühl. Wieso könnt ihr euch nicht zum Frühstück von euren Frauen scheiden lassen?«

»Euer Weisheit«, sagte Eleanor, »mein Gatte weigert sich, das Essen zu sich zu nehmen, das ich gekocht habe.«

»Stimmt das?« wollte der Richter wissen. »Ich verlange, daß Sie im Beisein eines Zeugen essen.«

Dudley funkelte Eleanor an. Er biß die Zähne zusammen und schüttelte fest den Kopf.

»Jetzt werden *Sie* essen, um zu zeigen, daß es richtig zubereitet ist«, sagte der Richter zu Eleanor.

»Gewiß«, nickte Eleanor. Sie nahm Dudleys Schüssel und aß geräuschvoll. »Köstlich«, sagte sie.

»Der Zeuge hat gesehen, daß der Gatte sich weigerte, zu essen, und daß die Gattin gegessen hat. Kommen Sie mit Ihrem Zeugen in mein Büro, und ich werde die Scheidungspapiere ausstellen.«

»Gewiß«, sagte Eleanor. »Sollen wir jetzt kommen?«

»Nach dem Essen«, bestimmte der Richter. »In etwa drei Stunden.« Er ging und warf die Tür hinter sich zu.

»Ich muß noch etwas packen«, erklärte Eleanor. Sie huschte ins Schlafzimmer.

»Ich nehme an, daß Eleanor Maylor zusammen mit Ihnen verläßt«, sagte Dudley zu Bakr.

Bakr nickte. »Das Schiff geht um Mitternacht. Sobald wir an Bord sind, lassen wir uns vom Kapitän trauen.«

»Aber bitte sehr.«

»Schön, daß Sie es so nehmen, alter Junge, obwohl ich nicht ganz begreife, daß Sie eine Frau wie Eleanor so leicht aufgeben. Sie hatte Angst, Sie würden es auf einen Kampf ankommen lassen.«

»Da hat sie sich etwas eingebildet.«

»Wenigstens können wir als Freunde auseinandergehen. Und viel Glück mit Ihrem Problem und vor allem mit McGivern. Zu schade, daß uns der Scheidungstrick nicht eher eingefallen ist. Da hätten wir uns eine Menge Ärger ersparen können.«

»Bakr!« rief Dudley. »Sie haben die Frau absichtlich getötet!«

Bakr grinste. »Na und? Haben Sie nicht auch jahrelang bei McGivern gearbeitet? Was sagt er doch immer? Seien Sie skrupellos!«

»Allerdings.«

»Sie hätten es sich zu Herzen nehmen sollen. In der Zentrale fragt man sich seit Jahren, wann der helle Kopf Dudley endlich erwachsen wird und Männerarbeit leistet. Der Unfall war ein Einfall Eleanors. Sie wollte, daß man Sie einsperrt, damit Sie sie nicht an der Abreise hindern können. Na ja. Bist du fertig, Eleanor?«

»Fertig«, sagte Eleanor und brachte zwei Koffer aus dem Schlafzimmer. »Den Rest kannst du wegschmeißen, Walter, es sei denn, du willst ihn zum Andenken aufbewahren. Lebwohl. Halt die Ohren steif und sei nicht zu skrupellos.«

Dudley ging ans Fenster und blickte hinaus. Er sah Bakr und Eleanor aus dem Gebäude kommen und langsam über die Baustelle gehen. Im Augenblick war der Verkehr abgeflaut, und bis auf die Arbeiter, die eine neue Ladung Ziegel in die Höhe hievten, waren die beiden allein.

Die Eingebung kam so plötzlich, der Zeitpunkt war so perfekt, daß Dudley handelte, bevor er noch wußte, was er tat. Er riß sein Taschenmesser heraus, beugte sich hinaus und schnitt den nächsten Strang des Seiles durch. Die ganze Ladung Ziegel stürzte auf Bakr und Eleanor hinab.

Die Arbeiter rannten entsetzt herbei. Dudley wandte sich ab, setzte sich auf das Sofa und wartete. Sein einziger Gedanke war, daß die bemitleidenswerte Frau unter seinem Wagen irgendwie gerächt worden war.

Dann stürzte McGivern ins Zimmer. »Sie Idiot!« keuchte er. »Haben Sie den Verstand verloren?«

Dudley lächelte ruhig. »Mein Denken war noch nie klarer.«

»Ich war auf der anderen Seite der Straße, hab' alles gesehen.« McGivern ließ sich neben ihn fallen. »Ich kann Ihnen nicht übelnehmen, daß Sie sich von dieser Herumtreiberin befreit haben, aber am hellichten Tag vor fünfzig Zeugen? Das wird einen Skandal geben, man wird über Ihre Zugehörigkeit zur Galaktischen reden, und das wird fürs Geschäft schlecht sein. Haben Sie das bedacht?«

»So habe ich es eigentlich nicht gesehen.«

»Natürlich. Sie sind mit Wirkung von gestern entlassen. Wenn Sie die Sache so abwickeln, daß die Galaktische nicht erwähnt wird, werde ich für das Geld sorgen, das Sie zu Ihrer Verteidigung brauchen; außerdem bezahle ich Ihnen die Fahrt in eine Welt Ihrer Wahl, wenn man Sie hier fortläßt.«

»Sehr großzügig.«

»Denke ich auch. Warum mußten Sie auch Bakr töten?«

An der Tür wurde geklopft. Dudley ließ ruhig einen Polizisten ein. »Es ist ein bedauernswerter Unfall passiert«, sagte der Beamte.

»Unfall!« rief McGivern.

Der Polizist sah ihn unsicher an. »Wer von Ihnen ist der Fremde Dudley?« Dudley nickte ernst. »Ein ungeschickter Tölpel von Arbeiter hat es fertiggebracht, Ihre Frau zu töten«, sagte der Beamte. »Würden Sie uns den Gefallen tun und die Leiche identifizieren?«

»Muß das sein?« fragte Dudley.

»Nein. Zwei Nachbarn haben das schon getan. Ich lasse einen Richter und die Frau des Arbeiters holen.«

»Die Frau des Arbeiters?« stotterte McGivern. »Wozu?«

»Der Arbeiter hat die Frau des Fremden Dudley getötet. Er muß deshalb seine Frau an den Fremden geben. Kennen Sie unser Gesetz der Gerechtigkeit nicht?«

McGivern war, wie nur selten in seinem Leben, sprachlos.

»Ich komme wieder, wenn alles für die Heiratszeremonie vorbereitet ist«, sagte der Polizist.

Dudley ging wieder ans Fenster. Eine Zuschauermenge blokkierte die Straße. Arbeiter luden die Ziegel wieder auf, und über die beiden Leichen war der Kittel eines Arztes gebreitet.

»Hochzeitszeremonie!« sagte McGivern heiser. »Was haben Sie vor?«

»Was macht das schon? Sie haben mich eben entlassen.«

McGivern war lange still. Schließlich sagte er: »Hat dieses Fiasko irgend etwas mit der Lösung des Versicherungsproblems zu tun?«

»Aber sicher«, erwiderte Dudley. »Was dachten Sie denn, woran ich arbeitete?«

Er hatte es sarkastisch gemeint, aber während er noch sprach, begriff er, daß er die Lösung in den Händen hielt. In den früheren Fällen waren sie in der unangenehmen Situation gewesen, Anspruchsberechtigten eine finanzielle Regelung anzubieten, die diese aber nicht wollten. Angenommen, der Anspruchsberechtigte bestand auf einer solchen Regelung?

Gedankenverloren ging er energisch auf und ab, während ein seltsam kleinlauter McGivern zusah. »Kann ich helfen?« fragte McGivern schließlich.

Dudley schüttelte den Kopf.

Wieder klopfte es, und Dudley ließ den Polizisten, einen jungen Richter und eine hübsche junge Frau ein.

»Fremder Dudley«, fragte der Richter, »sind Sie zur Zeremonie bereit?«

»Ich bin nicht völlig mit Ihren Bräuchen vertraut, Euer Weisheit«, erwiderte Dudley. »Dieses Vorgehen kommt mir seltsam vor. Wo ich herstamme, muß der Schuldige finanziellen Ersatz leisten.«

»Das ist auf Maylor noch nie dagewesen«, sagte der Richter. »Wie kann Geld den Verlust einer Gattin wiedergutmachen?«

»Trotzdem würde ich gerne wissen, Euer Weisheit, ob ich eine Entschädigung auf unsere Art beantragen kann.«

Der Richter runzelte die Stirn. »Ich weiß nicht. Ich kann mich an so etwas nicht erinnern.«

»Gibt es ein Gesetz, das so etwas verbietet?«

»Das Gesetz verlangt nur Gerechtigkeit«, sagte der Richter. »Wie hoch soll die Entschädigung sein, die Sie fordern?«

»Euer Weisheit sollte den Betrag festsetzen.«

»Da müßte ich eine Menge nachdenken. Es gibt überhaupt keinen Präzedenzfall. Ich muß die Regelung dieses Falles aussetzen, bis ich eine Entscheidung über die Höhe der Summe getroffen habe.«

»Das genügt, Euer Weisheit.«

Richter, Polizist und die Frau gingen feierlich hinaus. Dudley machte die Tür zu, drehte sich um und erblickte eines der seltenen

Lächeln McGiverns. »Dudley, ich habe Sie gewaltig unterschätzt. Das ist der glänzendste Streich, den ich je gesehen habe.« McGivern sprang auf und lief erregt durch das Zimmer. »Und ich sagte Ihnen, Sie sollten skrupellos sein! Das gibt uns den Präzedenzfall. Noch ein Fall –«

»Den haben wir«, fiel Dudley ein. »Mein Wagen tötete vor ein paar Tagen eine Frau. Deshalb stand ich unter Hausarrest. Der Mann, das ist eine reichlich komplizierte Geschichte, hatte wegen der Machenschaften Eleanors am Ende nichts in den Händen. Ich werde ihm jetzt eine finanzielle Regelung anbieten, wobei die Höhe von dem Richter festgelegt wird. Er wird das ablehnen, aber ich werde ihm sagen, daß unsere Sitten verlangen, daß ich ihm das Geld gebe. Schließlich wird er annehmen, nur um mir einen Gefallen zu tun. Die Leute auf Maylor sind sehr gefällig.«

»Gut gemacht, mein Junge. Gut gemacht.«

»Und wie sind *Sie* mit Ihrem Problem vorangekommen?«

McGivern blieb stehen. »Deshalb kam ich her. Diese Leute sind so naiv, daß es Geldverschwendung wäre, Berufsverbrecher zu engagieren. Letzte Nacht nahm ich ein paar Besatzungsmitglieder der ›Entschädigung‹ mit, und wir legten ein Dutzend Brände und plünderten zwanzig Geschäfte aus. Wissen Sie, daß die nicht mal ihre Türen abschließen?«

Dudley nickte.

»Ich bleibe noch ein paar Tage. Ich werde Werbematerial verteilen. Heute und morgen nacht schlagen wir in anderen Gegenden zu, und dann wird man uns die Versicherung aus den Händen reißen.«

»Vielleicht unterschätzen Sie die Leute.«

»Unsinn. Sie kümmern sich um diese Ansprüche, und dann möchte ich, daß Sie die Gegend im Nordwesten bearbeiten, in der es gestern nacht gebrannt hat. Erklären Sie dort, was eine Feuerversicherung ist. Ich komme heute abend hier wieder vorbei.«

»Schön«, sagte Dudley.

McGivern wartete schon, als Dudley in die Wohnung zurückkehrte. Er fragte rasch: »Wie ist es gelaufen?«

Dudley setzte sich müde. »Ich glaube, ich habe einen ganz neuen Rechtsgrundsatz durchgesetzt. Und ich bin erschöpft.«

»Sie glauben? Und sonst nichts?«

»Heute abend kommen die Richter und teilen mir ihre Entscheidung mit. Ich war im Nordwesten. Das Zeug, mit dem Sie die

Brände gelegt haben, war ja recht wirksam.«

»Der Ingenieur der ›Entschädigung‹ hat ein paar Brandbomben gemacht. In so kurzer Zeit konnte er nur ein Dutzend fertigstellen, aber heute nacht wird es doppelt so viele geben.«

»Wenn Sie sie anders anordnen, können Sie zu noch besseren Ergebnissen kommen«, sagte Dudley.

»Kann sein. Wir möchten aber nicht die ganze Stadt niederbrennen.« Er lachte. »Kleine Feuer sind besser für uns.«

»Was haben Sie mit den gestohlenen Sachen gemacht?«

»Die haben wir in die ›Entschädigung‹ gepackt. Wenn wir im Raum draußen sind, kippen wir es raus.«

»Heute abend legen Sie also vierundzwanzig Brände?«

»Genau«, sagte McGivern. »Und wir plündern etwa fünfzig Läden. Diesmal im Südwesten. Was ist mit diesem Rechtsgrundsatz, an dem Sie arbeiten?«

»Ich habe endlich herausbekommen, was hinter dem Gesetz der Gerechtigkeit auf Maylor steckt. Auf dieser Welt muß der Mann eine Menge Geld aufbringen, wenn er heiratet, eine Art Preis für die Braut. Wenn die Frau des Rechtsbrechers dem Mann des Opfers gegeben wird, so liegt der Sinn darin, daß ihn so die neue Frau nichts kostet. Es ist noch um einiges komplizierter, aber das Problem könnte einfach und gerecht gelöst werden, indem man vom Rechtsbrecher oder seiner Versicherung verlangt, dem Mann des Opfers das Hochzeitsgeld zu geben, damit er sich selbst eine Frau suchen kann.«

McGivern nickte nachdenklich. »Wenn das gestattet wird, haben wir eine Basis, auf der wir Versicherung verkaufen können.«

Dudley sagte müde: »Auf freiwilliger Basis ist das schon gestattet worden. Außerdem versuche ich durchzusetzen, daß jeder Wagenhalter gesetzlich verpflichtet wird, im Interesse der Gerechtigkeit versichert zu sein.«

McGivern sah ihn erregt an. »Meine Güte! Und die Galaktische ist die einzige Versicherung auf Maylor!«

Es klopfte. »Wollen Sie die Entscheidung hören?« fragte Dudley.

»Ich kann's gar nicht erwarten.«

Dudley machte die Tür auf und ließ die zwei Richter und eine Streife von drei Polizisten ein.

»Sind Sie zu einer Entscheidung gekommen?« fragte Dudley den alten Richter.

»Das sind wir. Ihr Antrag wird genehmigt. Die Regelung der

zwei Fälle, in die Sie verwickelt sind, soll so vonstatten gehen, wie Sie es wünschen. Wir nehmen zur Kenntnis, daß Sie so großzügig sind und nur eine symbolische Regelung von dem Arbeiter annehmen, der in seiner Ungeschicklichkeit Ihre Frau getötet hat. Was die Versicherungspflicht betrifft, so ist Ihr Antrag ebenfalls angenommen. Er wird morgen zusammen mit dem Gründungsantrag der Maylor-Versicherungsgesellschaft dem Rat vorgelegt werden.«

»Maylor-Versicherungsgesellschaft?« rief McGivern.

»Danke, Euer Weisheit«, sagte Dudley. »Haben Sie die ganze Unterhaltung festgehalten, die hier stattfand, während Sie warteten?«

Der Richter seufzte. »Das haben wir. Wir wollten es kaum glauben, aber es wird von den Fakten gestützt, die Sie uns gezeigt haben. Wir nehmen Ihre Vorschläge an. Die Geschäftserlaubnis für die Galaktische Versicherungsgesellschaft wird morgen aufgehoben. Die Jacht des Fremden McGivern wird festgehalten, bis die gestohlenen Güter zurückgegeben sind und Entschädigung für die Brände gezahlt ist. Wir werden uns mit dem Interplanetarischen Amt in Verbindung setzen, damit er im Flughafen sicher eingesperrt wird, bis der Gerechtigkeit Genüge getan ist. Reicht das?«

»Ganz und gar«, sagte Dudley. »Ich möchte gern noch unter vier Augen mit dem Fremden McGivern sprechen, dann können Sie ihn mitnehmen.«

»Gewiß.«

Dudley machte die Tür hinter ihnen zu. Es war das erste Mal, daß er McGivern ohne Angst gegenübertreten konnte, und er hatte diesem Augenblick mit großer Freude entgegengesehen. Es kam jedoch nicht zum erwarteten Wutausbruch. McGivern sagte still: »Sie haben den Verstand verloren. Sie sind entlassen. Sie tun mir ein bißchen leid, Dudley. Sie haben eine möglicherweise brillante Karriere zunichte gemacht. Aber eines kann ich Ihnen versprechen: Sie werden nie wieder bei einer Versicherungsgesellschaft eine Stelle bekommen.«

»Ich habe schon eine«, entgegnete Dudley. »Sie sprechen mit dem Präsidenten der Maylor-Versicherungsgesellschaft, die demnächst zugelassen wird. Da ich hier ein absolutes Monopol habe, wird es gut laufen, nehme ich an. Außerdem möchte ich eine Versicherung aufbauen, die nicht sich selbst, sondern den Leuten dient.«

»Wenn es hier einen Psychiater gäbe, ließe ich Sie untersuchen«, erklärte McGivern verbittert. »Mit Ihnen ist irgend etwas passiert.«

Dudley nickte. »Sie haben recht. Mit mir ist etwas passiert. Heute gaben Sie zum allerserstenmal aus vollem Herzen Ihre Zustimmung zu etwas, das ich getan hatte. Und um diese Zustimmung zu erhalten, brauchte ich nur einen Doppelmord skrupellos auszunützen. Je mehr ich darüber nachdachte, desto mehr mußte ich mich fragen, was das für eine Art von Geschäft ist, das für meine eigentlichen Talente keine Verwendung hat und mich für das Schlimmste belohnt, das ich je getan habe. Bis zu diesem Augenblick brauchte ich bestimmt einen Psychiater, aber inzwischen habe ich mich gewaltig gebessert. Vielleicht kommt das daher, daß ich mit Leuten zusammen bin, die weder Gier noch Angst kennen und geistig gesund sind.« Dudley lächelte zufrieden.

McGivern starrte ihn an. Er preßte die Lippen zusammen.

»Ich bin eigentlich nicht zu skrupellos«, sagte Dudley leise, als er ihn der Polizei übergab.

Erste Liebe

Walt Rogers legte seinen Pinsel weg, stieß die Staffelei zurück und machte das schwache Licht aus. Das Gewitter hatte sich vorübergehend verzogen und kehrte jetzt mit einem prasselnden Regenguß zurück. Walt trat an das offene Fenster und blieb stehen. Er achtete nicht auf das Wasser, das ihm über das junge, besessene Gesicht strömte.

Leuchtende Blitze rissen die Finsternis auf und ließen die vertraute Landschaft ungewohnt aussehen. Hohe Bäume beugten sich ergeben dem wütenden Wind. Wasser verschleierte den Unrat auf dem Hof, und das Vieh drängte sich bemitleidenswert an einer geschützten Stelle. Der Regen verwischte die Umrisse der Scheune und verlieh ihr einen düsteren Reiz.

Wieder zuckte ein Blitz, der Donner krachte und rollte, und Walt beugte sich mit den Ellbogen auf dem Fensterbrett vor und flüsterte: »Wie schön, wie schön.«

Aber wie das malen?

Natürlich konnte er malen, wie es aussah. Das konnte jeder

Idiot. Aber wie den Klang und das Gefühl malen, und den wunderbaren, herrlichen, frischen Geruch?

Er wandte sich ab und stieß angeekelt mit dem Fuß gegen die Staffelei, und in diesem Augenblick kam der Donner. Das Grollen wurde so heftig, daß Walt am Fensterbrett vor Angst wie gelähmt war. Er krümmte sich benommen und verdutzt zusammen, und das Geräusch schwoll vernichtend, qualvoll an, bis er sich vor Schmerzen wand und die Hände an die Ohren schlug, und es wuchs aber weiter und weiter an, bis es in dem Augenblick, als es unerträglich schien, in eine Explosion mündete.

Er lag auf dem Boden unter dem Fenster, und der Regen drang mit voller Kraft auf ihn ein. Als er sich bewegte, klirrte Glas und rieselte von seinem Rücken, während er sich aufrichtete. Sein erster Gedanke war, das Fenster zu schließen, und er verletzte sich die Hand an einem Glassplitter, der noch im leeren Rahmen steckte. Seine Ohren dröhnten schmerzhaft, und das wilde Stöhnen des Gewitters kam ihm jetzt nur wie ein gedämpftes Murmeln vor. Er starrte in die Nacht hinaus und sah in der Ferne ein Feuer glühen, das mit einer Flamme in den Regen hinauftastete und plötzlich zum Himmel schoß.

Er rannte aus seinem Zimmer, den Gang hinunter. Als er am Zimmer seiner Eltern war, machte sein Vater die Tür auf. In der Hand hielt er eine Taschenlampe.

»Der Strom ist weg«, sagte Vater. »Ist dein Fenster kaputt? Unseres schon.« Er leuchtete in ein unbenutztes Schlafzimmer. »Das hier ist auch kaputt.«

»Vater«, erwiderte Walt atemlos, »drüben bei dem Steinbruch ist was passiert. Da ist ein großes Feuer. Die Flammen schlagen unheimlich in die Höhe.«

»Uninteressant. Was beim Steinbruch passiert, geht nur Zengler was an, uns nicht.« Er warf einen Blick ins Bad. »Im Haus ist jedes Fenster kaputt. Und bei diesem Gewitter. Das gibt eine Überschwemmung. Mutter, hol Plastik oder Öltuch oder irgend etwas. Walt, du holst Hammer und Nägel. Wir müssen schnellmachen.«

»Sollten wir nicht telefonieren?« fragte Walt. »Ich meine wegen des Feuers.«

»Das Telefon geht nicht!« rief Walts Mutter aus dem Schlafzimmer.

Walt holte gehorsam Hammer und Nägel. Als er zurückkam, sagte sein Vater: »Walt, du hast Schnitte auf dem Rücken. Eine Menge. Was hast du gemacht? Bist du neben dem Fenster gestanden?«

»Ich – ja –«

»Weshalb denn?«

»Ich habe mir das Gewitter angesehen.«

»Du lieber Himmel! Um drei Uhr früh. Bring das in Ordnung, Mutter. Ich mach mich lieber an die Fenster.«

Die drei taten in jener Nacht kein Auge mehr zu. Sie deckten Fenster ab, kehrten zerbrochenes Glas zusammen und wischten auf. Walt schlüpfte einmal zur Tür, machte sie einen Spaltweit auf und blickte in das Gewitter hinaus. »Der Steinbruch«, fing er an.

»Laß den verfluchten Steinbruch«, sagte sein Vater.

»Da brennt's immer noch.«

Als sie mit dem Aufräumen fertig waren, hatte sich das Gewitter verzogen, und die Dämmerung färbte den Horizont rosig. Walt ging mit seinem Vater hinaus, und als sie über den Hof schritten, schmatzte das nasse Gras unter ihren Füßen. Bevor sie die Scheune erreichten, um sich dort nach Schäden umzusehen, blieben sie stehen und blickten zum Steinbruch hinüber.

»Was es auch war«, sagte Jim Rogers, »jetzt ist es niedergebrannt. Vielleicht hatte Zengler dort Benzin gelagert, obwohl ich nicht wüßte, wozu. Aber wenn er dafür verantwortlich ist, wird er diese Fenster zahlen, oder die Pacht wird ihm nie wieder erneuert.«

Aber anscheinend traf Zengler keine Schuld. Das Feuer hatte eine Ecke der nördlichen Weide versengt, wo Zengler bestimmt nichts gelagert hatte. Der Steinbruch und Zenglers Besitz waren unbeschädigt.

Am Sonnabend nach dem Gewitter half Walt seinem Vater wie gewöhnlich bei der morgendlichen Arbeit, und dann trieb er die Kühe auf die Weide. Als diese davontrotteten, ging er quer über die Wiese zum Steinbruch. Der Morgen war selbst für Anfang Juni warm. Weiße Wolkenfetzen trieben heiter über einen Himmel vom reinsten Blau.

»Wie schön«, flüsterte Walt und wünschte, er hätte seine Farben mitgenommen.

Das rätselhafte Feuer hatte einen Kreis von beinahe hundert Metern im Durchmesser versengt. An der Stelle, die dem Steinbruch am nächsten lag, hatte es den Zaun zerstört, und Walt war am Dienstag nach der Schule mit seinem Vater hergekommen, und sie hatten neuen Stacheldraht angebracht. Die Eile war unnötig gewesen. Die Kühe weigerten sich aus Gründen, die nur sie kannten, der Brandstelle auch nur nahezukommen.

Walt kletterte über den Zaun und lief zum Steinbruch. Wasser füllte eine weite Senke, die schon vor Walts Geburt ausgehoben worden war. Es hieß, der kleine See sei an der tiefsten Stelle zwanzig Meter tief.

Walt setzte sich am Wasser nieder und freute sich über die Spiegelungen. Er überlegte, wie er sie auf die Leinwand bringen könnte. Er hatte einen Einfall. Heute nachmittag komme ich her, dachte er, und mache ein Selbstporträt, wobei ich das Wasser anstelle eines Spiegels nehme. Ich frage mich, ob das schon jemals versucht worden ist.

Er war überglücklich. Am Tag zuvor hatten die Schulferien begonnen, und vor ihm lag der ganze Sommer. Natürlich würde es Arbeit auf dem Hof geben, aber er würde genug Zeit haben, um zu malen, zu malen, zu –

Er sah sehnsüchtig in das Wasser. Der Morgen war warm, aber zum Schwimmen war die Jahreszeit noch zu früh. Das Wasser war sicher eiskalt. Seine Mutter wartete mit dem Frühstück auf ihn.

Er war im Nu aus den Kleidern, ließ sie sorglos auf das felsige Ufer fallen und stieg dann in drei Meter tiefes Wasser. Der Schock der Kälte ließ ihn mit Armen und Beinen um sich schlagen. Er tauchte ein, fuhr sich über die Augen und wollte zum anderen Ufer hinüber.

Plötzlich wirbelte er herum und schwamm wie rasend zum Ufer. Er sprang heraus und starrte ins Wasser. Er konnte nichts als sein Spiegelbild sehen, das fragend zurückstarrte.

Aber er hatte irgend etwas gesehen, etwas Langes und Dunkles, das aus dem tiefsten Wasser aufgestiegen und sich mit Absicht auf ihn zu bewegt hatte. Ein Fisch? Aber in diesem Gewässer hatte es nie Fische gegeben, und ein Fisch von der Größe wäre ein Ungeheuer gewesen.

Dann sah er ihn wieder, den langen, düsteren Schatten, der langsam auf das Ufer zu trieb und dann bewegungslos schweben blieb, in zu großer Tiefe, als daß er ihn klar hätte erkennen können. Er wartete atemlos. Der Schatten kam allmählich zur Oberfläche herauf, und Walt sah, daß er in ein Mädchengesicht starrte.

Er atmete heftig, und es dauerte einige Sekunden, bis er begriff, daß auch sie ihn anstarrte. Er war nackt. Er bewegte sich langsam, ließ sich auf die Knie sinken, streckte sich auf einem flachen Felsen aus und hielt das Gesicht nah ans Wasser.

Sie blieb ein Stück unter der Oberfläche, aber da er angestrengt hinsah, konnte er sie in Umrissen erkennen. Die dunkle Masse ihres Haares wogte sanft im Wasser und reichte über den ganzen Rücken. Ihr Leib war von einem weichen Stoff umhüllt, der selbst in dem dunklen Wasser noch grün schimmerte und die Formen ihrer kleinen Brüste so deutlich zeigte, daß er spürte, wie er rot wurde. Das Wasser ließ ihr Gesicht seltsam flach aussehen, aber er betrachtete das vollkommene Oval mit dem Auge eines Künstlers und fragte sich, welche rätselhafte Farbe ihre Augen wohl hätten.

Dann bemerkte er die Kiemen.

Eine ihrer Hände, mit zarten Schwimmhäuten zwischen den Fingern, beschrieb einen Kreis und deutete zum Mund. Sie kreiste und deutete wieder. Beim drittenmal verstand er. Sie war hungrig.

Er beobachtete noch, und schon war sein sechzehnjähriger Geist dabei, das Unwägbare mit unbarmherziger Logik zu untersuchen. Sie war hungrig. Natürlich war sie hungrig. Das Gewitter war Montag nachts gewesen, was immer sie also hergebracht hatte, war am Montag abgestürzt und verbrannt. Und jetzt war es Sonnabend. Sie mußte ausgehungert sein. In dem Wasser war nichts, was sie essen konnte.

Er hatte von fliegenden Untertassen und der Möglichkeit von Leben auf anderen Welten gelesen und hielt sich nicht mit Spekulationen auf. Er wußte. Sie konnte nicht von dieser Welt sein, mußte also aus einer anderen kommen. Wie war sie gekommen? Der geschwärzte Rand der Weide war bloß zweihundert Meter vom Wasser entfernt. Hatten ihre Leute als Wasserwesen die Schwierigkeiten des Raumfluges gemeistert? Sie war hier. Das genügte als Antwort. Sie war hier, und ihr Schiff hatte sich in dem rätselhaften Feuer verzehrt, das Flammen hoch hinaufgeschleudert, aber anscheinend keine allzu große Hitze erzeugt hatte.

Er streckte langsam eine Hand auf ihr Gesicht zu aus. Sie schoß unruhig zurück, kam aber wieder näher, als er die Hand zurückzog, und wiederholte ihr Zeichen. Die Hand mit den Schwimmhäuten bewegte sich zum Mund. Sie hatte Hunger.

Walt sprang auf und zog sich an. Er warf einen letzten Blick auf das Gesicht im Wasser und fing an, über die Wiese zu rennen.

Edna Rogers sah, wie unordentlich ihr Sohn angezogen und wie naß sein Haar war, und rief: »Was hast du denn gemacht?«

»Vater«, sagte Walt atemlos, »ich möchte fischen gehen. Kann ich den Wagen haben?«

»Du allein?«

»Ja, wieso?«

»Na schön«, sagte Jim Rogers leichthin. »Ich glaube, der Sommer hat begonnen. Die Arbeit läuft gut, und ein paar Fische wären nicht schlecht. Wo willst du hin?«

»Ich weiß ein paar gute Stellen«, erwiderte Walt ausweichend. Er hatte sich nie für das Fischen erwärmen können. Außer Malen und Zeichnen hatte ihn nichts interessiert, aber er erinnerte sich an einen versunkenen Baumstumpf im Fluß südlich der Stadt. Er hatte dort einmal gezeichnet und einen Jungen gesehen, der Fische fing. Er konnte genauso gut dort anfangen.

Das Mädchen war hungrig. Aber was konnte es essen? Rohes Fleisch? Was war mit Früchten und Gemüsen? Sie lebte im Wasser, und er wollte ihr Fische besorgen, wenn es ging. Und dann würde er es mit anderen Dingen versuchen können.

Er ließ den Wagen an der Straße stehen und ging durch die Farm der Malloys zum Fluß. Niemand war zu sehen, und das freute ihn. Ganz aufgeregt befestigte er einen Köder am Haken und ließ ihn ins Wasser.

Nichts geschah. Der Schwimmer trieb lässig auf dem Wasser, und schließlich verfing sich der Haken am Baumstumpf. Walt machte ihn los und versuchte es wieder. Ungeduldig zählte er die Minuten. Das Mädchen war am Verhungern. Er sagte sich, daß er ihr etwas anderes hätte bringen können. Seine Mutter würde ein Steak aus der Tiefkühltruhe nicht vermissen. Er mußte rasch etwas unternehmen, und wenn die Fische nicht mitmachen wollten –

Er riß die Schnur aus dem Wasser und rannte zum Wagen zurück. Er fuhr zu Marshalls Tankstelle. Der alte Ed Marshall saß neben der Tür des alten Holzhauses, las und genoß die Sonne.

»Elritzen?« sagte er. »Ich kann dir ein paar geben. Aber wenn du sie lieber selbst fängst, du weißt, wo das Netz ist. Kannst es immer haben. Und hör mal, Sadie hätte gern noch ein Bild von dir. Sie möchte es im Gästezimmer aufhängen.«

»Sie kriegt eines«, sagte Walt eifrig.

Er fand das sauber gefaltete Netz im Schuppen hinter der Tankstelle. Er war auf dem Rückweg zum Wagen, als der alte Ed hinter ihm herrief: »Bist du sicher, daß du allein damit fertig wirst?«

»Ich werd's schaffen«, sagte Walt.

Das Netz war sechs Meter lang und fast zu weitmaschig, um Elritzen damit zu fangen. Manche meinten, der alte Ed fange damit vielleicht größere Beute, und Walt, der ihn eines Morgens damit hatte hantieren sehen, wußte es sicher. Und alle wußten, wie sich die Familie Marshall den Sommer über von Fischen ernährte.

Der alte Ed stand auf und kam zum Wagen. »Ich sag' dir was«, meinte er mit vertraulichem Grinsen, »es ist ein bißchen spät am Morgen, um mit dem Ding anzufangen, Walt. Und du mußt die Stellen kennen. Wenn du Fisch willst, warum kommst du nicht morgen mit mir mit?«

»Ich möchte es gern versuchen«, sagte Walt.

»Ich könnte dir heute ein paar überlassen.«

»Und – morgen?«

»Ich fische jeden Tag. Du kannst immer gern mitkommen, wenn du möchtest.«

»Danke«, sagte Walt.

Minuten später fuhr er in rasender Eile zum Steinbruch zurück. In einem Eimer neben ihm wühlten drei ausgewachsene Barsche das Wasser auf.

Zum Glück arbeiteten Zenglers Leute am Sonnabend nicht. Der Steinbruch lag verlassen da, das Wasser war leer und leblos. Walt beugte sich vor und patschte wild mit der Hand. Dann sah er sie rasch auf sich zuschießen. Ein gutes Stück unter der Oberfläche hielt sie an.

Er fing einen der Fische und hielt ihn dicht über das Wasser. Sie bewegte sich erst, als er ihn ins Wasser tauchte, und zwar wich sie langsam zurück. Plötzlich machte sich der Fisch mit einem Ruck aus seinen Fingern los. Ihm stockte erschrocken der Atem, als er fortflitzte.

Aber das Mädchen war wie der Blitz hinter ihm her. Verwirrend schnell hatte sie ihn eingeholt und geschickt gefangen, und mit einer graziösen Bewegung war sie in der Tiefe verschwunden.

Er wartete eine Zeitlang und ließ dann, als sie nicht wieder auftauchte, die restlichen Fische frei. Er dachte, es wäre würdelos, wenn sie wie ein abgerichtetes Tier zum Fressen gerufen würde. Und er hatte jetzt keine Zweifel, daß sie die vorhandenen Fische fangen könne.

Dann sah er seitlich ihre dunkle Gestalt im Wasser schweben. Sie beobachtete ihn. Er streckte sich am Ufer aus, hielt das Gesicht dicht ans Wasser und sah sie an.

»Wie schön«, murmelte er.

Das lange, fließende Haar hatte es ihm angetan. Die meisten Mädchen, die er kannte, trugen ihr Haar knabenhaft kurz. Das gefiel ihm weniger. Die Mädchen kamen ihm aufregend genug vor, wenn sie nur wie Mädchen aussahen.

Er fragte sich, wie er durch den schimmernden Vorhang des Wassers auf sie wirkte. Kam er ihr fremdartig und häßlich vor, war sie davon wie gebannt? Die Frage wurde plötzlich sehr wichtig. Er sagte sich unerbittlich, daß nur er ihr Ernährer war und sie ihm wohl kaum ein Interesse schenken werde, das darüber hinausging. Er verweilte jedoch lang an jenem Morgen, und nach der abendlichen Arbeit kam er zurück, lag am Ufer, als die Sonne schwand und der Schatten der alten, knorrigen Eiche, der auf dem Wasser lag, ins Unsichtbare versank. Er blieb, bis die Dämmerung tiefer wurde und das Gesicht des Mädchens nicht mehr sichtbar war.

In der Nacht träumte er von einem Bergbach, einem reinen, kristallklaren, tiefen, in dem junge Liebende planschten und spielten und sich liebhaben konnten. Er wachte in kaltem Schrecken auf. Was würde aus ihr werden? Während des Sommers konnte er sich um sie kümmern. Mit Hilfe des alten Ed konnte er eine Menge Fische fangen. Doch dann würde der Winter kommen, und dickes Eis würde das Wasser überziehen. Selbst wenn sie die Kälte überleben könnte, würde es schwierig sein, ihr Nahrung zu verschaffen.

Und sie würde vielleicht einsam in dem kalten, stehenden Wasser des Steinbruchs sterben.

Der Fluß? Walt ließ den Gedanken sofort fallen. Er wußte instinktiv, daß sie tiefes Wasser brauchte. Der nächste kleine See war fünfzig Kilometer weit entfernt. In der entgegengesetzten Richtung lag in siebzig Kilometern Entfernung der Lake Michigan. Dort könnte sie sich in den weiten, miteinander verbundenen Gewässern der Großen Seen verbergen. Wie konnte er sie jedoch dort hinschaffen?

Er mußte sich etwas einfallen lassen.

Vor Tagesanbruch war er schon mit dem alten Ed und seinem Netz draußen, und sie fingen viele Fische. Walt ließ Ed ewige Verschwiegenheit schwören und vertraute ihm an, er wolle sie im Steinbruch aussetzen. Walt zweigte genügend Fische für den Familientisch ab und jubelte, als er den Rest in das Wasser beim Steinbruch warf, wo ihm das schattige Gesicht aus der Tiefe heraus stumm zusah.

Walter nutzte eine Pause in der Unterhaltung bei Tisch und sagte vorsichtig: »Mutter, ich würde gern ein Tauchgerät haben.«

Edna Rogers starrte ihn an. »Wirklich? Was willst du denn

damit?«

»Ins Wasser möchte ich.«

Jim Rogers zeigte sich interessiert. »Wo gibt's hier in der Gegend geeignetes Wasser zum Tauchen?«

»Den Fluß gibt's«, sagte Walt ausweichend, »und den Steinbruch –«

»Der Fluß ist zu seicht, und im Steinbruch gibt's nichts zu sehen. Diese Atemgeräte sind was für Gegenden, wo es viel Wasser und eine Menge Fische gibt.«

»Mr. Moore hat was da«, sagte Edna Rogers und warf einen beunruhigten Blick auf Walt. »Sehr teuer war es nicht.«

»Er hat nur eine Taucherbrille und die Dinger für die Füße«, erklärte Jim Rogers. »Ich sagte ihm, er wird sie nie verkaufen können. Walt meint wohl jene Ausrüstung mit Luftflaschen, die man auf dem Rücken hat und mit denen man stundenlang unten bleiben kann. Ist hier sinnlos. Aber wenn du die Taucherbrille haben willst, dann verschwende ruhig dein Geld und kauf sie dir.«

»Danke, Vater.«

Walts Mutter schüttelte den Kopf. »Was ist mit deiner Malerei, Walter? Eine Woche hast du nichts mehr gemacht.«

Walt erwiderte ungeduldig: »Zum Malen wird genug Zeit sein, wenn ich nicht mehr fischen oder schwimmen gehen kann.«

»Ich glaube, du bist zuviel allein«, meinte Edna Rogers und wechselte dann das Thema. »Was wollte Mr. Zengler?«

Jim Rogers lachte und legte die Gabel weg. »Sein Junge glaubt, er hat ein paar Fische im Steinbruch gesehen. Er wollte sie fangen, hat aber nichts erwischt und will jetzt Dynamit reinwerfen und sehen, was dann hochkommt. Zengler wollte wissen, ob ich was dagegen habe.«

»Dynamit?« platzte Walt heraus. »Dynamit in den Steinbruch?«

»Ja. Ich sagte Zengler, daß es dort nie Fische gegeben hat, und wenn er sein Dynamit verschwenden will, habe ich nichts dagegen.«

»Ich bin fertig«, sagte Walt und stand auf. »Ich habe nicht viel Hunger.«

»Du könntest wenigstens um Entschuldigung bitten.«

»Bitte, entschuldigt mich«, sagte Walt schlicht und floh, bevor noch eine Antwort kam.

Der Steinbruch verschwamm in dunklen Schatten. Walt ging um ihn herum und lief gleich zum Schuppen, der Zengler als Büro und

Lagerhaus diente. Zengler hatte seine vier Lastwagen daneben abgestellt, drei davon waren recht zerbeult und der vierte neu.

Walt setzte sich neben den Schuppen und wartete.

Er kannte Roy Zengler. Der Kerl war eine junge Flasche, der tat, was ihm paßte. Der Boden wurde Walt bald zum Sitzen zu hart, und er stand auf und lehnte sich an den Schuppen. Er wußte nicht, was er tun sollte. Wenn Roy nicht kam, konnte er ihn am Morgen aufsuchen und ihn warnen, aber dann würde es der Kerl erst recht tun.

Ein Radfahrer näherte sich. Er hielt an, schob das Rad zum Schuppen. Dann ging er zur Tür und schepperte mit Schlüsseln. Walt machte einen Schritt auf ihn zu.

»Roy?«

»Ach, du bist's, Walt? Hast mich ganz schön erschreckt. Ich mach' mir jetzt einen kleinen Spaß. Willst du mitmachen?«

»Die Fische gehören mir«, sagte Walt. »Ich hab' sie hingebracht. Du läßt sie in Ruhe.«

»Gar nichts gehört dir. Dad hat das Ganze gepachtet. Du hast kein Recht –«

Walt holte aus. Seine Faust traf Roys Gesicht und ließ ihn zu Boden gehen. Walt war wie der Blitz über ihm, legte die Hände um den Hals und drückte ein wenig zu. »Wenn du versuchst, dir die Fische mit Dynamit zu holen«, sagte Walt finster, »dann bring' ich dich um.«

»Schon gut«, sagte Roy schwach.

Walt ließ ihn los, und Roy stand langsam auf. »Schon gut«, sagte er noch einmal. »Ich hab's nicht gewußt. Dein Alter sagte –«

»Du läßt sie in Ruhe!«

Roy ging zu seinem Fahrrad, schob es zur Straße und sprang auf. »Du kannst nicht die ganze Zeit aufpassen!« schrie er. »Ich komm' zurück! Wirst schon sehen!«

Walt hob verzweifelt einen Stein auf und warf nach ihm.

»Verfehlt!« schrie Roy. »Ich komm' zurück! Wart nur!«

Er verschwand in der Dunkelheit. Walt zitterte vor Wut und Angst und wußte, daß Roy zurückkommen würde.

»Deine Mutter und ich, wir möchten morgen nach Coleville rüber«, sagte Jim Rogers. »Sie möchte ihre Schwester besuchen, und vielleicht gehen wir noch ins Kino. Glaubst du, du kommst mit der Arbeit am Abend allein zurecht?«

»Klar. Ohne weiteres«, sagte Walt. »Bleibt ihr über Nacht?«

»Nein. Aber sehr früh kommen wir nicht zurück. Warte nicht auf uns, bis wir zurück sind.«

Walt nickte geistesabwesend, blickte auf und sah, daß ihn sein Vater mit gerunzelter Stirn betrachtete.

»Hast du Kummer, Walt?«

»Nein, wieso?«

»Du benimmst dich komisch. Deine Mutter macht sich Sorgen. Als du gestern abend raus bist, bin ich dir nach. Schau nicht so schuldbewußt. Sie dachte, du steckst in Schwierigkeiten, weil du dich nächtelang draußen herumgetrieben hast. Auf jeden Fall bringt es, glaube ich, nicht viel, bis Mitternacht drüben am Steinbruch zu sitzen, aber wenn du es gern tust, glaube ich nicht, daß etwas Schlimmes daraus entstehen kann. Bist du sicher, daß du keinen Kummer hast?«

»Nein, ich habe keinen, Vater.«

»Oder wolltest du drüben jemanden treffen? Ein Mädchen vielleicht?«

»Nein«, sagte Walt trotzig.

»Wenn du ein Mädchen hast, brauchst du das nicht zu verheimlichen. Du kannst es gern herbringen.«

Als seine Eltern später außer Hörweite waren, wagte Walt einen Telefonanruf. Carl Reynolds, ein Freund in Walts Alter, erfüllte ihm die Bitte wie selbstverständlich. »Klar«, sagte er, »klar, ich mach' am Sonnabend abends die Arbeit für dich. Weißt du, das schulde ich dir ja noch. Ich muß aber mit meinem Alten darüber reden.«

»Carl«, erwiderte Walt ängstlich, »sag ihm, daß du mir helfen willst. Sag ihm nicht, daß ich nicht hier sein werde.«

Einen Augenblick war Stille, dann lachte Carl. »Wird gemacht. Und ich wünsche dir viel Erfolg. Kenne ich sie?«

»Nein«, entgegnete Walt. »Du kennst sie nicht.«

Am Sonnabend ging Walt spätnachmittags langsam zu dem einsamen Steinbruch. Irgendwo in der Tiefe war sie. Was sie wohl machte? Er wußte, er brauchte nur zu plantschen, und sie kam. Er setzte sich jedoch unter die Eiche und betrachtete nachdenklich das ruhige, stille Wasser. Er hatte begriffen, daß seine Liebe eine Liebe ohne Hoffnung war, daß es keine Mitte gab, auf der sich ein Luftwesen mit einem Wasserwesen treffen konnte. Seit er sie gefunden hatte, war er zweimal im Steinbruch schwimmen gewesen. Das erste Mal war sie anscheinend in panischer Angst geflohen, und als sie schließlich zurückkam, hielt sie sich auf vorsichtiger Distanz.

Er wollte sie nur berühren, das schöne, wogende Haar streicheln. Sie entkam ihm leicht, und als sie merkte, wie ungeschickt er sich bewegte, umkreiste sie ihn in rasender Geschwindigkeit. Er tauchte mit ihr in die Tiefe, aber in dem schwachen, ungewissen Licht war es nur ein dunkler Schatten, der ihn umwirbelte. Der zweite Versuch war so enttäuschend wie der erste, und er hatte es deshalb nicht noch einmal versucht.

Wahre Liebe, sagte er sich, müsse selbstlos sein. Einzig wichtig war das Glück der Geliebten. Er hatte Stunden damit verbracht, über einen Ort nachzudenken, an den sie bequem und sicher zu leben vermochte und wo er sie von Zeit zu Zeit besuchen konnte, auch wenn sie nur verschwommen im Wasser zu erkennen war. Einen solchen Ort gab es nicht. Er mußte sie zum Lake Michigan bringen, und hatten sich dessen Wasser einmal über ihr geschlossen, so mußte er sich mit der Tatsache abfinden, daß er sie nie wiedersehen würde.

Er blickte auf seine Uhr und ging zu Zenglers Schuppen. Die Zeit muß genau stimmen, rief er sich ins Gedächtnis. Ein Schlag mit einem Stein, und das schwache Vorhängeschloß war offen. Hier in der Gegend hatte es nie Diebe gegeben, und Zengler hatte das Schloß schon seit Jahren in Benützung.

Walt nahm die Schlüsselringe von einem Nagel neben der Tür und warf einen dankbaren Blick auf Zenglers neuen Lastwagen. Benzin? Wenn nicht genug im Tank war, konnte er einen der anderen Lastwagen anzapfen. Noch etwas? Ein Eimer. Er fand zwei in einer Ecke und stellte sie bereit.

Er blickte zur Heckklappe des Lastwagens hinauf und erschrak. Würde sie hinaufkommen?

Im Schuppen waren Werkzeuge und Nägel. Bretter und Holzstücke lagen herum. Walt nagelte wie wild, weil er fürchtete, er könne sich jetzt verspäten. Er hätte früher daran denken sollen. Er hätte ihr etwas Besseres als diese rauhe Rampe machen können. Er trug die Rampe und die Eimer zum Wasser hinunter und rannte zum Lastwagen zurück.

Zunächst fuhr er langsam; er mußte mit dem Lastwagen erst bekannt werden; er probierte zaghaft dessen grollende Stärke aus. Als er Harwell erreichte, senkte sich die Dämmerung auf das Städtchen herab. Um nicht entdeckt zu werden, machte er Umwege. Auch fuhr er ohne Licht und schlich vorsichtig über Kreuzungen.

Immer wieder blickte er auf die Uhr. Mr. Warren machte immer genau um neun zu. Er durfte nicht zu spät kommen, wagte es aber auch nicht, zu früh dran zu sein.

Er bog in die Gasse ein, die parallel zur Hauptstraße lief, und parkte den Wagen umsichtig. »A. J. Warren und Söhne, Landwirtschaftliche Geräte« stand auf dem verwitterten Schild über der Tür. Walt sah wieder auf die Uhr, ging an die Tür und sah hinein. Ein paar Farmer standen herum und beobachteten einen neuen Traktor. Walt zog sich in die Schatten zurück und wartete nervös.

Die Farmer gingen einer nach dem anderen. Erst als Mr. Warren die Tür hinter dem letzten absperren wollte, trat Walt vor. Mr. Warren drehte sich um und sah ihn.

»Guten Abend, Walt«, sagte er. »Ich mach' eben zu. Kann ich was für dich tun?«

Walt gab sich Mühe, seine Stimme normal klingen zu lassen. »Vater hat sich entschlossen, den großen offenen Tank zu nehmen, über den Sie mit ihm geredet haben.«

Mr. Warren strahlte. »Gut. Weshalb hat er es sich anders überlegt?«

»Unserer leckt schon wieder.«

»Ich schicke den neuen Montag früh rüber. In Ordnung?«

»Wenn es Ihnen nichts ausmacht, nehme ich ihn jetzt mit«, sagte Walt. »Ich hab' einen Lastwagen geborgt. Er steht hinten.«

»Ja, klar. Der Tank ist draußen im Schuppen.«

»Und am Montag kommt Vater und –«

»Schon gut, Walt. Los, wir laden ihn auf.«

Es war so einfach, daß Walt kichern mußte, als er den Lastwagen aus Harwell heraus und zum Steinbruch steuerte. Dann fiel ihm ein, daß es nur der Anfang des Unternehmens war, und er hörte zu lachen auf.

Am Steinbruch fuhr er zum Wasser hinunter, zog die Handbremse an und setzte Zenglers Pumpe in Betrieb. Der alte Motor machte einen Riesenlärm, und Walt war nervös, als er den Wasserstrahl in den Tank leitete. Er konnte die Lichter in der Scheune sehen, wo Carl Reynolds die Kühe molk. Er brauchte länger, als Walt gedacht hatte. Wenn er die Kühe auf die Weide trieb und die Pumpe hörte, würde er dann herkommen und nachsehen? Als das Wasser den Rand des Tanks erreichte, schaltete Walt die Pumpe ab und fuhr den Lastwagen langsam dorthin, wo er Rampe und Eimer gelassen hatte. Eine falsche Bewegung, und Zengler würde nie herausbekommen, was mit seinem Lastwagen geschehen war. Walt hielt an. Er ließ die Heckklappe herab und legte die Rampe an. Dann beugte er sich vor und machte sich bemerkbar, indem er mit der Hand aufs Wasser patschte. Sie kam nicht.

»Die Pumpe hat ihr Angst gemacht«, murmelte er.

Er patschte wieder und wieder.

Plötzlich sah er sie, einen dunklen Schatten im noch dunkleren Wasser. Er wartete, bis sie sich genähert hatte, dann stieg er die Rampe hinauf. Als er ins Wasser hinabblickte, packte ihn Unruhe. Wie konnte er ihr verständlich machen, was er von ihr wollte? Er konnte sie kaum sehen und nur hoffen, daß sie ihn besser erkannte. Selbst wenn sie ihn verstehen konnte, war nicht sicher, daß sie ihm traute. Er gestikulierte, er ging die Rampe hinauf und hinab. Es wurde spät. Er mußte weit fahren, Zenglers Lastwagen zurückbringen und zu Hause sein, bevor seine Eltern zurück waren. Und irgendwie mußte er die Sache mit dem Tank erklären.

Die Dunkelheit nahm zu, und der Mond war noch nicht am Himmel. Als Carl fertig war, gingen in der Scheune die Lichter aus. Walt konnte die Kühe auf der Weide hören. Er stolperte verzweifelt die Rampe hinunter. Es mußte eine Möglichkeit geben –

Er sprang hinab und rannte zu Zenglers Schuppen. Ein Seil –

Eine neue Furcht packte ihn. Vielleicht waren im Wasser noch andere, vielleicht wollte sie nicht allein fort. Angenommen, es gab Dutzende von ihnen?

Er wollte zum Lastwagen zurückrennen, als ihn platschende Geräusche zum Stehen brachten. Er rannte wieder los.

Eine feuchte Spur führte über die Rampe zum Tank hinauf. »Sie hat's geschafft«, keuchte er. Er sprang die Rampe hinauf und blickte in den Tank. Dort war sie, und er hatte sie noch nie so nahe gesehen, eine dunkle Gestalt, die irgendwie schimmerte. Er warf Rampe und Eimer in den Wagen und warf die Heckklappe zu. Unter lautem Freudengesang ließ er den Motor an und startete.

Er wollte Harwell auf Umwegen umfahren. Er war nur ein paar Minuten unterwegs, kam über einen Hügel und sah im Scheinwerferlicht einen Wagen am Straßenrand stehen. Er erkannte Zenglers neuen Cadillac, den einzigen, den es in der ganzen Gegend gab. Er sah vorn im Wagen zwei Köpfe dicht beieinander und dachte, es müsse Roy Zengler mit irgendeinem Mädchen sein.

Er trat das Gaspedal durch. Der Lastwagen wurde schneller, und Walt warf einen Blick in den Rückspiegel. Er sah, wie Licht im Cadillac aufblitzte, als Roy die Tür aufstieß und hinaussprang. Dann stand er auf der Straße und starrte hinter dem Lastwagen her.

Walts Gedanken jagten sich: Er wird's sagen. Sie werden zum Steinbruch fahren, einfach, um sicherzugehen, und sie werden sehen, daß der Wagen weg ist. Sie werden denken, ein paar Burschen wollten sich einen Spaß machen, und sie werden um Harwell herum suchen und mich wahrscheinlich erwischen, wenn ich zurückkomme. Er wurde unruhig, sagte sich aber, daß es keine Rolle spiele, was auf dem Rückweg geschehen würde.

Er war nur noch fünfzehn Kilometer vom See entfernt, als er sich auf eine Schnellstraße wagen mußte. Er machte sich Sorgen wegen des Mädchens und fragte sich, ob er frisches Wasser besorgen oder versuchen solle, so rasch wie möglich zum See zu kommen. Er fuhr weiter, weil das das Einfachste war, aber er hörte nicht auf, sich Sorgen zu machen.

Auf der Schnellstraße herrschte nur schwacher Verkehr, und Walt war so in seine Gedanken vertieft, daß er nicht merkte, wie sich von hinten ein Wagen näherte. Er sah ihn nicht, bis er sich neben ihn setzte und ein rotes Licht aufblitzte. Dann wußte er, daß ihn ein Polizist zum Anhalten aufforderte. Benommen gehorchte er. Der Polizeiwagen hielt hinter ihm an. Als der Polizist ausstieg, trat Walt das Gaspedal durch.

Der Polizist war anscheinend verblüfft. Er stand vor den Scheinwerfern seines Streifenwagens und fuchtelte mit den Armen herum. Als Walt dann wieder in den Rückspiegel blickte, spie eine Hand Feuer. Walt dachte: Wenn er einen Reifen trifft –

Hinter ihm splitterte das Glas des Rückfensters, und die Kugel schlug ins Dach des Fahrerhäuschens. Das Mündungsfeuer blitzte noch einige Male auf, aber dann rollte der Lastwagen über eine Anhöhe und war in Sicherheit. Eine unbefestigte Straße bog scharf nach rechts ab, und Walt riß das Steuer herum. Er befand sich auf einer kurvenreichen Landstraße. Nach einer Kurve und außer Sichtweite der Schnellstraße schaltete er die Scheinwerfer ab. Eine Farm tauchte auf, und er fuhr langsamer und rollte in den Hof hinein. Sekunden später röhrte der Polizeiwagen vorbei und verschwand.

Im Hause ging ein Licht an. Ein Mann öffnete die Tür und blickte zu ihm hinaus. Walt wendete und fuhr zur Schnellstraße zurück. Er folgte ihr ein kurzes Stück, nahm die erste Abzweigung nach links und konnte wieder frei atmen, als der Lastwagen über die holprige Straße hüpfte. An der nächsten Kreuzung fuhr er nach rechts auf den See zu.

*

Das Wasser bewegte sich sanft im Licht des Halbmondes. Walt fuhr an einem unbewohnten Sommerhäuschen vorbei, machte am Ufer einen Bogen und stieß zurück zum Strand. Ein paar Meter vor seinem Ziel wühlten sich die Räder in den lockeren Sand.

Walt stieg aus und ließ die Heckklappe herab. Als er sich hochzog, wurden ihm die Knie naß. Er brachte die Rampe in Position. Als er sich dann umdrehte, traf ein Wasserstrahl seinen Fuß. Er kniete nieder, tastete im Dunkeln und fand die Löcher. Die letzten Schüsse des Polizisten hatten den Tank getroffen.

Und der Tank war zu zwei Dritteln leer.

Er stöhnte, packte die Eimer und rannte zum See. Er sprang ins Wasser, füllte die Eimer und raste zum Lastwagen zurück, immer wieder, bis sein Atem in qualvollen Stößen ging, und die schmerzenden Beine nur noch trotten konnten.

Er verlor jedes Zeitgefühl. Der Wasserspiegel im Tank stieg langsam an, und als ihm schließlich einfiel, daß das Mädchen verletzt oder tot sein könne, mochte er nicht nachsehen, sondern schleppte automatisch weiter Wasser herbei.

Als er zum zehntenmal mit vollen Eimern kam, sah er sie. Sie stolperte die Rampe hinab und taumelte auf ihn, auf den See zu. Sie bewegte sich ungelenk, ihre Füße wühlten sich in den Sand, und als er auf sie zueilte, stürzte sie vor ihm keuchend und pfeifend zu Boden.

Er beugte sich über sie, um ihr zu helfen, und wich mit einem Schrei des Entsetzens zurück.

Ihr Gesicht war eine schaurige, gummiartige Maske mit großen, tiefliegenden Augen. Sie hatte keine Nase. Aus ihrem offenen keuchenden Mund ragten spitze Reißzähne. Ihr Haar, ihr liebliches, wogendes Haar bestand aus kurzen Pelzbüscheln, die Kopf und Rücken bedeckten. Der dunkelgrün schimmernde Stoff, den sie trug, war ihr Fleisch, schwammig und schleimig anzufassen.

Er starrte sie hilflos an, und sie kam torkelnd wieder auf die Beine, stolperte voran und fiel am Wasserrand nieder. Den Kopf tauchte sie unter. Einen Augenblick später stießen ihre Füße mit den Spinnweben um sich, und sie glitt ins Wasser und verschwand.

Walt starrte wie gelähmt hinter ihr her, konnte nichts denken, nichts tun, und blickte bestürzt den aufgewühlten Sand und die leichten Wellen an. Er hörte den Wagen nicht näherkommen und anhalten. Er hörte nichts, bis ihn der Polizist mit einem lauten Befehl anrief. Dann drehte er sich langsam um und hob die Hände.

Der Polizist kam vorsichtig näher, leuchtete ihm mit einer Taschenlampe ins Gesicht und rief: »Du bist ja ein Kind!«

Walt schwieg.

Der Polizist durchsuchte ihn rasch, trat zurück und gab ihm ein Zeichen, er könne die Arme herunternehmen. »War nicht sehr klug. Was hast du eigentlich vorgehabt?«

Walt schüttelte den Kopf. Was er getan hatte, war so ungeheuerlich, daß ihn Entsetzen packte: den Lastwagen gestohlen und beschädigt; den Tank bestellt, den sein Vater bezahlen mußte; vor der Polizei davongelaufen.

Und jetzt mußte er seinen Eltern gegenübertreten. Was konnte er ihnen sagen? Was konnte er überhaupt sagen?

Ein paar Meter vom Ufer entfernt schoß etwas Großes aus dem Wasser und klatschte wieder zurück. Der Polizist fuhr herum. »Meine Güte! Was war das denn?«

Walt zuckte die Achseln. »Bloß ein Fisch«, sagte er.

Wer ist Spitzenreiter?

Dringlichkeitsstufe: Routinesache
Von: Jard Killil, Minister für Angelegenheiten der Jugend
An: alle planetarischen Polizeiorganisationen
alle interplanetarischen Streifendienste
Gegenstand: Muko Zilo, aus Jugendhaft ausgebrochen
Anlagen: Charakteranalyse, Filme, Irisstruktur

Allen Polizeikräften wird hiermit mitgeteilt, daß Muko Zilo aus dem Rehabilitationszentrum für Jugendliche auf Philoy, Nummer III, Sektor 1311, geflohen ist. Der Ausbrecher ist vermutlich in einer gestohlenen Raumjacht geflohen, Sternklasse II, Reichweite unbegrenzt. Ziel unbekannt. Der Ausbrecher wird nicht für gefährlich angesehen. Er verfügt über niedere Intelligenz und hat nur PSI-Kräfte bis zur Klasse F.
Bei Festnahme bitte RZJ auf Philoy umgehend verständigen.

1998 war die Baseballsaison in der Oberliga erst zwei Wochen alt, und Vereinsmanager Pops Poppinger wünschte, sie wäre vorbei und ausgestanden. Seit dem ersten Spieltag war es seinen Piraten gelungen, vierzehn Spiele zu verlieren und keines zu gewinnen.

»So kann das nicht weitergehen«, murmelte er.

Er schritt durch den Umkleideraum, ohne einen Blick auf die herumlungernden Spieler zu werfen, betrat sein Privatbüro und warf die Tür zu. Er ließ einen Stapel Zeitungen auf den Schreibtisch fallen, lehnte sich auf seinem Stuhl zurück und schlug die Sportseiten der obersten Zeitung auf. Die Überschrift ließ ihn zusammenzucken. Er zerknüllte das Blatt und warf es über die Schulter.

An der Tür wurde geklopft. Pops achtete nicht darauf. Die Tür ging auf, und das große, grinsende Gesicht von Dipsey Marlow, dem Trainer, wurde sichtbar.

»Raus!« brüllte Pops.

»Hier ist ein Bursche, der will dich sprechen, Pops.«

»Sag ihm, ich hab' genug Jungen, die die Schläger tragen.«

»Ich glaub', er ist ein bißchen älter. Er sagt, er hat einen Brief für dich. Von Pete Holloway.«

Pops richtete sich auf und grinste. »Schick ihn rein.«

Der Bursche schlurfte ungeschickt herein. Er schien in beiden Richtungen etwa einsfünfundsiebzig zu messen. Merkwürdigerweise war er aber nicht dick. Sein sommersprossiges Gesicht war ungesund mager, und seine übergroßen Ohren gaben ihm ein wunderliches Aussehen. Er sah wie eine Kiste aus und bewegte sich auch so. Vor Pops' Schreibtisch kam er zum Stehen und wies einen Brief vor.

»Mr. Poppinger?« Die hohe, piepsige Stimme gellte Pops in den Ohren. »Mr. Holloway sagte, ich soll Ihnen das geben.«

»Sie haben von Maine den ganzen Weg hierher nach Kalifornien zurückgelegt, um mir das zu geben?«

»Ja, Sir.«

Pops nahm den Umschlag und riß ihn auf.

»Lieber Pops«, las er. »Dieser Zilo ist der schrecklichste Spieler, den ich je auf zwei Beinen gesehen habe. Er ist aber auch der Mann südlich des Nordpols, der das meiste Glück hat. Setz ihn in einem Schaukelstuhl mit einer Dose Bier in die Mitte, und jeder Ball, der ins Außenfeld geht, wird in seinem Schoß landen. Ein paar davon wird er sogar fangen. Nimm ihn, und du wirst die Meisterschaft machen. Dein Pete. – PS: Mit dem Schläger hat er auch Glück.«

Pops kratzte sich den Kopf und blinzelte Zilo ungläubig an. »Was spielst du?«

»Außenfeld«, erwiderte Zilo.

Pops war sich nicht sicher, ob er ihn hinausschmeißen oder auf die Sache eingehen sollte. »Du hast wirklich Baseball für Pete gespielt?«

»Ja, Sir. Letzten Sommer. Vor einer Woche ging ich hin, weil ich sehen wollte, ob ich wieder spielen kann, und er meint, Sie können mich brauchen, weil Ihre Saison früher als die seine anfängt.«

»Was schlägst du?«

»Vierundsechzig, Sir.«

Pops zuckte zusammen und stand dann auf. »Mein Junge, Pete ist ein alter Freund von mir und hat mir noch nie einen schlechten Tip gegeben. Ich versuch's mit dir.«

»Das ist sehr nett von Ihnen, Sir.«

»Ich heiße Pops. Und nach dem, was gestern passierte, ist das auch nicht nett von mir.«

Pops stand mit Ed Schwartz, dem Klubsekretär, in der Ecke des Unterstandes für die Spieler, als der neue Pirat auf das Feld lief. Pops sah ihn an, schlug sich mit der Hand vor die Stirn und keuchte: »Meine Güte!«

»Ich hab' dir gesagt, ich würde eine Uniform für ihn finden«, sagte Ed. »Dafür, daß ich eine passende finde, konnte ich nicht garantieren.«

Pops ging zum Platz des Trainers hinüber, wo Dipsey Marlow stand und Übungen mit dem Schläger zusah. Aus dem Unterstand der Dodger waren die ersten ungläubigen Blicke auf Zilo gefallen, und Pops wartete, bis sich der Lärm ein wenig gelegt hatte, bevor er etwas sagte.

»Glaubst du, Pete nimmt mich auf den Arm?« fragte er.

»Sieht ihm nicht ähnlich, aber möglich wäre es schon.«

»Er müßte eigentlich wissen, wie die Dinge stehen. Wenn die Saison vorbei ist, schau ich bei ihm vorbei und schieß ihn über den Haufen.«

»Wir haben nichts zu verlieren«, sagte Dipsey.

Zilo hatte sich an den Standplatz des Schlägers gestellt. Den ersten Wurf schnitt er an, und der Ball rollte kraftlos auf die Abwurfstelle zu.

»Er schlägt wie mit der Fliegenpatsche«, sagte Dipsey angeekelt.

Zilo schlug noch zwei langweilige flache Bälle und hob dann einen steilen Ball zum dritten Mann am Mal. Offensichtlich zufrieden, lieh er sich einen Fanghandschuh aus und lief auf das linke Feld hinaus. Er ließ ein paar Bälle fallen, die direkt auf ihn gespielt waren, und stolperte über seine eigenen Füße, als er versuchte, ein paar Schritte nach links zu machen.

»Das ist ein Witz«, sagte Pops. »Pete muß gesehen haben, wie er einen gefangen hat. Das hat er gemeint, als er von Glück sprach.«

Dipsey ging hin und sprach mit Zilo. Er kam mit verlegenem Gesicht zurück. »Der Bursche sagt, es ist in Ordnung. Er prüft nur die Atmosphäre. Wenn das Spiel anfängt, wird's anders sein.«

»Er sagt, er schlägt vierundsechzig«, murmelte Pops verträumt.

»Willst du ihn einsetzen?«

»Klar. Wenn ich Pete über den Haufen schieße, muß ich einen Grund haben, den mir das Gericht abnimmt. Wenn wir zehn Läufe zurückliegen, kommt Zilo dran.«

Pops machte sich auf den Rückweg zum Unterstand, und ein paar Touristen auf teuren Sitzen überschütteten ihn mit kräftigen Buhrufen. Pops runzelte die Stirn und beschleunigte seine Schritte. Die verdammten Touristen verdarben das Spiel.

»Warum können die nicht zu Hause bleiben und es sich im Fernsehen angucken, wie alle anderen auch?« brummte er.

»Weil sie Geld zahlen«, sagte Ed Schwartz. »Das ist was Neues, ein Spiel leibhaftig zu sehen, und es ist schon soweit, daß ein paar dieser Touristen ihre Ferien so planen, daß sie ein paar Spiele besuchen können. Die Nationalliga ist jetzt schon die größte Touristenattraktion Kaliforniens. In Arizona haben sie das gleiche mit der Amerikanischen Liga.«

Das Spiel fing für Pops auf die gewohnte traurige Weise an. In der ersten Runde machten die Dodgers drei Läufe und brachten die Piraten in die Gefahr, aus der Liga geblasen zu werden. Dann holten die Piraten ein wenig auf, aber diese Atempause hielt nur bis zur nächsten Runde an. Der Werfer der Dodger hatte einen großen Tag.

Pops sprang in dem Unterstand auf und schrie: »Zilo!«

Zilo kam strahlend in die Höhe. »Ja, Sir?«

»Geh raus und hau drauf!«

»Ja, Sir.«

Zilo schlurfte zum Mal, und das Geschrei der Touristen ließ die Luft erzittern.

Der Werfer der Dodger wirbelte den Ball scharf wie eine Kugel gegen das Mal. Zilo patschte ungelenk danach – und ließ ihn in die Höhe steigen.

Der zweite Mann am Mal machte drei Schritte zurück, winkte den Rest des Mittelfeldes beiseite und bereitete sich vor, das Spiel zu beenden. Zilo trottete an der Grundlinie entlang und behielt den Ball und den zweiten Mann der Dodger im Auge.

Der Ball erreichte seinen Scheitelpunkt und schien plötzlich weiterzufliegen. Der zweite Mann stellte sich siegessicher in Position, überlegte es sich und ging noch einmal zurück. Der Ball trieb weiter in Richtung Außenfeld. Der zweite Mann drehte sich um, behielt den unverschämten Ball im Auge und rannte zum Mittelfeld. Der Mann im Mittelfeld war zum Innenfeld getrottet. Jetzt begann er zu rennen. Der zweite Mann sprang nach dem Ball. Der vom Mittelfeld stürzte sich dem Ball entgegen. Keiner konnte ihn fassen, und sie fielen zusammen hin, während der Ball davonhüpfte.

Der schwerfällige Zilo war am Zielmal, bevor der verdutzte Mann im rechten Feld den Ball retten konnte. Die Piraten hatten vier zu drei gewonnen, und sie hoben Zilo auf ihre Schultern und trugen ihn in die Umkleideräume.

»Glück«, sagte Pops zu Dipsey Marlow, der noch immer mit leeren Augen ins Außenfeld starrte.

Rodney Wilks, der kleine, flinke Präsident der Piraten, kam am Abend von Los Angeles hergeflogen und gab eine Siegesfeier in dem ultramodernen Gebäude, in dem sich die Büros der Nationalliga befanden. Alle Spieler waren anwesend, und wer Familie hatte, brachte sie mit. Frauen und Kinder versammelten sich in einem Raum, die Männer in einem anderen. In beiden Räumen flossen Champagner und Milchshakes in Strömen.

Der Präsident der Nationalliga nahm kurz aber fröhlich an der Party teil. Eine Mannschaft in der Krise war für alle Mannschaften und auch für die Liga schlecht. Wenn das Rennen gut stand, zahlten die Anhänger oft das doppelte Fernsehgeld und sahen sich zwei Spiele zugleich an. Und wenn sie nur ein Gerät hatten, schalteten sie hin und her. Wenn eine Mannschaft ins Schwimmen kam, sahen sich die Anhänger der Nationalliga nur ein Spiel an. Sie wechselten vielleicht sogar zur Amerikanischen Liga über. Der Sieg gefiel also dem Präsidenten der Liga und auch den anderen Besitzern, die vorbeikamen, den Champagner probierten und über das Geschäft sprachen.

Fred Carter, der Manager der Dodger, schaute auch herein. Zilos unberechenbarer, hoher Ball hatte eine Serie von neun Siegen durchbrochen. Er war anscheinend eher verblüfft als traurig. Er drängte Pops in eine Ecke und sagte mit einem Grinsen: »Ich sehe jetzt hohe Bälle seit fünfunddreißig Jahren, und so einen habe ich noch nie gesehen. Hat der Bursche seinen Schläger magnetisiert, oder was?«

Pops zuckte die Achseln. »Ich schau' beim Baseball seit fünfundvierzig Jahren zu, und siebenmal die Woche seh' ich was Neues.«

»Trotzdem, wenn der Bursche das nächste Mal gegen mich schlägt, gebe ich Schmetterlingsnetze aus. Er sieht gar nicht wie ein guter Schläger aus. Wo haben Sie ihn her?«

»Pete Holloway hat ihn hergeschickt.«

Carter zog die Augenbrauen hoch. »Dann muß er was haben.«

»Pete sagt, er hat nichts als Glück.«

»Ist das nicht genug?«

Pops sah, wie Ed Schwartz mit Zilo sprach, und ging hin, um zu hören, was der Klubsekretär zu sagen hatte. Ed sprach von den alten Zeiten, und Zilo hörte aufmerksam und mit glänzenden dunklen Augen zu.

»Jede Mannschaft hatte ihre eigene Stadt«, sagte Ed. »Ihr eigenes Stadion. Wenn man an das Geld denkt, das da vergeudet wurde. Schließlich gab es in jeder Liga vierundzwanzig Vereine, und das hieß achtundvierzig Stadien, und selbst während der Saison wurden sie nur die Hälfte der Zeit genutzt, wenn die Mannschaften zu Hause spielten. Und die Saison dauerte nur sechs Monate. Und das ständige Reisen! Als die ganze Liga an einen Ort gelegt wurde, war alles gelöst. Das Klima ist herrlich, und wir müssen fast nie ein Spiel wegen schlechten Wetters verlegen. Wir haben nur noch acht Mannschaften pro Liga, mehr könnten die Fans sowieso nicht überblicken. Wir haben zwei Spielfelder, und die werden zweimal am Tag benutzt, für zwei Nachmittags- und zwei Abendspiele. Jede Mannschaft lebt in einer eigenen kleinen Gemeinde. Die Stadt Baseball, Kalifornien, wächst, mein Junge, und viele Spieler lassen sich fest nieder und kaufen sich eigene Häuser. Das wirst du auch wollen. Ein herrlicher Ort.«

»Ja, Klubsekretäre haben's hier jetzt einfach«, brummte Pops. »Kein Ärger mehr mit Gepäck, Flugplänen, Hotelbestellungen. Hat er mal lang genug geschwiegen, um dich unterzubringen?«

»Oh, ja, Sir«, sagte Zilo. »Ich bin mit Jerry Fargo in einem Zimmer.«

»Na schön. Morgen kommst du früh raus. Du mußt schnelle Bälle fangen lernen, ohne sie auf den Kopf zu kriegen.«

Dipsey Marlow faßte Pops am Arm und zog ihn beiseite. »Willst du ihn morgen spielen lassen?«

»Möglich. Wir können jeden Tag ein bißchen Glück brauchen.«

»Ich hab' bei den Großen im Geschäft zugehört. Die wollen für die Weltmeisterschaften zusätzliche Tribünen aufbauen. Man meint, man kann für jedes Spiel fünfzehntausend Leute herlokken.«

Der Präsident kam herüber und drückte Pops ein volles Glas in die Hand. Pops nippte am Champagner und verzog das Gesicht. »Schon gut, glaube ich, aber Bier kann er nicht ersetzen.«

»Wenn Sie die Spitzengruppe erreichen«, sagte der Präsident, »besorge ich Ihnen genug Bier, das ausreicht, um über die spielfreie Zeit zu kommen.«

Pops grinste. »Wie wär's, wenn Sie das in meinen Vertrag setzen?«

»Mach ich«, versprach der Präsident. Er grinste, aber sein Gesicht war eigentlich besorgt. »Glauben Sie, wir haben eine Chance?«

»Kann man jetzt noch nicht sagen. Bis jetzt haben wir wie eine Schülermannschaft ausgesehen, und wenn wir so weiter machen, werden wir die Letzten. Nun, die Saison ist lang.«

»Ich hoffe, Sie reißen sich raus«, sagte der Präsident. »Manager haben Verträge auf Zeit, Präsidenten nicht.«

Pops fand eine Flasche Bier, um den Geschmack des Champagners hinabzuspülen, und ging still, nachdem er Marlow angewiesen hatte, die Spieler zu einer vernünftigen Zeit ins Bett zu bekommen. Pops lief langsam nach Pirateville und brummte vor sich hin. Das große Gebäude, das für den Manager bestimmt war, hatte er an Dipsey Marlow mit seinen acht Kindern abgetreten. Pops wohnte in einem kleinen Haus nicht weit davon. Seine Tochter mittleren Alters führte den Haushalt für ihn, und sie schlief schon. Baseball mochte sie nicht.

Dringlichkeitsstufe: Routinesache
Von: Jard Killil, Minister für Angelegenheiten der Jugend
An: alle planetarischen Polizeiorganisationen, Sektoren 1247, 2162, 889, 1719
alle interplanetarischen Streifendienste, Sektoren 1247, 2162, 889, 1719
Gegenstand: Muko Zilo, aus Jugendhaft ausgebrochen
Vorgang: Notiz 13B927D8 und Anlagen

Informationen aus verschiedenen Quellen weisen darauf hin, daß ein unbekanntes Schiff, vielleicht das des flüchtigen Zilo, auf einem Kurs fuhr, der etwa parallel zur Handelsstraße 79B verlief, wobei es in oder durch Ihre Sektoren kommt. Da seit der Flucht Zeit vergangen ist, wird angenommen, daß Zilo ein gutes Versteck auf einem Planeten gefunden hat. Sofort Nachforschungen anstellen. Der Ausbrecher ist nicht, wiederhole nicht gefährlich.

Bei Festnahme bitte RZJ auf Philoy umgehend verständigen.

Pops begann eine Reihe von drei Spielen gegen die Cubs mit Zilo im linken Feld. Er dachte sich, der Junge würde dort den geringsten Schaden anrichten. Es kamen nur zwei Bälle für ihn. Einen hätte Zilo beinahe wie durch ein Wunder gefangen, aber dann verhedderten sich seine Beine, und er stürzte. Dann war Zilo als Schläger an der Reihe.

Dipsey Marlow ging rasch zum Unterstand. »Nimm ihn raus«, sagte er.

»Wieso?« fragte Pops. »Er schlägt noch immer .333. Das ist besser als der Rest dieser Flaschen.«

»Du mußt das mit dem Glück kapieren. Gestern war es Glück, ihn reinzutun. Heute bedeutet es Glück, ihn rauszutun. Ich hab' heut eine Spinne in meinem Schrank gefunden, und das heißt –«

Zilo schlug kräftig durch die Luft und schickte einen Bodenball zum ersten Mann. Plötzlich sprang der Ball hoch über dessen Kopf und rollte immer schneller werdend ins Außenfeld. Zilo kam schwer atmend zum ersten Mal, und die beiden Läufer machten einen Punkt.

Dann wurde ein Ball nach rechts gespielt. Zilo verließ das erste Mal und blieb stehen, um dem Flug des Balles zuzusehen. Der Spieler im Mittelfeld war rasch herübergekommen, winkte dem rechten Spieler ab, der Schwierigkeiten zu haben schien, und wandte sich schließlich verärgert ab, als der Ball über den Zaun fiel. Die Piraten führten fünf zu vier.

In der achten Runde gelang Zilo ein steiler Ball, dem drei Innenfeldspieler vergebens nachjagten. Die Cubs wollten sich rächen. Die beiden ersten Schläger ließen die Bälle nur so zischen. Dann kam ein Ball, der weit ins linke Feld ging. Pops bedeckte die Augen mit den Händen.

»Jetzt ist's passiert«, stöhnte er. »Da hilft uns auch kein Glück mehr.«

Plötzlich brachen die Männer auf der Bank in begeisterte Schreie aus, und von den Touristen kam prasselnder Applaus. Pops blickte auf, sah die Läufer auf dem zweiten und dritten Mal und blickte zur Anzeigetafel.

»Was ist passiert?« fragte er.

»Zilo hat ihn gefangen«, erwiderte Dipsey Marlow. »Hatte nicht gedacht, er hätte das Zeug dazu, aber er wich zum Zaun zurück und hat ihn glatt gefangen.«

»Unmöglich. Ich hab' gehört, wie der Ball an den Schläger knallte, und sah ihn fliegen. Er hätte hoch über den Zaun gehen müssen.«

»Deine Augen und Ohren sind auch nicht mehr das, was sie mal waren. Zilo hat ihn am Zaun gefangen.«

Pops schüttelte den Kopf. Die Piraten hatten zwei Spiele nacheinander gewonnen.

Das war der Anfang. Die Piraten gewannen zwölf Spiele, verloren eines, gewannen wieder acht. Zilo wurde die Sensation des Landes. Überall wurden Fanklubs des glücklichen Zilo gegründet, und er schlug im Durchschnitt .450. Der Rest der Mannschaft gewann Vertrauen und begann, Baseball zu spielen.

Aber nicht einmal der glückliche Zilo konnte die Piraten über den vierten Platz hinausheben. Immerhin lief die Saison weiter, und die Piraten hielten verzweifelt am vierten Platz fest. Pops dachte sich schon, man könnte Zilo vielleicht behalten.

Da verstauchte sich Zilo den Knöchel. Der Trainer verpaßte ihm Krücken und wandte alle bekannten Mittel an, und auch ein paar unbekannte, die Zilo vorschlug, aber der Knöchel sprach auf sie nicht an.

»Wie lange wird er nicht spielen können?« fragte Pops düster.

»Ich kann nicht mal raten. So, wie's aussieht, vielleicht ein Leben lang nicht mehr.«

Pops sagte der Spitzengruppe fluchend Lebewohl.

Zilo humpelte auf Krücken zu jedem Spiel und sah in stummer Konzentration von einem Sitz hinter dem Unterstand aus zu. Merkwürdigerweise blieb das Glück noch eine Zeitlang der Mannschaft treu. Bodenbälle machten seltsame Sprünge, hohe Bälle gerieten in unmögliche Turbulenzen, und an manchen Tagen gerieten gegnerische Werfer so außer Kontrolle, daß sie gelegentlich nur noch das Zielmal anstarrten, als wollten sie sich vergewissern, daß es noch da sei.

Zilos heiteres, sommersprossiges Gesicht wurde unnatürlich blaß. Seine Stirn zeigte Falten, und seine Augen blickten angestrengt. Als das Glück der Mannschaft nachließ, wurde er zunehmend gereizter. Am Tag, als sie auf den fünften Platz rutschten, fing er nach dem Spiel Pops ab und sagte: »Kann ich mit Ihnen reden, Sir?«

»Klar«, sagte Pops, »komm mit.«

Als sie sich im Büro gesetzt hatten, fragte Pops: »Der Knöchel schon besser?«

»Ich fürchte nein, Sir.«

»Manchmal braucht das seine Zeit.«

»Sir, ich möchte für eine Weile nach Hause. Ich glaube, dort könnte ich meinen Knöchel kurieren, und ich möchte ein paar Freunde mitbringen, die uns helfen könnten.«

Pops freute sich. »Spieler?«

»Ich glaube, die würden besser als ich sein, Sir. Oder eher glücklicher. Würden Sie es mit ihnen mal versuchen?«

»Ich probiere es mit jedem«, antwortete Pops ernst.

Zilo richtete sich mit Hilfe der Krücken auf. »Ich komme zurück, so schnell ich kann.«

»Schön. Aber laß ein bißchen von dem Glück da.«

Zilo drehte sich um und sah Pops seltsam an. »Ich wollte, ich könnte, Sir. Wirklich.«

Ed Schwartz fuhr mit Zilo nach Los Angeles und setzte ihn in ein Flugzeug nach Maine. Und in Baseball, Kalifornien, gewannen die Piraten noch zwei Spiele und sackten dann katastrophal ab. Sie verloren zehn Spiele hintereinander und rutschten auf den sechsten Platz. Pops rief die Adresse in Maine an, die Zilo ihm gegeben hatte, und hörte, daß es sie gar nicht gab. Dann rief er Pete Holloway an.

»Ich hab' mich schon gefragt, wie's dir geht«, sagte Pete. »Nein, den Jungen hab' ich nicht gesehen. Er ist letzten Sommer aus dem Nichts aufgetaucht und hat ein bißchen für mich gespielt. Sollte er sich bei mir melden, verständige ich dich.«

»Danke«, sagte Pops und legte langsam auf.

Ed Schwartz meinte nachdenklich: »Ich glaube, ich setze besser Detektive an.«

Zwei Wochen vergingen. Die Detektive verfolgten Zilos Spur bis Maine, wo er die Menschheit verlassen zu haben schien. Die Piraten stolperten auf den letzten Platz zu.

Dann erhielt Pops einen Luftpostbrief von Zilo. Aus Brasilien. »Ich habe mich verfahren«, schrieb er kläglich. »Wir sind im Urwald abgestürzt, und man will uns nicht ausreisen lassen.«

Pops besprach sich mit dem Vereinspräsidenten, und der rief in Washington an. Er kannte genug einflußreiche Leute, die das Nötige veranlaßten und darauf achteten, daß die Zeitungen nichts erfuhren. Zilo wurde mit einer Chartermaschine zurückgeflogen und brachte vier Freunde mit.

»Wie geht's dem Knöchel?« wollte Pops wissen.

Zilo erwiderte strahlend: »Bestens, Sir.«

»Dann rein mit dir!«

Zilos Freunde setzten sich in die Präsidentenloge, und als Zilo auf dem Spielfeld war, wachten die Piraten auf. Jeder traf, und ein Rückstand von 10 zu 0 wurde wie durch Zauberei zu einem Sieg von 25 zu 12 verwandelt.

Nach dem Spiel stellte Zilo seine Freunde vor. Sie hießen John Smith, Sam Jones, Robert White und William Anderson.

Ed Schwartz sah mit einem Stöhnen, wie groß sie waren, und machte sich an das Problem mit der Spielerkleidung. Sie waren wie Zilo gebaut, doch um einiges üppiger. Sie überragten Pops, antworteten höflich auf seine Fragen und zeigten ein kindliches Interesse an allem, was um sie herum vor sich ging.

Pops rief einen seiner Fänger, stellte ihn White und Anderson vor. »Schau mal, was sie drauf haben«, sagte er. Der Fänger führte sie fort, und Pops nahm Smith und Jones mit, um ihnen Innenfeldspiel beizubringen. Er sah mit stierem Blick, wie sie wie düsengetriebene Gazellen losrannten und atemberaubende Sprünge machten, um hohe Bälle herunterzuholen.

Der Fänger kehrte zurück, zog Pops beiseite und sagte ehrfürchtig: »Die werfen Bälle, die Schleifen ziehen und zweimal über das Zielmal gehen. Die Bälle sind so schnell, daß ich Angst beim Fangen habe. Die machen Würfe, bei denen der Ball viermal seine Geschwindigkeit ändert. Wenn du die werfen läßt, kannst du dir einen anderen Fänger suchen.«

Pops ließ sie von Ed Schwartz unter Vertrag nehmen und schlief zum erstenmal seit einem Monat wieder gut.

Dringlichkeitsstufe: Dringend
Von: Jard Killil, Minister für Angelegenheiten der Jugend
An: alle planetarischen Polizeiorganisationen
alle interplanetarischen Streifendienste
Gegenstand: jugendliche Ausbrecher
Anlagen: Charakteranalysen, Filme, Irisstrukturen

Allen Polizeikräften wird hiermit mitgeteilt, daß vier Insassen des Rehabilitationszentrums für Jugendliche auf Philoy, Nummer III, Sektor 1311, ausgebrochen sind. Die Ausbrecher verfügen über hohe PSI-Werte und setzen sie vielleicht gefahrbringend ein. Bitte vorrangig behandeln und bei Festnahme RZJ auf Philoy umgehend verständigen.

Am nächsten Tag setzte Pops Anderson gegen die Braves ein. Die Pirates machten fünfunddreißig Läufe. White verdoppelte die Leistung am nächsten Tag. Pops war sich nicht sicher, ob sie jeden im Stadion oder bloß den Ball hypnotisierten.

Pops' restliche Werfer sahen plötzlich wie Meister aus, als Smith und Jones hinter ihnen spielten. Trotz ihres kistenförmigen Körperbaus liefen sie flink wie die Hasen über das Innenfeld. Außerdem konnten sie unglaublich hoch springen, und sie schwangen die Schläger mit mörderischer Kraft. Die Piraten hatten siebenundfünfzig Spiele hintereinander gewonnen und einen neuen Rekord aufgestellt, als Zilo zaghaft an Pop's Bürotür klopfte. Er hatte eine Zeitung bei sich und wirkte verstört.

»Sir«, sagte er ängstlich, »hier steht, wir ruinieren den Baseball.«

Pops lachte leise. »Das wird immer geschrieben, wenn eine Mannschaft davonzieht.«

»Aber – stimmt das?«

»Nun, also, wenn wir weiter so gewinnen, tut das dem Spiel nicht gut. Die Leute sehen gern ein knappes Rennen. Wenn eine Mannschaft zu oft oder zu selten gewinnt, dann sehen viele Leute nicht mehr zu. Aber mach dir keine Sorgen.«

»Ich verstehe«, sagte Zilo nachdenklich.

Am Abend wünschte Pops reumütig, er hätte den Mund gehalten. Anderson hatte gleich in der ersten Runde sein erstes Spiel verloren. Am nächsten Tag versagte White, und die Piraten fielen zurück. Dann kam wieder eine Gewinnsträhne, und das Gerede, sie würden das Spiel ruinieren, hatte sich gelegt.

AN ALLE SCHIFFE DER RAUMFLOTTE SEKTOREN 2161, 2162, 2163. ALARM. FÜNF AUSBRECHER VOM REHABILITATIONSZENTRUM FÜR JUGENDLICHE AUF PHILOY WURDEN MIT GESTOHLENER RAUMJACHT IM SEKTOR 2162 AUFGESPÜRT. ZIEL UNBEWACHTER QUADRANT C97. VERBINDUNG MIT HAUPTQUARTIER AUFNEHMEN. ZAN ERSTER ADMIRAL.

Der Wettlauf um die Meisterschaft lief auf eine Konkurrenz von fünf Mannschaften um den ersten Platz hinaus. Die Piraten hielten sich auf Platz eins oder zwei und spielten manchmal mit unglaublichem Können und dann wieder unmöglich albern. Pops blieb ruhig und versuchte der Hysterie der Touristen zu entgehen, die sich über Baseball, Kalifornien, legte.

In der nächsten Saison war er vielleicht wieder auf dem letzten Platz, und ein gescheiter Manager ging, wenn er der Sieger war, vor allem, wenn er schon über sechzig war. Pops berief eine Pressekonferenz ein und gab bekannt, daß er sich am Ende der Saison zurückziehen werde.

»Vor oder nach der Weltmeisterschaft?« fragte ein Reporter.

»Kein Kommentar«, entgegnete Pops.

Die Klubbesitzer stellten früh die Tribünen für die Weltmeisterschaft auf, und die Touristen drängten sich auf ihnen, bei jedem Spiel fünfzehntausend. Der Vereinspräsident schickte Pops eine Ladung Bier, die den ganzen Keller füllte.

»Noch drei Wochen«, sagte Pops zu seiner Mannschaft. »Was meint ihr, haben wir die Sache schon in der Tasche?«

»Aber klar!« rief Zilo glücklich.

»Klar!« fielen Smith, Jones, Anderson und White ein.

Für die Piraten begann die nächste Gewinnsträhne.

AN ALLE SCHIFFE DER RAUMFLOTTE, DIE DEN UNBEWACHTEN QUADRANTEN C97 ABSUCHEN. LANDETRUPPEN FÜR UNTERSUCHUNG DER PLANETEN VORBEREITEN. DIESE MELDUNG IST DIE VOLLMACHT, JEDEN PLANETEN MIT EINER ZIVILISATION DER HÖHE 10 ODER DARUNTER ZU UNTERSUCHEN. KONTAKT MIT HÖHEREN ZIVILISATIONEN VERBOTEN. RAUMAUFKLÄRUNGSBEAMTE WERDEN JEDEM SCHIFF ZUGETEILT, UM PLANETEN MIT HÖHERER ZIVILISATION IN DEN GRIFF ZU BEKOMMEN. ZAN ERSTER ADMIRAL.

Die letzte Woche der Saison begann mit den Piraten an der Spitze. Sie lagen zwei Punkte vor den Dodgers. Ein fürsorglicher Plan ließ die Piraten und die Dodgers dreimal hintereinander zusammentreffen. Die Liga errichtete rasch weitere Tribünen, und zweiundzwanzigtausend brüllende Touristen und die halbe Bevölkerung der Welt am Fernseher sahen zu, wie unschlagbar White und Anderson waren und wie die Schläger der Piraten die Dodgers vernichteten. Sie gewannen alle drei Spiele.

Pops war sehr müde und erleichtert, als alles vorbei war. Er hatte den Siegeswimpel gewonnen, und es war nicht einzusehen, warum er nicht auch die Weltmeisterschaft gewinnen sollte.

Auf dem Gang stieß er auf ein halbes Dutzend seiner Spieler, die sich um den Innenfeldspieler Jones drängten.

»Was ist los?« fragte er Dipsey Marlow.

»Die haben Unsinn gemacht. Die haben Hochsprung geübt, und Jones hat drei Meter geschafft.«

»Na und?«

»Das ist fast ein halber Meter mehr als der Weltrekord.«

AN JARD KILLIL. MINISTER FÜR JUGENDANGELEGENHEITEN. MUTMASSLICHES RAUMSCHIFF DER AUSBRECHER VOM RZJ IN URWALD DES PLANETEN IM UNBEWACHTEN QUADRANTEN C97 GEFUNDEN. HAT ZIVILISATION VOM TYP 17D. AUFKLÄRUNGSBEAMTE HALTEN LAGE FÜR KRITISCH. UNTERNEHME NICHTS. WARTE AUF WEITERE ANWEISUNGEN. SCHLAGE VOR, MINISTERIUM ÜBERNIMMT LEITUNG UND VERANTWORTUNG. ZAN ERSTER ADMIRAL.

Am Abend, bevor die Weltmeisterschaft begann, zog sich Pops früh zurück. Er befahl seinen Spielern, dasselbe zu tun. Marge war irgendwohin ausgegangen. Pops schlief noch nicht, lag aber schon entspannt im Bett, als sie eine Stunde später heimkam.

Sie marschierte direkt in sein Schlafzimmer. »Diese Spieler von dir, die so komisch aussehen, die waren auf der Bowlingbahn.«

Pops holte tief Luft. »Tatsächlich?«

»Sie haben getrunken. Und Bowling haben sie auch gespielt, nur haben sie eigentlich die Kugeln gar nicht losgelassen, aber die Kegel sind trotzdem gefallen. Der Manager ist beinahe verrückt geworden.«

Pops schlüpfte in die Hosen.

»Sie haben nicht gesagt, wie sie es machen. Und sie haben getrunken.«

»Vielleicht ist das der Grund«, erwiderte Pops und schlüpfte in sein Hemd.

Steif lief er zur Bowlingbahn. Dort drängten sich Spieler anderer Mannschaften aus beiden Ligen. Pops schob sie beiseite, bis er vor dem Manager stand. »Wer war es?« wollte er wissen.

»Ihre vier Klötze: Jones, Anderson, Smith und White.«

»Zilo?«

»Nein, Zilo war nicht da. Wenn Sie sie finden, fragen Sie sie doch, wie sie die Sache mit den Kegeln gemacht haben. Die waren so betrunken, daß sie es mir nicht sagen konnten.«

»Ich muß sie ein paar andere Dinge fragen«, erwiderte Pops.

Er zwängte sich durch die Menge zu einer Telefonzelle und rief Ed Schwartz an.

»Ich kümmere mich drum«, sagte Ed. »Mach dir keine Sorgen.«

»Klar, ich werde mir keine Sorgen machen.«

»Die sind jetzt vielleicht schon in ihren Zimmern, aber wir wollen nichts riskieren. Ich mach' das.«

»Ich treffe dich dort«, sagte Pops.

Er schlüpfte aus einem Nebeneingang und ging zum Junggesellenparadies, dem Gebäude, in dem die unverheirateten Piraten lebten. Alle Spieler waren im Bett, nur Smith, Jones, Anderson, White und Zilo nicht. Die anderen wußten nichts, außer daß Zilo besorgt wegen seiner Freunde gewesen sei und nach ihnen hatte suchen wollen.

»Du gehst heim«, sagte Ed. »Ich werde sie finden.«

Pops ging nach Hause ins Bett, schlief aber nicht. Im Laufe der Nacht rief er zweimal Ed Schwartz an, aber Ed war nicht da. Pops erreichte ihn schließlich beim Frühstück, und Ed gab sich Mühe, einen fröhlichen Eindruck zu machen. »Keine Neuigkeiten sind besser als schlechte, und ich habe keine. Nichts Neues. Keine Spur.«

Als Pops am späten Morgen zu einem Training auf das Spielfeld kam, wußte man noch immer nichts. Eine Stunde vor Spielbeginn wurde Pops ans Telefon gerufen. Es war Ed Schwartz, und er rief von Los Angeles aus an. »Ich habe sie gefunden«, sagte er. »Sie sind auf dem Rückweg. Sie werden rechtzeitig da sein.«

»Gut«, entgegnete Pops.

»Sie sind immer noch ganz schön blau, mit Ausnahme von Zilo. Ich weiß nicht, ob du sie einsetzen kannst, aber das ist dein Problem.«

Pops warf den Hörer auf die Gabel.

»Hat man sie gefunden?« fragte Dipsey Marlow.

»Ja, total besoffen.«

Marlow rieb sich die Hände. »Laß mich nur ran. Ich brauche nicht mehr als zehn Minuten. Dann sind sie stocknüchtern.«

»Ich weiß nicht«, erwiderte Pops. »Diese Burschen reagieren vielleicht nicht so, wie du es erwartest.«

Die pflichtvergessenen Spieler wurden noch rechtzeitig abgeliefert, und Marlow machte sich begeistert an die Arbeit. Er begann damit, sie in voller Bekleidung unter die kalte Dusche zu stellen. Zilo sah besorgt zu.

»Tut mir leid«, sagte er zu Pops. »Ich hätte es nicht zugelassen, aber sie sind ohne mich fort. Und sie haben noch nie Alkohol getrunken, und sie wußten nicht, was der ihnen antun würde.« Dann fügte er mit Tränen in den Augen hinzu: »Glauben Sie, sie werden spielen können?«

»Überlaß das nur mir«, erklärte Marlow. »Ich fang' gerade erst an.« Doch als er später wieder auftauchte, wirkte er verwirrt und verärgert. »Ich weiß einfach nicht«, meinte er. »Sie sagen mir, es ist gut, und sie sehen gut aus, aber ich glaube, die sind immer noch betrunken.«

Selbst Pops, der seit fünfundvierzig Jahren jede Weltmeisterschaft als Spieler, Manager oder Zuschauer miterlebt hatte, mußte zugeben, daß sie diesmal besonders aufregend war. Die letzten Stehplätze waren seit Stunden ausverkauft.

Pops ging zum Zielmal, um dort die Schiedsrichter und den Manager der Yankees zu treffen.

Der grinste schadenfroh. »Sind Ihre Männer gut ausgeruht? Ich höre, die gehen spät zu Bett.«

»Die haben sich genug ausgeruht«, sagte Pops.

Als ein paar Minuten später die Nationalhymne gespielt war, sah Pops kritisch zu, wie Anderson die letzten Würfe machte, um warm zu werden. Er warf lässig, wie immer, und wenn er an Nachwirkungen litt, so war es ihm nicht anzumerken.

Anderson hatte jedoch einen schwachen Start. Der erste Mann der Yankees schmetterte einen gewaltigen Schlag nach rechts, doch Zilo fing ihn in seiner berühmten, schwerfälligen Art. Der zweite Schläger machte einen direkten Schlag. Jones wollte dem Ball nach, stolperte über seine Beine und stürzte hin. Smith raste unglaublich schnell herbei, fing den Ball und warf ihn, doch zu spät. Anderson kam zur Ruhe und erledigte die beiden nächsten Schläger.

Zilo eröffnete die Hälfte der Piraten mit einem seiner glückhaften Schläge, und dann ließ Smith einen hohen Ball steigen. Die Piraten führten zwei zu null.

Beim ersten Wurf zu Jones wurde »Schlagfehler!« gerufen. Jones brüllte: »Was?« Er trat neben den Fänger und reckte sich drohend über den Schiedsrichter. »Wo war denn der Wurf?«

Der Schiedsrichter zeigte ungeduldig auf die Stelle, an der der Ball über das Mal gegangen war. Der Schiedsrichter sagte barsch: »Ball spielen!«

Jones ging wutschnaubend an seinen Platz zurück. Seine hohe Stimme übertönte das Getöse: »Sie wissen nicht einmal, wo die Schlagfehlerzone ist.«

Der Werfer krümmte sich wieder, und als der Ball zum Mal schoß, sprang Jones plötzlich in die Luft und blieb oben. Er schwebte zwei Meter über dem Boden. Der Ball kam tief unter seinen baumelnden Beinen über das Mal, wurde vom verblüfften Fänger völlig übersehen und hüpfte zum Netz.

Der Schiedsrichter machte zwei Schritte nach vorn und blickte zu Jones hinauf. Die Menge sprang auf, und die Spieler beider Mannschaften drängten sich aus ihren Unterständen heraus. Das Spielfeld war plötzlich stumm und wie gelähmt.

»Kommen Sie herunter!« rief der Schiedsrichter wütend.

»Was sagen Sie zu diesem Wurf? Schlagfehler, nehme ich an.«

»Kommen Sie herunter!«

»Sie können mich nicht zwingen.«

»Kommen Sie herunter!«

»Zeigen Sie mir, wo in den Regeln steht, daß ich mit beiden Füßen am Boden schlagen muß.«

Der Schiedsrichter ging zu seinen Kollegen, um sich mit ihnen zu besprechen. Pops begab sich zum Zielmal, und Zilo folgte ihm.

»Jones«, flehte ihn Zilo an.

»Zum Teufel mit dir«, knurrte Jones. »Ich weiß, daß ich recht habe. Ich bin immer noch am Standplatz des Schlägers.«

»Bitte«, flehte Zilo. »Du wirst alles verderben. Du hast schon alles verdorben.«

»Na und? Wird Zeit, daß wir denen zeigen, wie man Baseball eigentlich spielen sollte.«

»Ich nehm' dich aus dem Spiel, Jones«, sagte Pops.

Jones schoß noch einen Meter in die Höhe. »Sie können mich nicht zwingen.«

Der Schiedsrichter kehrte zurück. »Ich stelle Sie vom Platz«, sagte er. »Sie gehen sofort.«

»Ich habe den Platz schon verlassen.«

Pops, Zilo und der Schiedsrichter starrten zu Jones hinauf, der auf sie herabstarrte. An diesem toten Punkt griff Smith ein, der langsam herkam, sich auch in die Luft erhob und Jones einen

Schlag gegen das Kinn versetzte. Jones plumpste herab. Smith landete neben ihm und wischte sich ruhig die Hand an der Hose ab.

So wirkungsvoll dieser Auftritt auch war, niemand hatte ihn bemerkt. Alle Augen waren zum Himmel gerichtet, aus dem sich ein metallisch glänzender Turm auf das Außenfeld herabsenkte. Er setzte gewichtig auf dem Gras auf, während die Außenfeldspieler in panischer Angst flohen. Die Menge blieb stumm.

An der Seite des Turmes ging eine Luke auf, und eine Landebrücke wurde ausgefahren. Die eine Gestalt, die zum Vorschein kam, benutzte sie nicht. Sie trat in die Luft hinaus und trieb langsam zu der Versammlung am Zielmal hinüber. Dort landete sie, eine gewaltige Gestalt, breit wie Zilo und seine Freunde, aber drei Meter groß und in glitzernder Uniform.

Zilo, Jones und Smith hatten die Augen niedergeschlagen, während die anderen auf die Erscheinung starrten. Anderson und White kamen aus dem Unterstand und gingen zögernd weiter. Der Fremde sprach einen knappen Satz, den niemand außer Zilo und seinen Freunden verstand.

Smith und Jones schwebten langsam auf das Schiff zu und verschwanden in der Luke. Anderson und White wandten sich gehorsam um, trotteten zum Außenfeld und stiegen die Rampe hinauf. Nur Zilo zögerte noch. Die Touristen verhielten sich noch still, und die halbe Welt sah am Fernseher zu.

Zilo wandte sich an Pops. Tränen strömten über sein Gesicht. »Tut mir leid«, sagte er. »Ich hoffte, wir könnten es für dich zu Ende bringen. Ich wollte wirklich die Weltmeisterschaft gewinnen. Aber ich fürchte, wir müssen fort.«

»Wohin?« fragte Pops.

»Wo wir herkommen. Eine andere Welt.«

»Verstehe. Dann – dann habt ihr deshalb so gut gespielt.«

Zilo schluchzte erbärmlich und versuchte, sich die Augen zu wischen. »Die anderen vor allem. Ich bin nur ein Telekinetiker Klasse F, und wo ich herkomme, ist das nicht viel. Ich tat mein Bestes, aber es war furchtbar anstrengend, die Bälle in der Höhe zu halten, bis ich sie fangen konnte. Als ich den Knöchel verstaucht hatte, versuchte ich, von der Bank aus zu helfen, und eine Zeitlang klappte es. Dann ging ich heim, wo ich meinen Knöchel versorgen lassen konnte, und als ich zurückkam, brachte ich die anderen mit. Die sind wirklich gut, alle Klasse A. Anderson und White – die Namen habe ich ihnen gegeben – hatten den Ball so unter Kontrolle, daß es aussah, als würden sie ihn werfen. Und ganz gleich, wie fest der Ball geschlagen wurde, sie konnten ihn kontrollieren, auch wenn sie auf der Bank saßen.«

Pops kratzte sich den Kopf und sagte benommen: »Es sah bloß so aus, als würden sie ihn werfen?«

»Die taten nur so, als würden sie werfen, und dann lenkten sie den Ball, na ja, mit ihrem Geist. Jeder gute Telekinetiker kann das. Und Smith und Jones sind Meister der Levitation. Sie können wirklich rasch über den Boden und so hoch hinauf, wie sie wollen. Ich mußte schrecklich aufpassen, daß sie nicht zu hoch hinaus gingen und alles verdarben. Wir hätten jedes Spiel gewinnen können, aber in den Zeitungen stand, wir verdürben den Baseball, und wir haben drüber geredet und beschlossen, manchmal zu verlieren. Wir haben unser Bestes getan. Wir haben die Meisterschaft gewonnen und gehofft, diese Weltmeisterschaft zu gewinnen, aber sie mußten los und was trinken, diesen Alkohol, und ich glaube, Jones hätte alles verdorben, auch wenn man uns nicht aufgespürt hätte.«

Der Fremde sprach wieder einen knappen Satz. Zilo wischte sich die Tränen aus den Augen und schüttelte Pops die Hand. »Leben Sie wohl«, sagte er. »Vielen Dank für alles. Hat großen Spaß gemacht. Ich mag Baseball wirklich.«

Er ging langsam zum Schiff hinüber und stieg hinein.

Die Reporter drängten sich aufs Feld, aber der Fremde winkte sie zurück und sagte mit lauter Stimme auf englisch: »Zu gegebener Zeit werden Sie eine vollständige Erklärung erhalten. Ich habe jetzt die unangenehme Pflicht, dem Präsidenten Ihres Volkes das Bedauern meiner Regierung auszudrücken. Muko Zilo sagt, er hätte sein Bestes getan. Er hat durchaus zuviel getan.«

Er schwebte zum Schiff zurück. Die Rampe hob sich, und das Schiff zischte in die Höhe. Der Oberschiedsrichter zuckte die Achseln und rief: »Ball spielen!«

Bevor das Spiel beendet war, wurde in Washington eine offizielle Erklärung abgegeben. Daß die Yankees 23 zu 2 gewonnen hatten, war unerheblich. Die Spieler hatten schon das Interesse verloren.

Dringlichkeitsstufe: Routinesache
Von: Jard Killil, Minister für Angelegenheiten der Jugend
An: Milz Woon, Minister der Justiz
Gegenstand: Ausbrecher aus dem Rehabilitationszentrum für

Jugendliche, Philoy, Nummer III, Sektor 1311.

Ein ausführlicher Bericht über die Tätigkeiten dieser Ausbrecher liegt sicher schon auf Ihrem Schreibtisch. Die Folgen ihres Vergehens sind so ernst, daß sie noch gar nicht abzuschätzen sind. Die Ausbrecher haben uns nicht nur gezwungen, verfrühten Kontakt mit einer Zivilisation vom Typ 17D aufzunehmen, auf den weder wir noch sie vorbereitet waren, sondern sie haben nach unserer Schätzung auch eine bedeutende kulturelle Einrichtung jener Zivilisation vernichtet. Ihr Alter sollte nicht als strafmildernd angesehen werden. Sie sind Jugendliche, sind aber alt genug, um Gut und Böse unterscheiden zu können, und ihr Motiv schien nur gewesen zu sein, sich einen Spaß zu machen. Ich bin für eine hohe Strafe.

Baseball war im wesentlichen immer ein Spiel der Rekorde und Statistiken gewesen. Und jetzt waren vor aller Augen unglaubliche Rekorde aufgestellt worden, Jones und Smith hatten 272 Läufe gemacht und über .500 geschlagen. Das Buch der Rekorde hatte Schaden genommen.

Wer hatte das angerichtet? Vier Halbwüchsige, vier Halbstarke, die laut Aussage des Mannes aus dem Raum nicht einmal besonders klug waren. Und diese vier Burschen hatten bei einem Spiel mitgemacht, das ein Höchstmaß an Geschicklichkeit und Intelligenz und Training und Erfahrung erfordert, hatten mitgemacht, ohne es je gespielt zu haben, und ließen die besten erwachsenen Spieler, die der Planet Erde hervorgebracht hatte, wie eine alberne Schülermannschaft aussehen.

Die Rekorde konnte man streichen, aber nicht vergessen. Die Yankees schafften die Weltmeisterschaften in sieben Spielen, aber niemand interessierte sich dafür. Die Tribünen waren leer, und es gab so wenige Fernsehzuschauer, daß sich das Ganze zu einer finanziellen Katastrophe auswuchs. Die Leute hatten andere Dinge im Kopf.

Und als ein Dutzend Spaßmacher im Fernsehen gleichzeitig einen alten Sketch wieder zum Leben erweckten, konnte niemand wirklich lachen. Der Sketch hieß »Wer ist Spitzenreiter«?

Hin und zurück nach Seidarap

Jeff Allen drückte die Nase gegen die Tür, und das Glas beschlug sich unter seinem wütenden Schnauben. »Eine Bombe wäre das Richtige«, sagte er. »Ann, wo kriegen wir eine Bombe her?«

Seine Frau blickte von der Schreibmaschine auf und lächelte. »Sei nicht albern. Du regst dich umsonst auf.«

Allen drehte sich mit düsterm Gesicht um. »Du weißt genau, daß Centralia zu klein ist, als daß sich *zwei* Reisebüros rentieren würden.«

»Seit er aufgemacht hat, ist das Geschäft noch nicht zurückgegangen. Es geht sogar besser.«

»Es muß aber zurückgehen. Wenn er Geschäfte macht, muß das auf uns zurückwirken. Wo sollen sie denn sonst herkommen? Wo kriege ich also eine Bombe her?«

Sie lachte, und er küßte sie, bevor er deprimiert an seinen Schreibtisch ging. Ihm fehlten noch fünfzehnhundert Dollar, dann wäre das große Haus mit dem Blick auf den See abgezahlt. Seit ihrer Hochzeit vor drei Jahren hatten Ann und er hart gearbeitet, um das Geschäft soweit aufzubauen, daß Ann ihre Rolle als Sekretärin hatte aufgeben können und nur noch Hausfrau war, um sich dann vielleicht um eine kräftige Schar kleiner Allens zu kümmern.

Und jetzt war alles, wofür sie gearbeitet hatten, von einem schurkisch wirkenden Mann mit bräunlichem Bart und auffällig kahlem Kopf bedroht. Er war plötzlich in Centralia aufgetaucht und hatte direkt gegenüber von Allens Globe-Reisebüro ein neues Geschäft eröffnet. Und er hatte den teuflischen Einfall gehabt, es Gloob-Reisebüro zu nennen.

»Was hat die Handelskammer gesagt?« fragte Ann.

»Die ist verwirrt. Gloob ist offensichtlich zu nah an Globe. Andererseits sagt er, er hieße Gloob. Wie können wir ihn hindern, seinen Namen zu benutzen? Auf dem Rückweg hab' ich mich kurz mit Mr. Gloob unterhalten. Netter Mensch.« Er schüttelte den Kopf. »Ich nehme an, wir müssen Doris entlassen. Wir können es ihr gleich jetzt sagen. Kündigungsfrist ist ein Monat.«

»Aber das Geschäft ist doch noch nicht zurückgegangen«, protestierte Ann. »Warten wir doch ab. Es bleibt genug Zeit –«

Sie brach ab, als eine winzige, grauhaarige alte Dame die Tür aufstieß und rasch zum Schalter ging. »Ich möchte sofort einen Platz nach Sirap«, sagte die Kundin.

Ann zuckte zusammen. »Wohin, bitte?«

»Sirap.«

»In welchem Land liegt das?«

Die alte Dame legte den Kopf schief, sah sich verwirrt im Büro um. »Ach, das tut mir leid«, sagte sie plötzlich. »Ich muß im falschen –«

Sie ging rasch wieder zur Tür hinaus. Ann beugte sich eifrig über einen Atlas. »In Rumänien gibt's einen Siret, aber das ist ein Fluß«, verkündete sie.

»Irgend etwas stimmt mit der nicht«, sagte Allen. Er ging zum Fenster und sah, wie die alte Dame zuversichtlich das Reisebüro Gloob betrat. Sie kam nicht wieder zum Vorschein, aber dann trat ein stattlicher Herr heraus, der die Straße überquerte und unbeirrt dem Globe-Reisebüro zustrebte.

»Schön hier«, sagte er beim Eintreten. Er schenkte Ann ein Lächeln. »Ich möchte eine große Reise durch die Vereinigten Staaten machen. Können Sie das für mich einrichten?«

Ann hielt den Atem an. »Ja, mein Herr.«

Er zählte die Städte auf, und Ann schrieb fieberhaft mit. »Es wird ein bißchen dauern, bis das erledigt ist«, sagte sie. »Wo können wir Sie erreichen?«

»Im Hotel Centralia. Ich heiße John Smith.«

»Entschuldigen Sie«, sagte Allen, »habe ich Sie nicht aus dem Reisebüro Gloob kommen sehen?«

Der Herr wandte sich um und strahlte ihn an. »In der Tat. Der junge Mann dort hat Sie mir empfohlen.«

Allen kehrte an seinen Schreibtisch zurück, lehnte sich auf seinem Stuhl zurück und kaute nervös an einem Bleistift.

Es gab einen stämmigen, kahlköpfigen Mann, der einen fremdländischen Akzent hatte und ganz aufgeregt so rasch wie möglich nach Nilreb wollte. Es gab eine ruhige Frau im mittleren Alter, die im Hintergrund wartete, während zwei Teenager kichernd fragten, ob Dnalsi Yenoc wirklich in der Nähe von Kroywen war und ob man über Nylkoorb fahren müsse. Und es gab noch weitere.

Schließlich blätterte Ann nicht mehr im Altas und verwies Kunden, die merkwürdige Orte verlangten, gleich an das Reisebüro Gloob. Kaum hatten sie Mr. Gloobs Schild gesehen, rannten sie auch schon begeistert davon.

Von diesen Besuchern abgesehen, nahm das Globe-Reisebüro einen Aufschwung, der nicht mehr vernünftig zu erklären war. Allen zahlte die letzte Rate für das Haus, und als Ann meinte, es gäbe zuviel zu tun, als daß sie sich zurückziehen könne, stellte er zwei neue Bürohilfen ein. Und der Aufschwung hielt an.

»Ist dir aufgefallen«, sagte er zwei Wochen später zu Ann, »daß mehr als achtzig Prozent unserer Kunden nicht in Centralia wohnen?«

Sie wollte antworten, da kam ein älterer Herr herein, der einen Platz nach Kroywen bestellen wollte. Ann zeigte auf das Schild von Mr. Gloob, und er ging und murmelte Entschuldigungen.

»Kroywen«, sagte Allen nachdenklich. »Hab' ich schon mal gehört. Ann, ich muß der Sache auf den Grund gehen. Mr. Gloob kennt mich, aber ich weiß, daß er um halb eins essen geht. Um drei Viertel eins gehe ich zum Reisebüro Gloob rüber und schaue, ob ich rasch nach Kroywen reisen kann.«

»Nicht ohne mich«, sagte Ann.

Sie ließen die verblüffte Doris mit der Anweisung zurück, weiterzumachen, falls sie sich verspäten sollten, und das Geld auf die Bank zu schaffen und Allens Unterschrift zu fälschen, wenn Schecks hereinkamen.

Im Reisebüro gegenüber blickte ihnen der junge Gehilfe von Mr. Gloob lächelnd entgegen.

»Kroywen«, sagte Allen. »Und zwar rasch.«

»Zweimal Kroywen«, nickte der junge Mann lässig. »Das macht zweiundsechzig Dollar und fünfzig Cents.«

Allen zählte es auf den Tisch. Der junge Mann lächelte anerkennend. »Wenn Sie jetzt bitte diese Papiere nehmen wollen –« Rasch packte er Allens rechte Hand, färbte den Daumen ein und machte einen Abdruck auf das Papier. Dann wischte er den Daumen ab. »Und Ihren bitte«, sagte er zu Ann. »Danke. War die Reise nett?«

»Sehr nett.«

»Aber die Leute kamen Ihnen ein bißchen rückständig vor, nehme ich an.«

Er lachte leise, und Allen sagte: »Nur ein bißchen.«

»Die meisten Leute finden das. Hier entlang, bitte.«

Sie folgten ihm durch eine Hintertür, fuhren in einem Fahrstuhl in den Keller hinunter und blieben vor einer metallenen Ausbuchtung der Wand stehen. Er öffnete sie.

»Setzen Sie sich bitte«, sagte er. »Bleiben Sie sitzen, bis die Tür aufgeht.«

Sie setzten sich, und er lächelte. Die Tür schloß sich. Sie waren in einer röhrenförmigen Kammer, die sechs Reihen Sitze enthielt.

»Mr. Gloob hat eine Geisterbahn, die Fahrt zu einunddreißig Dollar und fünfundzwanzig Cents. Oder ist das vielleicht ein Wagen einer Untergrundbahn?« sagte Allen.

»Könnte schon sein, aber was macht er in Centralia, Ohio?« erwiderte Ann.

Es gab einen winzigen Ruck, den sie kaum bemerkt hätten, wären sie nicht nervös und gespannt gewesen. Ein rotes Licht blitzte auf und ging langsam wieder aus. Sie sahen sich verständnislos an, als die Tür aufging. Ein anderer lächelnder junger Mann schaute zu ihnen herein.

»Das war aber eine Fahrt«, sagte Allen.

»Ihr Reiseziel«, sagte der junge Mann. »Bahnhof Kroywen. Bitte aussteigen.«

Sie traten hinaus und folgten ihm.

Sie blieben an einem Tisch mit der Aufschrift »Zoll« stehen. Die junge Frau dahinter bemerkte, daß sie kein Gepäck hatten, warf einen oberflächlichen Blick in Anns Handtasche und winkte sie weiter. Sie traten auf den Flur eines Gebäudes, das offenbar ein großer Endbahnhof war. Allen drehte sich zur Tür um, durch die sie eben gekommen waren, und sah ein großes Schild.

BOOLG AG
Spezialist für Abenteuerreisen

»Die Untertreibung des Jahres«, sagte er.

Sie ließen sich auf unbequemen Sitzen am anderen Ende des Flures nieder und sahen sich um. Allen warf einen Blick auf die große Uhr, sah noch einmal hin und starrte sie dann an. »Komische Zeit haben die hier«, sagte er. »Auf der Uhr ist es fünf nach elf. Auf meiner ist es fünf vor eins. Auf deiner?«

»Fünf vor eins«, erwiderte Ann.

»Ich glaube, wir haben gesehen, daß es einen Ort Kroywen gibt. Was machen wir jetzt? Fahren wir zurück? Was ist los?«

Ann hatte ihn mit dem Ellbogen angestoßen. »Der Sekundenzeiger der Uhr läuft rückwärts«, sagte sie.

Allen überzeugte sich. »Der Minutenzeiger auch«, verkündete er. Gleich darauf fügte er hinzu: »Und der Stundenzeiger auch.«

Ann sah auf ihre Uhr. »Dann haben die elf Uhr, wenn es bei uns eins ist. Und wenn wir zwei Uhr haben, ist es bei denen zehn. Es ist wie unsere Zeit, nur rückwärts.« Sie sah sich das ferne Zeichen von Boolg an. »Boolg«, sagte sie. »Wenn man das rückwärts liest –«

Allen tat es langsam. »Gloob!« rief er. »Reisebüro Gloob!«

»Und diese Stadt, Kroywen. Könnte das –«

»New York!«

»Muß es sein.«

»Irgend jemand hält das wohl für einen Witz.«

»Aber wir sind doch da?« fragte Ann.

»Ja, aber wo? Irgendwo zwanzig Sekunden von Centralia, und New York ist fast tausend Kilometer weit. In welche Richtung sind wir gefahren? Nach Osten, nach Westen, oder in die Tiefe?«

»Sollen wir uns die Stadt nicht rasch anschauen?«

Sie fuhren mit dem Fahrstuhl drei Stockwerke nach oben und fanden einen Ausgang. Ein Mann in Uniform rief: »Taxi?«

»Man spricht englisch«, konstatierte Allen.

»Du merkst auch alles«, sagte Ann zu ihm.

Die Straße war ein hell erleuchteter Tunnel mit einer hohen, gewölbten Decke. Auf den Bürgersteigen drängten sich die Leute, und auf den Straßen die Wagen.

»Die Unterseite«, sagte Ann. »Vielleicht wie ein Spiegelbild im Wasser. Vielleicht ist irgendwo oben das echte New York.« Allen war stehengeblieben und sah Fahrgästen zu, die einen Bus bestiegen. »Wir können nicht mit«, sagte Ann. »Wir haben kein Geld gewechselt.«

»Schau mal, der Verkehr läuft links, und die Busfahrer sitzen hinten. Wie können die sehen, wo sie hinfahren?«

»Vielleicht haben die Vorwärtsspiegel.«

Es kam ihnen vor, als liefen sie kilometerweit durch Straßentunnels. Sie buchstabierten die Namen von Gebäuden, erkannten einige Namen wieder und stießen auch auf das tiefste Gebäude der Welt.

»Nichts als eine Großstadt«, sagte Ann. »Zu viele Menschen und zuviel Krach.«

»Und kein blauer Himmel«, meinte Allen. »Irgendwo müssen die doch einen Himmel haben. Was denkst du, wo sie ihn verstekken?«

Als sie wieder auf die Uhr sahen, war es nach fünf, oder vor sieben, Kroywen-Zeit. Sie waren müde und hungrig und wollten nach Hause fahren. Sie fanden den Rückweg zum Bahnhof und fuhren mit dem Fahrstuhl in die Schalterhalle hinab. Ann faßte Allen plötzlich am Arm. »Wie willst du die Karten kaufen?«

»Ich hab' genug Geld.«

»Dollar. Aber du hast kein Geld gewechselt. Und wenn man keine Dollar nimmt?«

»Man nimmt Dollar überall«, erwiderte Allen.

Vor der Tür von Boolg blieben sie erschrocken stehen. Sie war verschlossen. »Öffnungszeit von drei bis sieben« stand kurz und bündig auf einem Schild an der Tür.

»Das heißt, von neun bis fünf«, sagte Allen. »Auf meiner Uhr ist es zwanzig nach fünf.«

»Was machen wir jetzt? Die ganze Nacht auf dem Bahnhof sitzen?«

»Nein. Wir nehmen ein Hotelzimmer.«

»Wie willst du die Rechnung zahlen?«

»Ich kann am Morgen Geld wechseln.«

»Na schön«, sagte sie.

Sie näherten sich verlegen dem Empfang eines großen Hotels und stellten sich dem argwöhnischen Blick des Chefs. Er sah sie sich an, bemerkte das Fehlen von Gepäck und sagte mit einem höhnischen Lächeln: »Ich nehme an, Sie sind verheiratet.«

Allen entgegnete ärgerlich: »Natürlich sind wir verheiratet. Und zwar seit drei Jahren.«

Die Reaktion traf ihn unvorbereitet. Der Angestellte wurde rot, verschluckte sich und winkte abwehrend mit den Händen. Zwei weitere Angestellte kamen ihm zu Hilfe. Der Empfangschef zeigte auf Allen. »Er sagt, sie sind verheiratet«, platzte er heraus. »Diese Frechheit, noch dazu in einem erstklassigen Hotel! Rufen Sie die Polizei!«

Allen packte Anns Arm, und die beiden rannten zum Ausgang. Draußen holte sie ein Page ein, der etwas auf ein Stück Papier kritzelte und es Allen gab.

»Versuchen Sie es dort«, sagte er. »Es ist klein, aber kein schlechtes Hotel, und man ist nicht so pingelig. Aber Sie sagen lieber nicht, daß Sie verheiratet sind.«

»Danke«, erklärte Allen.

»Keine Ursache. Ich war selbst mal verheiratet.«

Das kleine Hotel war sauber und sah sehr anständig aus. Der Mann am Empfang kicherte, als Allen seinen Namen eintrug, sagte aber nichts. Allen erklärte, sie wollten eine Nacht bleiben.

»Ein Doppelzimmer, fünfzehn Rallods«, sagte der Angestellte und übergab sie einem fröhlichen Pagen. Sie betraten einen »Abzug« und sanken in die Tiefe.

»Scheint zu klappen«, flüsterte Ann. »Was hast du jetzt für einen Kummer?«

»Wie soll ich dem Pagen ein Trinkgeld geben?« flüsterte Allen zurück.

Dieses treffliche Wesen brachte sie auf ihr Zimmer, sah mit einem raschen Blick nach, ob alles in Ordnung war, und als ihm Allen verlegen den Rücken zukehrte, drückte er beim Hinausgehen Allen etwas in die Hand.

»So eine Beleidigung!« explodierte Allen, als die Tür sich geschlossen hatte. »Ich habe keine Anstalten gemacht, ihm ein Trinkgeld zu geben, da hat er mir drei Rallods gegeben.«

»Für ein Essen reicht das nicht«, sagte Ann. »Vielleicht können wir uns was heraufschicken und auf die Rechnung setzen lassen.«

Sie fanden die Karte und bestellten. Derselbe grinsende Page brachte das Essen. Als er wieder ging, legte er rasch etwas Geld auf eines der Tabletts und verschwand.

»Er hat mir schon wieder ein Trinkgeld gegeben«, keuchte Allen. »Diesmal fünf Rallods. Ich lege die von vorhin dazu. Das Mindeste, was wir tun können, ist, ihm sein Geld zurückzugeben.«

Als der Page jedoch die Tabletts wieder holte, legte er das Geld sorgsam auf den Tisch. Und als Allen es später an sich nahm, waren es elf Rallods geworden.

Der Tag hatte sie erschöpft, und sie schliefen gut. Es war nach neun, als sie aufwachten, noch nicht drei, Kroywen-Zeit, und sie nahmen ihr Frühstück in der Halle ein, um nicht wieder vom Pagen beleidigt zu werden, und ließen es auf die Rechnung setzen. Dann kehrte Ann auf ihr Zimmer zurück, und Allen schlenderte zum Bahnhof, um etwas Geld zu wechseln und die Rückreise nach Centralia in die Wege zu leiten.

Der junge Mann von der Boolg AG war so zuvorkommend wie unnachgiebig. »Wir haben strenge Vorschriften«, sagte er. »Dollar müssen auf der anderen Seite gewechselt werden. Wenn Sie Ihre Dollar loswerden wollen, warum machen Sie nicht wieder eine Reise?«

Allens Gesicht hellte sich auf. »Ja, was kosten zwei Karten nach Centralia in Dollar?«

»Wie ich schon sagte«, antwortete der junge Mann geduldig, »wird fremdes Geld nur von unseren Endstationen im Ausland angenommen. Hier nehmen wir nur Rallods. Zwei Karten kosten tausend Rallods. Wann möchten Sie reisen?«

»Ich überlege es mir noch«, erwiderte Allen.

Im Hotelzimmer starrten sich Ann und Allen an. »Dem Pagen verdanken wir elf Rallods«, sagte Allen. »Unsere Hotelrechnung macht fünfzehn, plus die Essen. Und wir brauchen tausend, um zurückzukommen. Fällt dir was ein?«

Sie schüttelte den Kopf. »Sieht so aus, als ob wir eine Weile hier bleiben werden. Wir müssen arbeiten und das Geld verdienen.«

»Wir können ebensogut raufgehen und alles gestehen«, sagte Allen. »Vielleicht weiß der Hoteldirektor eine Möglichkeit für uns.«

Eine junge Dame stellte die Rechnung zusammen. »Alles in allem«, sagte sie, »neunundzwanzig Rallods. Bitte quittieren Sie die Rechnung.«

»Wie bitte?« fragte Allen. Bevor er noch wußte, wie ihm geschah, wurde sein rechter Daumen eingefärbt, ein Abdruck gemacht und der Daumen wieder abgewischt. Anns Daumenabdruck wurde ebenfalls genommen, und als Allen nach Worten rang, um zu erklären, daß er nur elf Rallods habe, zählte ihm die junge Dame rasch neunundzwanzig Rallods hin. »Besten Dank, mein Herr. Wenn Sie das nächste Mal in Kroywen sind, beehren Sie uns hoffentlich wieder.«

Sie stolperten aus dem Hotel und gingen ein Stück, bevor sie Worte fanden.

»Die haben uns bezahlt«, sagte Allen.

Ann überlegte.

»Und der Page hat uns Trinkgelder gegeben.«

Ann blieb stehen und zeigte auf ein Geschäft. »Damenmoden. Ich brauche frische Unterwäsche.« Sie gingen hinein. Ann machte ein paar kleine Einkäufe. Der Verkäufer gab ihr sechs Rallods. Sie gingen hinaus.

»Gibt's denn nicht was Teureres als ein Hotel?« grinste Allen. »Warum suchen wir nicht eine Art Makler und fragen dann mal?«

Der Makler besorgte ihnen ein Luxusappartement für eine Woche, Miete vierhundert Rallods, die im voraus gezahlt wurden. Er zahlte ihnen auch seine Vermittlungsgebühr von vierzig Rallods aus.

Allen und Ann begaben sich auf einen zwanglosen Einkaufsbummel. Sie kauften Gepäck, quittierten mit ihren Daumenabdrücken und erhielten hundertfünfzig Rallods. Allen wählte einen Anzug aus, und der strahlende Verkäufer nahm seinen Daumenabdruck und gab ihm fünfundneunzig Rallods. Sie kleideten sich völlig neu ein und fügten ihrem Besitz fünfhundert Rallods hinzu.

Dann kehrten sie in ihre Wohnung zurück. »Wir haben unsere tausend Rallods«, sagte Allen. »Wir können also jederzeit reisen.«

»Ach, bleiben wir noch ein bißchen«, erwiderte Ann. »Wer weiß, wann wir uns so etwas wieder leisten können?«

Allen umarmte sie herzlich. »Wie im Paradies.«

»Nein«, sagte Ann. »Wie im Seidarap.«

An die Woche sollten sie sich noch lange erinnern. Sie eilten von Nachtklub zu Nachtklub, machten riesige Zechen und erhielten für ihre Daumenabdrücke Bargeld. Die Kellner gaben ihnen großzügige Trinkgelder. Langsam gewöhnten sie sich daran, das Essen mit dem Nachtisch anzufangen und mit einer Vorspeise abzuschließen. Sie wurden fast mit den Uhren und Kalendern vertraut, die rückwärts liefen.

Am Ende der Woche klopften plötzlich grobe Fäuste an ihre Tür tief unten im fünfundvierzigsten Stock. Zwei untersetzte Männer, die wie Beamte aussahen, drängten sich herein und blickten sie kühl an. »IBF«, sagte einer und zeigte seinen Ausweis vor. »Wir wissen aus sicherer Quelle, daß Sie beide arbeitslos sind. Stimmt das?«

»Ja, wir haben keine Arbeit«, gab Allen zu.

»Wir sind gekommen, um mit Ihnen über Ihre Arbeitslosenunterstützung zu reden.«

Ann kicherte los, und Allen murmelte: »Wirklich das Seidarap.«

»Wir haben festgestellt, daß zumindest die letzte Woche die Unterstützung nicht gezahlt wurde, und wir wollen sie jetzt kassieren. Für sie beide macht das siebentausend Rallods. Zahlen Sie bar oder mit Scheck, bitte?«

Allen verschluckte sich plötzlich grundlos und starrte Anns bleiches Gesicht an. Er sagte langsam: »Sie meinen, wir schulden Ihnen –«

»Ab und zu versuchen Leute die Regierung hereinzulegen«, erwiderte der Beamte vom IBF. »Die kommen aber schnell drauf, daß es eine teure Angelegenheit ist, wenn man nicht arbeitet. Auf jeden Fall möchte ich jetzt die siebentausend Rallods.«

»Meine Güte!« rief Allen. »Ich möchte wissen, wie hoch die

Einkommensteuer ist!«

Der Beamte war einen Augenblick verwirrt. »Wenn Ihnen die Regierung Einkommensteuer schuldet, so können wir das natürlich gegen Ihre Arbeitslosenunterstützung aufrechnen. Das dauert aber seine Zeit, bis das nachgeprüft ist. Sie zahlen jetzt lieber und lassen es sich wie gewöhnlich zurückerstatten.«

Allen zückte seine Brieftasche und zählte aufmerksam. »Ich habe viertausendfünfhundertzwanzig«, erklärte er. »Du, Ann?«

Sie suchte in ihrer Handtasche. »Zweitausendeinhundert«, sagte sie.

»Fehlen noch dreihundertachtzig«, konstatierte der Mann vom IBF.

»Wenn Sie uns einen Augenblick entschuldigen, dann machen wir rasch ein paar Einkäufe«, sagte Allen.

Der Mann vom IBF begleitete sie, während sie einen Brillantring für Ann kauften, den dritten. Er brachte ihnen vierhundert Rallods. Sie beglichen ihre Schuld und kehrten verzagt in ihr Apartment zurück.

Dort wartete der Makler auf sie. »Sie beide haben mich enttäuscht«, äußerte er.

»Wie das?« fragte Allen.

»Ich hatte gehofft, Sie würden den Sommer über die Wohnung behalten. Aber jetzt.« Er schüttelte den Kopf. »Warum haben Sie das getan?«

»Was?«

»So leichtsinnig gelebt. Ich weiß nicht, welchen Lohn Sie in Ihrem normalen Beruf zahlen, aber selbst wenn er überdurchschnittlich sein sollte, haben Sie Ihre Luxus- und Vergnügenszuteilung auf acht Jahre hinaus aufgebraucht. Die Berichte sind jetzt in die Tabellen aufgenommen, und Sie müssen ausziehen.«

»Woher wissen Sie das denn?« fragte Allen.

»Junger Mann, was glauben Sie, warum man Sie bei jedem Kauf einen Daumenabdruck machen läßt? Alle Rechnungen werden von der Zentralstelle erfaßt.« Er zuckte die Achseln. »Auf jeden Fall müssen Sie bis zwölf Uhr ausgezogen sein.«

»Das heißt vierhundert Rallods die Woche weniger«, sagte Ann. »Wir hätten abreisen sollen, als wir das Geld hatten. Na ja, auf jeden Fall hat es Spaß gemacht.«

»Was machen wir jetzt?« fragte Allen sie.

An der Tür ertönte das hübsche Glockenspiel. Es war ein Polizist mit einer gerichtlichen Vorladung. Eine Stunde später standen sie vor Gericht. Es dauerte eine Viertelstunde, dann waren sie für schuldig befunden und verurteilt. Sie hatten bei Einkäufen mehr eingenommen, als sie Lohn zahlten, und dann waren sie arbeitslos und hatten also keinen Lohn gezahlt. Das Urteil schien jedoch nicht zu streng zu sein. Es lautete auf Bewährung. Und dann ließ sie der Richter von einem kräftigen Polizisten hinausführen.

In seinem kleinen Vorzimmer nahmen weißgekleidete Techniker sie in ihre Obhut, setzten sie an einen Tisch, und bevor sie noch wußten, wie ihnen geschah, steckten ihre rechten Daumen auch schon in einer kleinen, schachtelförmigen Apparatur.

Allen meinte: »Der Richter sprach von Bewährung. Von Daumenschrauben hat er nichts gesagt.«

»Sie sind ganz schön gerissen, was?« erwiderte höhnisch einer der Techniker.

Allen antwortete nicht. Er fühlte plötzlich einen stechenden Schmerz. Zur gleichen Zeit zuckte Ann zusammen und blickte ihn verblüfft an.

»Schön«, sagte der Polizist. »Sie können jetzt gehen.« Er lachte leise. »Und tun Sie es nie wieder.«

Auf den Stufen vor dem Gerichtsgebäude blieben sie stehen und betrachteten ihre Daumen. Auf jedem war ein hübsches kleines B eingegraben. »Na so was«, rief Allen, »man hat uns gebrandmarkt!«

Sie gingen zum Büro ihres Maklers, und der würdige Herr war über ihr Erscheinen offensichtlich verärgert. »Was wollen Sie denn jetzt?«

»Wir brauchen irgendeine Wohnung«, sagte Allen. »Wir dachten, vielleicht –«

»Für Leute wie Sie habe ich nichts zu vermieten.« Dann seufzte er und klingelte seiner Sekretärin. »Diese Sträflinge haben Bewährung. Schauen Sie, ob Sie etwas für sie finden können.«

Die Sekretärin ging hinaus und warf ihnen einen verächtlichen Blick zu.

»Die Frage klingt vielleicht merkwürdig«, sagte Allen und hielt seinen Daumen hoch, »aber würde es Ihnen etwas ausmachen, mir die Sache mit der Bewährung zu erklären?«

»Versuchen Sie, etwas zu kaufen«, sagte der Makler. »Sie werden es sofort begreifen. Ein Daumenabdruck mit dem B wird nicht angenommen; also gibt's auch keine Einkäufe.«

»Was hat man vor?« wollte Allen wütend wissen. »Gedenkt man uns verhungern zu lassen?«

»Ach, die nötigsten Dinge können Sie kaufen. Sie müssen sich bei einem Geschäft eintragen und alle Nahrungsmittel dort erwerben. Ich weiß natürlich nicht, wie weit Sie es getrieben haben, aber wenn Sie sich ein paar Jahre ordentlich führen, könnte Ihnen das Gericht Ihr Wohlverhalten anrechnen.«

Die Sekretärin kehrte zurück und reichte Allen ein Stück Papier. »Hier ist die Adresse«, sagte sie. »Es ist nur ein möbliertes Zimmer in einer ärmlichen Gegend, ohne Abzug. Mehr können Sie sich nicht leisten, glaube ich.«

»Besten Dank«, erklärte Allen. »Wird die Regierung die Dinge einziehen, die wir gekauft haben?«

»Sicher nicht«, meinte der Makler. »Sie dürfen nur nichts mehr kaufen, bis Sie Ihre Ausschreitungen wiedergutgemacht haben.«

Sie versuchten, ihre Sachen mit dem Taxi zu transportieren, aber der Fahrer warf nur einen Blick auf das B, das hübsch in der Mitte von Allens Daumen prangte, und fuhr angewidert weiter. Sie machten vier Fahrten mit dem Bus und erfuhren, daß sie ihre Wochenration aufgebraucht hatten. Ihre Vermieterin war aufgeplustert wie eine Eule und schrecklich argwöhnisch.

»Einer von denen, wie?« sagte sie und betrachtete Allens Daumenabdruck. »Na schön. Aber ich sage Ihnen, das ist ein anständiges Haus, und wenn hier die Polizei mit dem Schnüffeln anfängt, sind Sie draußen.« Sie bezahlte ihm im voraus für eine Woche sechs Rallods.

Sie richteten sich in ihrem engen Zimmer ein. Allen setzte sich niedergeschlagen auf den einzigen Stuhl, während sich Ann auf das Bett legte und schluchzte.

»Ich nehme an, wir kaufen lieber was zu essen«, sagte Allen schließlich.

»Ich bin nicht hungrig.«

»Wir müssen Essen kaufen. Wenn wir das nicht tun, haben wir kein Geld, um unsere Löhne zu zahlen, und dann kriegen wir keine Arbeit. Und wenn wir nicht arbeiten gehen, müssen wir am Ende der Woche wieder siebentausend Rallods Arbeitslosenunterstützung zahlen.«

Ann stand müde auf. »Na schön, kaufen wir was zu essen. Aber ich werde keinen Bissen anrühren. Und wir sollten uns lieber um Arbeit kümmern.«

Sie trugen sich in einem Nahrungsmittelgeschäft in der Nachbarschaft ein und kauften die gesamte Wochenration an Lebensmitteln. Sie erstanden vor allem Büchsennahrung, weil sie dann nicht kochen mußten. Mit den Waren erhielten sie siebzehn Rallods. In der Wohnung zählte Allen zusammen, was sie vom Ringkauf, von den Busfahrten und der Miete hatten.

»Fünfundvierzig Rallods«, sagte er. »Das heißt, wir können uns nur Arbeit leisten, die nicht mehr als zweiundzwanzigfünfzig kostet. Glaubst du, so etwas gibt es?«

»Du nimmst fünfundzwanzig«, erwiderte Ann, »und ich zwanzig.«

Sie suchten eine Arbeitsvermittlung auf und gingen getrennt los, um sich vorzustellen. Allen fand eine Stelle als Verkäufer von Gräbern, bei der er nur ein kleines Fixum und bei jedem Verkauf eine Kommission von zehn Prozent zu zahlen hatte.

Als er nach Hause kam, lag Ann auf dem Bett und murmelte: »Ich bin Büroangestellte. Was anderes konnte ich nicht kriegen, und es kostet fünfunddreißig Rallods die Woche. Ich hatte nur die zwanzig von dir und fünf von der Arbeitsvermittlung. Die restlichen zehn muß ich morgen bringen, oder man wirft mich hinaus. Ich wurde sowieso schon fast gefeuert, weil es mich durcheinander bringt, das Alphabet rückläufig zu verwenden. Wo kriege ich zehn Rallods her?«

»Hast du die Sache mit neuen Kleidern schon probiert?«

Sie setzte sich auf. »Was ist das?«

»Ich sagte meinem Chef, daß ich nur einen Anzug habe, und er meinte auch, ein Verkäufer müsse mehr als einen haben. Er forderte einen für mich an, und ich kaufte einen neuen Anzug für vierzig Rallods. Einen teureren wollte man mir nicht geben. Wir haben so einen kleinen Spielraum.«

Doch am nächsten Tag kam es zur Katastrophe. Allen verkaufte ein Grab. »Der Bursche riß es mir praktisch aus der Hand«, klagte Allen. »Ich versuchte, ihn zu beleidigen, machte das Objekt schlecht, aber es half nichts. Die fünfzehn Rallods sind weg.«

»Ich beschädigte vorsätzlich mein Kleid und erzählte meinem Chef, wieviel Pech ich gehabt hätte«, sagte Ann. »Er ließ mich für vierzig Rallods Sachen kaufen. Wir haben also unsere Löhne für nächste Woche, aber du verkaufst lieber nichts mehr.«

»Werde ich nicht«, versprach Allen. »Lieber laufe ich davon.«

In der zweiten Woche wollte der Chef Allen schon entlassen, weil er so wenig verkaufte. Allen ging entmutigt nach Hause, war vom bloßen Gedanken an kaltes Essen aus der Büchse angeekelt und sehnte sich nach einem Stückchen blauen Himmels. Er schlich durch die Tür und blieb wie angewurzelt stehen.

Ann hatte Besuch, einen untersetzten, kahlköpfigen Mann mit rotbraunem Bart, der sich auf dem wackligen Stuhl zurücklehnte und Allen spöttisch ansah.

Mr. Gloob wies mit dem Zeigefinger auf ihn. »Das hätten Sie nicht machen sollen.«

»Und das sagen Sie!«

Ann sprang aufgeregt auf. »Wir sind eben gekommen. Ich sah ihn auf der Straße, und er wäre mir fast entwischt. Ich bin ihm zwei Straßen nachgelaufen, und er hat mich überhaupt nicht beachtet.«

»Das hat sie wirklich getan«, bestätigte Mr. Gloob. »Ich erkannte sie nicht, deshalb beachtete ich sie nicht. Meine alte Mutter hat mich immer vor Frauen gewarnt, die sich offen an einen heranmachen.« Mr. Gloob sah sich im Zimmer um. »Wieso haben Sie eine so schlechte Wohnung? Ich habe mich oft gefragt, was Menschen aus Ihrer zurückgebliebenen Welt in unserer Zivilisation tun würden, aber *das* habe ich nicht gerade erwartet.«

»Wir auch nicht«, erklärte Allen. Er erzählte kurz, was ihnen widerfahren war.

Gloob hob entsetzt die Hände. »Du liebe Zeit! Warum sind Sie nicht einfach zurück nach Centralia?«

»Wie denn?« wollte Allen wissen. »Die Leute vom IBF haben uns das ganze Geld abgenommen. Wir hatten die tausend Rallods für die Fahrkarten nicht.«

Gloob stand langsam auf. »Mein lieber Freund Allen! Sie können sich doch nicht schon seit zwei Wochen bei uns hier aufhalten und unsere Lebensweise nur so dürftig begriffen haben. Sie zahlen uns keine tausend Rallods für die Karten. Wir zahlen *Ihnen* tausend Rallods.«

»Aber ich dachte – « Allen ließ sich auf den Stuhl fallen, von dem sich Gloob eben erhoben hatte. »Ich meine, Sie haben in Centralia Geld von uns verlangt, und natürlich dachte ich –«

Die beiden starrten Gloob an, dessen Gesicht heftig zuckte. Plötzlich brachen alle drei in Gelächter aus.

»Ich fange gleich mit dem Packen an«, sagte Ann.

»Ich helfe dir«, erklärte Allen.

Gloob hob die Hand. »Einen Augenblick. Nicht so schnell. Die Sache ist ernster, als Sie denken. Bis zu dem Zeitpunkt, an dem Sie verurteilt wurden, hätten Sie jederzeit gehen können. Aber jetzt wird Ihr Daumenabdruck nicht mehr als Quittung akzeptiert. Sie haben Ihre Ration für Luxusartikel aufgebraucht, und es wird lange dauern, bis die Boolg AG Ihre Daumenabdrücke honorieren kann.«

»Soll das heißen, daß Sie nichts unternehmen werden, um uns zurückzubringen?« fragte Allen.

»Was kann ich machen? Ich kann Ihnen keine Luxustour verkaufen, solange Sie noch unter Strafe stehen.«

Es war einen Augenblick still, während Allen wütend Mr. Gloob anstarrte. Dann wandte er sich an Ann: »Der Unsinn dauert jetzt schon zu lange. Wir gehen morgen früh sofort zu den Behörden und erzählen, wie uns die Praxis der Boolg AG in dieses Schlamassel gebracht hat, und dann bitten wir, nach Hause geschickt zu werden.«

»Ach!« rief Gloob. »Das geht nicht! Das bringt uns in Verruf! Wir haben uns bereit erklärt, unsere Unternehmungen in Ihrer Welt geheimzuhalten.«

»Zu dumm«, erwiderte Allen. »Aber ich bin sicher, Ihnen fällt eine Erklärung ein. Wenn Sie uns jetzt entschuldigen wollen, wir müssen packen.«

»Aber das geht nicht. Wir haben eben neue Stationen in Europa und Südamerika eingerichtet, und unser Geschäft entwickelt sich glänzend. Also, das wäre –«

»Wirklich schade«, fiel ihm Allen ins Wort. »Aber wenn Sie uns jetzt entschuldigen wollen –«

Gloob seufzte. »Na schön. Ich drehe das irgendwie.«

Allen nahm einen Koffer. »Sie müssen uns doch nur rausschmuggeln. Sie müssen uns die tausend Rallods nicht zahlen.«

»Nun ja. Vielleicht geht es ohne offizielle Unterlagen. Wir werden sehen.«

Es wurde heftig an die Tür geklopft, und die giftige Stimme der Vermieterin rief: »Telefon für Mr. Allen!«

Allen stieg verblüfft drei Treppen hinauf und näherte sich nervös dem Telefon. »Hier Allen.«

»Hier ist Senoj vom IBF. Sie erinnern sich an unser Gespräch vor etwa einer Woche? Die Sache mit der Arbeitslosenunterstützung ...«

»Gar nicht gern«, erwiderte Allen. »Übrigens arbeite ich jetzt.«

»Weiß ich. Sie erwähnten damals, daß Sie auf die Einkommensteuer warten. Wir haben Nachforschungen angestellt, und wir sehen, daß Sie die letzten fünf Jahre keine erhalten haben. Wir wissen nicht, wie das passieren konnte, und wir möchten gern, daß Sie die nötigen Papiere unterzeichnen und einen Scheck von uns annehmen.«

»Wie hoch ist denn der Scheck?«

»Inklusive Strafgebühren und Zinsen beläuft er sich auf fünfundzwanzigtausend Rallods.«

»Tatsächlich? Geben Sie mir die Adresse Ihres Büros, und ich komme morgen früh zu Ihnen.«

»Warum nicht heute abend?« fragte der Beamte mit einem Unterton von Argwohn in der Stimme.

Allen warf einen Blick auf seine Uhr und zählte verzweifelt mit den Fingern ab. »Um vier?«

»Das ist ein bißchen spät. Na gut, ich erwarte Sie um vier.«

Allen eilte die Treppe hinab. »IBF«, sagte er. »Man will uns rückständige Einkommensteuern in Höhe von fünfundzwanzigtausend Rallods auszahlen.«

»Ach du liebe Zeit!« rief Mr. Gloob. »Sie müssen sofort weg von hier. Wenn Ihnen die Regierung so viel Geld gibt, muß Sie Ihnen auch Posten verschaffen, die es Ihnen ermöglichen, es wieder auszugeben. Das bedeutet hohe, leitende Stellungen. Dann kommen Sie nie heraus. Hier, ich helfe Ihnen beim Packen.«

Sie eilten die Treppen hinauf, warteten in der Vorhalle, während Mr. Gloob auf die Straße rannte, um ein Taxi herbeizuwinken. Sie hatten das Gepäck eingeladen und stiegen ein, als die Vermieterin schimpfend auf die Straße stürzte.

»Genau, was ich von solchem Gesindel erwartet habe. Sich einfach davonstehlen. Hier, eine Wochenmiete, weil Sie ohne Kündigung gehen.«

Sie gab Allen sechs Rallods.

Allen und Ann kehrten nach Centralia und in das Globe-Reisebüro zurück. Sie machten sich nie die Mühe, ihre rätselhafte Abwesenheit zu erklären, und die Freunde fragten schließlich nicht mehr danach. Und wenn die Bekannten es merkwürdig fanden, daß sie ihren ersten Sohn Kroywen nannten, so äußerten sie sich dazu nie mit einem Wort, nicht einmal der Pate des Jungen, Mr. Gloob.

Mr. Gloob wurde ein guter Freund der Familie und besuchte das Haus der Allens oft. Man führte lebhafte Gespräche über alles mögliche, nur nicht über Mr. Gloobs Heimat.

Eines Abends jedoch, als Mr. Gloob friedlich seine Pfeife rauchte und seinem Patensohn beim Spielen zusah, sprach Allen über den Namen seines Sohnes. »Es war Anns Einfall«, sagte er.

»Sie bestand darauf. Wie kann der Junge mit einem rückwärts laufenden Namen je Erfolg haben?«

Gloobs Augen sprühten vor Heiterkeit, und er erwiderte fest: »Kroywen ist der fortschrittlichste Name, den ich kenne.«

Und dabei ließ man es bewenden.

Die Bretter, die die Welt bedeuten

Wace Renoldon Farley, für seine Freunde 673492479341895, brachte Horace Wangley Whipple einen Ballettschritt bei. Farley zählte laut eins, zwei, eins, zwei, und manchmal summte er hmm, ho, hmm, ho.

Whipple lernte tanzen, weil er eines Nachts in einem Wutanfall seine Lebensgefährtin, ihre kleine Tochter und seine Mutter totgeschlagen hatte. (Er hatte schon vier Tricks mit Spielkarten, ein Zauberkunststück und ein lustiges Lied gelernt.) Er trug ein kurzes Ballettröckchen und sonst nichts. Auf seinem gewölbten, haarigen Bauch glänzte Schweiß, als er unsicher auf den Zehenspitzen balancierte und sich mit gezierten Schritten von einer Seite seines Käfigs zur anderen bewegte.

Er erreichte die Stäbe, widerstand dem Verlangen, nach ihnen zu greifen, und legte eine linkische, verwackelte Drehung hin, ohne dabei das Gleichgewicht zu verlieren. Farley ließ den Strafknopf los. (Wenn Whipple etwas berührte, um sich im Gleichgewicht zu halten, gab ihm Farley einen Stromstoß.) Die behaarte Ballerina sah wie ein ungelenk tanzender Gorilla aus, aber Farley, der nichts über jenen ausgestorbenen Primaten wußte, hätte den Vergleich nicht verstanden.

Sie waren zwei Überbleibsel, zur falschen Zeit am falschen Ort. Whipple, der einen prächtigen Leib hatte, in einer Welt, in der Stärke und körperliche Gewandtheit nichts mehr galten, und Farley, dessen scharfer Geist auf dramatische Wechselwirkung zielte, in der die schillernde Schönheit des Menschen mit dem Schicksal wetteiferte, in einer Welt, die Schicksal wie Schönheit abgeschafft hatte.

Farley betrachtete Whipple mit einer Mischung aus Mitleid und Verachtung. Die wackligen Drehungen des sabbernden Unmenschen waren bemitleidenswert, aber Farley wußte, daß alle anderen sie äußerst lächerlich finden würden, und war diese Ballettnummer einmal erfolgreich dem natürlicherweise begrenzten Repertoire von Whipple hinzugefügt, so würde sich sein Preis um fünfzigtausend erhöhen, wenn er zur Versteigerung käme.

Farley fand diese Bestrafung eines mehrfachen Mörders auch unwürdig. Diese unzeitgemäßen Regungen in seinem Geist hätten seine Vorgesetzten tief beunruhigt, aber er glaubte nun einmal an die menschliche Seele, wenn er auch keinen Namen für sie hatte.

Neben dem Gebäude der Strafbehörde befanden sich die Verbrennungsöfen und die Gaskammern der Internationalen Kontrollbehörde für Armut (Abteilung U.S.A.). An diesem Tag waren Öfen und Kammern nicht in Betrieb, und das enttäuschte die Touristen, die gekommen waren, um das Äußere des berüchtigten Ausrottungs- und Haftzentrums zu bestaunen.

Einer von ihnen bemerkte: »Das nenn' ich Arbeit! Nur einen Tag im Monat was tun!«

Harl Ranno Lyndyl hatte einen Käfig nahe bei Whipple belegt. Er saß am Boden und grinste leer in die Unendlichkeit. Er wußte nicht, wo er war, oder warum er überhaupt irgendwo war, auch verstand er kein Wort von dem, was Farley zu Whipple sagte. Doch wenn Farley zählte oder summte, regte sich in Lyndyl der schwache Schein einer Reaktion. Farley zählte, und Lyndyl nickte beinahe unmerklich mit dem Kopf.

Die Strafbehörde lag am Rand eines verlandenden Sumpfes, der einst ein Fluß gewesen war. Die Umgebung war die führende touristische Attraktion des Kontinents, da sie unzählige historische Ruinen, Museen, legendäre Örtlichkeiten, ein weites Netz unterirdischer Beförderungsbänder, malerisch baufällige Läden und zwei der drei letzten Wolkenkratzer der Welt aufwies.

Die Touristen drängten sich, und die mutigsten bahnten sich den Weg ins *Anachron*, das letzte öffentliche Restaurant der Welt, die einzige Stätte auf der Erde, in der man noch echtes Essen erstehen und zu sich nehmen konnte.

In drei der vier Speiseräume (der kleine vierte war für ortsansässige Kunden reserviert, die regelmäßig kamen) umklammerten die Touristen linkisch ihre Schöpfkellen und schluckten einige kleine Portionen der weichen Gemüsegerichte, bevor sie die Speisekarten stahlen, um sie zu Hause den staunenden Freunden und Verwandten zu zeigen.

Unter den Touristen gab es Gerüchte, daß im *Anachron* sogar Fleisch unaussprechlicher Herkunft roh oder gekocht zu unglaublichen Preisen aufgetragen würde. Wie wiederholte Nachforschungen der Regierung ergeben hatten, wußten die regelmäßigen Kunden nichts davon. (Jedes Gerücht über Fleischverzehr wurde automatisch von siebenunddreißig verschiedenen Behörden überprüft.) Die regelmäßigen Kunden waren eher mürrische, einzelgängerische Individuen, anständige, gesetzestreue Bürger, die Verdauungsbeschwerden hatten oder sonstwie allergisch auf die bekömmlichen synthetischen Speisen reagierten. Die Regierung betrachtete sie eher mit Mitleid als Argwohn.

Im großen Speisesaal des *Anachron* saß ein Tourist inmitten seiner Familie und starrte ungläubig auf die dampfenden Schüsseln, die auf den Tisch gestellt worden waren. Der Mann nahm seine Schöpfkelle und deutete auf die Schüssel. »Was ist das?«

»Ein Stück Karotte«, sagte der Kellner.

»Und – das?«

»Eine Tomate.«

»Und die hier?«

»Erbsen.«

Der Mann schöpfte, schlürfte angewidert und schluckte. Einen Augenblick später drehte sich ihm der Magen um, und er schlug sich die Hand vor den Mund, verlor aber den Kampf mit seinem Körper. Der Kellner richtete ergeben einen automatischen Reiniger auf die Schweinerei. Das geschah jeden Tag mindestens hundertmal.

Wace Farley hatte der anfängliche Erfolg kühn gemacht. Er beschloß, Whipple zwei Tanzschritte beizubringen. Er zählte: »*Eins*, zwei, drei; *eins*, zwei, drei.«

In diesem Augenblick trat Georg Donnoho Mallod ein. Er warf einen Blick auf Whipple, der Pirouetten drehte, und brach in Gelächter aus. »Großartig!« japste er. »Großartig!«

Der örtliche Verwaltungsbeamte der Strafbehörde beglückwünschte sich täglich zu seinem Scharfsinn. Er hatte nämlich Farley vor dem Schicksal der Arbeitslosen, den Öfen, bewahrt. Der schüchterne junge Mann hatte es anscheinend auf Selbstmord abgesehen gehabt, da er die ganze ihm gesetzlich zustehende Ausbildungszeit damit verbracht hatte, sich auf etwas so Entlegenes und

Unbrauchbares wie die antiken dramatischen Künste zu spezialisieren. Mallod hatte jedoch einen Freund bei der Kontrollbehörde für Armut, dessen Hobby es war, Personen mit ungewöhnlichen Fähigkeiten auszusieben und Posten für sie zu finden. Er berichtete Mallod von Farleys Spezialgebiet, und Mallod hatte sich gesagt, daß die antike dramatische Kunst schließlich der primitive Vorläufer der zeitgenössischen Volksbelustigungen war. Farley mußte Dinge wissen, die sich zeitgenössisch anwenden ließen. Mallod stellte ihn ein.

Farley hatte sofort eindrucksvollen Erfolg, und Mallod war die seit fünf Jahren überfällige Beförderung ausgesprochen worden. Mallod wußte weder, daß Farley seine Arbeit nicht ausstehen konnte, noch daß er an die menschliche Seele glaubte.

»Dr. Savron kommt«, sagte Mallod.

Farley zählte weiter. Da er noch nie etwas von Dr. Savron gehört hatte, bezweifelte er, daß ihn der Besuch etwas angehen würde. *Eins*, zwei, drei; *eins*, zwei, drei.

»Er ist der Direktor der ›Weiten Wiesen‹, des neuen öffentlichen Erholungszentrums drüben im elften Bezirk.«

»Ich hab' davon gehört«, sagte Farley. »Ich wußte nicht, daß dort auch Veranstaltungen möglich sind.«

»Doch«, erwiderte Mallod finster. »Dr. Savron hat eine vorrangige Bestellung. Das übliche Dutzend Attraktionen. Ich begreife nicht, wieso öffentliche Einrichtungen glauben, sie müßten mit privaten Vergnügungsstätten konkurrieren. Nun, Dr. Savron ist auf dem Weg hierher, und wir müssen das Beste daraus machen. Ich habe Karlson gesagt, er soll ein Dutzend Attraktionen mit Geboten unter tausend in die große Halle schaffen.«

Farley ließ sein Zählen. »Ich habe ein paar, die nur kurz einsitzen, und die ich gerne los wäre.«

»Schicken Sie sie runter«, sagte Mallod.

»Ich wollte, wir könnten Lyndyl los werden.«

»Wir versuchen es auf jeden Fall. Ich möchte, daß Sie mitkommen und sich Karlsons Attraktionen ansehen. Ich denke, es ist vor allem sein Fehler, daß wir keine besseren Gebote für sie bekommen.«

Selbst das Gebäude des *Anachrons* war anachronistisch, ein schäbiges, achteckiges Ding mit acht Türen, aber die Stammkunden des Restaurants liebten es.

Die Stammkunden hatten außer ihrem eigenen Speiseraum eine

besondere Toilette im Untergeschoß, und von dort gelangten die regelmäßigen Kunden, die sich über Jahre hinweg als vertrauenswürdig erwiesen hatten, durch ein Labyrinth aufgestapelter Waren an eine ferne Wand. Dort wurden sie von einem Geheimfenster aus peinlich genau angesehen. Dann öffnete sich eine Geheimtür. Man ließ sie ein und servierte ihnen zu einem unverschämten Preis einen großen, schäumenden Krug Bier. Hätte die Regierung auch nur den leisesten Verdacht gehabt, daß dies geschah, wären einundsiebzig Dienststellen mit einer Untersuchung beauftragt worden.

Die Stammkunden waren jedoch verläßlich. Manche schlürften das verbotene Getränk nur, weil es für sie die einzig mögliche Form der Auflehnung war. Andere hatten Geschmack am Bier gefunden. Wer nahm schon Notiz, wenn es einigen gelang, ein paar Krüge über einen ganzen Tag oder Abend voller geselliger Gespräche auszudehnen. Es war nicht ohne Absicht so eingerichtet, daß das *Anachron* über acht Eingänge und Ausgänge verfügte.

An diesem Nachmittag war Eman Xavion Helpflin der einzige Gast in der Schankstube. Er war seit dem Morgen da. Die meiste Zeit war er allein, da Melisander, der Schankkellner, bei ruhigem Geschäft in den Lagerräumen arbeitete.

Helpflin war Angestellter der Internationalen Kontrollbehörde für Armut, und am letzten A-Tag (A für Ausrottung) war ein Angestellter mit Familie in die Öfen geschickt worden, weil die Behörde dummerweise die Listen durcheinandergebracht hatte. Es war nicht Helpflins Schuld gewesen. Im Gegenteil, er hatte eine Belobigung erhalten, weil er versucht hatte, den Wirrwarr zu ordnen. Dadurch wurden der Mann und seine Familie aber nicht wieder lebendig.

Belobigungen waren automatisch mit Urlaub verbunden, und Helpflin verbrachte ihn in der dunklen Ecke der geheimen Schankstube des *Anachron*. Er neigte seinen Krug und starrte in den Schaum.

Wenn Wace Farley fähig gewesen wäre, seine Gedanken über die menschliche Seele auszudrücken, hätte ihm Helpflin nicht geglaubt. Gewünscht hätte er sich den Glauben schon gern.

Dr. Marnis Murgatroyd Savron ging leicht vornübergebeugt. Der Verwaltungsbeamte Mallod durchschaute ihn rasch. Savron war ganz unerfahren mit kriminellen Attraktionen und hätte gern einen Untergebenen geschickt, hatte es aber nicht gewagt. Er ängstigte sich sehr, etwas falsch zu machen.

Mallod fragte: »Wie viele Plätze haben die ›Weiten Wiesen‹?«
»Zwanzig«, entgegnete Savron entschuldigend.
Mallod sagte fest: »Völlig unmöglich.« Er öffnete eine Mappe und ging Karlsons Liste der Attraktionen mit niedrigen Geboten durch. »Mehr als sechs kann ich Ihnen nicht bieten. Um Ihnen den Übergang zu erleichtern, kann ich Ihnen noch zwei Attraktionen, die nur kurzfristig einsitzen, zu den sechs dazugeben, einen Taschendieb und eine Betrügerin.«
»Ich hatte wenigstens mit zwei Mördern gerechnet«, erklärte Savron noch immer entschuldigend.
Mallod schüttelte den Kopf. »Es gibt nur eine Mörderin. Brenda Barris, die ihren Lebensgefährten vergiftete.«
»Vergiftete?« Savron zog ein Gesicht. »Ich weiß nicht, ob unser Publikum das mag.«
»Sie spielt das sehr gut«, versicherte ihm Mallod. »Sie werden sie sehen. Sie werden alle sehen.«
»Ich hörte, daß Whipple noch frei ist.«
»Das stimmt«, sagte Mallod lächelnd. »Und die Gebote stehen schon bei einer halben Million.«
Dr. Savron war bestürzt und stieß ein ungläubiges wie auch enttäuschtes »ach« aus.
»Wir sind die einzige Regierungsstelle, die Gewinn bringt«, sagte Mallod und lächelte weiter. »Wir bringen der Staatskasse jährlich Millionen, und diese Millionen tragen viele lohnende Vorhaben, wie zum Beispiel das Erholungszentrum ›Weite Wiesen‹. Unsere Attraktionen kosten, was sie bei einer Vermietung an private Aussteller einbringen würden. Wenn wir unsere wirklich wertvollen Stücke öffentlichen Ausstellungen übergäben, würde unser Haushalt aus dem Gleichgewicht kommen, und man müßte eine Untersuchung einleiten.« Mallod klopfte ihm auf die Schulter. »Kommen Sie. Sie können sich Ihre sechs aussuchen.«

Melisander, der Schankkellner des *Anachron,* machte sich Sorgen wegen Eman Helpflin. Der Mann hatte fast den ganzen Tag mit nur drei Bieren hinter sich gebracht und mußte entweder betrunken oder wie hypnotisiert sein.
»Meinen Sie nicht, Sie sollten etwas essen?« fragte er.
Melisanders Vorschläge waren in der Schankstube Gesetz. Helpflin wußte, daß ihm erst wieder nachgeschenkt wurde, wenn er gegessen hatte. Er schob also seinen leeren Krug beiseite und ging in den nichtöffentlichen Speiseraum hinauf. Eine Stunde später war

er wieder in der Schankstube, schlürfte langsam sein Bier und starrte in den Schaum.

Karlson wartete in der großen Halle auf Savron, Mallod und Farley. Er war ein geschwätziger Mann in mittleren Jahren, nur mäßig intelligent. Ein politisch einflußreicher Verwandter hatte ihn in diese Stellung bugsiert, um ihn vor der Ausrottung zu bewahren. Unverdrossen versuchte er, dieselben abgestandenen Einfälle immer wieder anzuwenden. Farley hatte Mitleid mit ihm und half ihm, wenn er konnte. Es war jedoch schwer, ihn dazu zu bringen, einen schlechten Einfall zugunsten eines guten aufzugeben, weil Karlson den Unterschied nicht wahrnahm.

Mit einem selbstgefälligen Lächeln führte Karlson die drei zu Brenda Barris. Vermutlich meinte er, Savron würde von ihr so angetan sei, daß er den Rest seines schlecht ausgebildeten Gesindels gleich mit dazunehmen würde. Er drückte auf einen Knopf. Die Bühnenbeleuchtung ging an. Die geschwungenen Wände wurden durchsichtig.

Brenda Barris war eine verblühte, graue Frau, deren Lebensgefährte aus verständlichen Gründen fort wollte. Karlson versuchte, aus allen seinen weiblichen Verbrechern verlockende Geschöpfe zu machen, und er hatte deshalb auch Brenda in winzige Höschen und eine durchsichtige Bluse gesteckt. Sie tat müde so, als decke sie einen Tisch, als koche sie Kaffron und füge ihm Gift hinzu, und dann setzte sie sich und wartete auf ihren dem Untergang geweihten Lebensgefährten.

Savron schüttelte angewidert den Kopf. Mallod sagte zu Farley: »Erklären Sie Karlson, was nicht stimmt.«

»Die Rolle ist falsch angelegt«, äußerte Farley. »Eine häßliche alte Frau wird nicht einfach eine anziehende junge Frau, nur weil sie einen Mord begangen hat. Machen Sie Barris zu einer Ersatzmutter. Ziehen Sie sie konservativ an und bringen Sie ihr bei, wie man lächelt. Und wenn sie das Getränk fertig hat, sollte sie so tun, als lade sie jemanden aus dem Publikum ein, davon zu trinken.«

»Machen Sie sich gleich an die Arbeit«, befahl Mallod. »Wir machen die Runde ohne Sie. Wenn wir zurück sind, wollen wir eine gute Schau sehen.«

Sie nahmen Savron mit, der sich noch immer enttäuscht gab, und zeigten ihm Farleys Taschendieb, und der war wirklich gut. Er führte geschickt Tricks vor, jonglierte und raubte dabei die eigenen Taschen aus. Savron nahm ihn mit Begeisterung.

Karlsons nächstes Angebot war ein verblödeter Einbrecher, der komisch sein sollte. Er ging auf Zehenspitzen über die düstere Bühne und stieß ständig Sachen um. Während Savron mürrisch zusah, nahm Mallod Farley beiseite.

»Wir müssen ihm eine wirklich gute Attraktion geben«, sagte er.

»Wie wär's, wenn er für uns einen Brandstifter auf dem Markt testet?« schlug Farley vor. »Ich habe für unseren Zwölfjährigen einen neuen Auftritt ausgearbeitet.«

»Gute Idee.«

Mallod führte Savron vom tristen Schauspiel des Einbrechers fort. »Das ist kein Auftritt«, sagte er entschuldigend, »aber wir müssen jedem eine Chance geben. Ich weiß, daß der nächste Ihnen gefallen wird. Ein Brandstifter.«

Savron war skeptisch, doch bald war er hingerissen. Der Junge mit den roten Wangen verteilte kunstvoll leicht entflammbares Material auf der Bühne und zündete es an. Und während das Bühnenbild in Flammen aufging, brach der Junge in einen wahnsinnigen, erregten Tanz aus. Der Körper zitterte, der Mund stand ihm offen, das Gesicht verzerrte sich und die Augen schossen Blitze.

Savron war durch seine Begeisterung so mild gestimmt, daß man ihn zu Frau Barris führte. Jetzt war er zähneknirschend mit ihrem Auftritt als freundliche, mütterliche Giftmischerin einverstanden.

»Ich hätte jedoch gern noch einen Mörder«, sagte er.

»Wie wär's mit einem, der mit der Axt gemordet hat?«

»Wirklich? Sie geben mir einen? Herrlich! Wer ist es?«

Er hatte noch nie etwas von Harl Ranno Lyndyl gehört, und als er den pausbäckigen kleinen Mann in seinem Käfig am Boden sitzen und leer lächeln sah, wollte er es nicht glauben.

Man verließ Lyndyl. Savron fand sich mit einer Attraktion ab, in der zwei Gewaltverbrecher mit gepolsterten Handschuhen aufeinander eindroschen, und er war von einem Schwindler entzückt, der einen Monolog ausgearbeitet hatte; dieser Monolog war an ein Publikum gerichtet, dem der brasilianische Kontinent verkauft werden sollte.

Am Ende hatte Savron sechs hübsch sortierte Attraktionen nebst den beiden, die kurze Haftstrafen verbüßten. Ein guter Anfang, wenn auch nichts Sensationelles. Mallod begleitete ihn an den Kontrollpunkten vorbei hinaus.

Als er zurückkam, sagte er streng zu Farley: »Wir müssen mit Lyndyl etwas machen, sonst haben wir ihn ein Leben lang auf dem

Hals. Wir haben sowieso kaum Mörder und können es uns nicht leisten, einen brach liegen zu lassen.«

»Es ist schwer, einen Mann auszubilden, der nur dasitzt und lächelt«, meinte Farley.

»Geben Sie ihm Bestrafung«, sagte Mallod. »Machen Sie ihm verständlich, daß er sie nicht mehr los wird, bis er einen sehenswürdigen Auftritt hat. Wenn das nicht funktioniert, sehen wir zu, ob wir ihn nicht unter irgendeinem Vorwand vorübergehend entlassen können.«

»Aber er ist ein anstaltsreifer, verrückter Mörder«, entgegnete Farley.

»Genau. Wenn wir ihn zurückkriegen, wird er so berühmt sein, daß er mindestens eine Viertelmillion bringt.«

»Den Höchstwert?« fragte der Bestrafungswärter erwartungsvoll. Ein Angestellter der Strafbehörde, dem seine Arbeit Freude machte. Farley sagte ihm, bei Lyndyl mit fünf Prozent anzufangen und dann zu steigern.

Sie entschieden sich für die Elektrobehandlung. Im Strafkäfig gab es einen neutralen Fleck, der bei jedem Zyklus an einer anderen Stelle war, und der Verbrecher erhielt von allem, das er berührte, so lange elektrische Schläge, bis er den neutralen Fleck gefunden hatte. Lyndyl hüpfte schreiend wie ein Tier durch den Käfig. Am Ende des Zyklus versetzte ihm der neutrale Fleck einen heftigen Schlag, der ihn ohnmächtig werden ließ. Bei einer fünfprozentigen Elektrobehandlung geschah das alle zwanzig Stunden einmal.

Farley suchte die Strafkäfige nur auf, wenn er nicht anders konnte. Der Anblick eines Sträflings, der unter Ausschluß der Öffentlichkeit auf wissenschaftliche Art gepeinigt wurde, berührte ihn viel weniger als der eines Verbrechers, der öffentlich zu Vergnügungszwecken gedemütigt wurde. Wer Verbrechen beging, verdiente Strafe. Aber niemand verdiente eine Demütigung. Das war für Farley auch der Grund, warum er seine Arbeit haßte.

Als Wace Farley am Abend die Schankstube des *Anachron* betrat, war sie überfüllt. Farley sah einen scheinbar leeren Tisch in einer dunklen Ecke und ging hin, doch bevor er ihn erreicht hatte, bemerkte er, daß er besetzt war. Er sah sich von neuem um, als Eman Helpflin aufblickte und ihn heranwinkte. Eine Zeitlang schlürften die beiden ihre Biere und betrachteten den Schaum.

Helpflin wußte nicht, daß er betrunken war. Er war noch nie betrunken gewesen. Er sagte langsam und deutlich: »Ich habe einen Mann getötet.«

Farley sah ihn skeptisch an. Er war während der Arbeitszeit mit allen möglichen Verbrechern zusammen, und ein Mordgeständnis konnte ihn nicht aus dem Gleichgewicht bringen. »Warum sind Sie dann nicht in einem Käfig?« wollte Farley wissen.

»Käfig?« wiederholte Helpflin.

»Mörder werden in Käfige gesteckt. Alle Verbrecher kommen in Käfige.«

»Hab' noch nie darüber nachgedacht. Ich war sowieso nicht schuld.«

»Das ist unerheblich«, erklärte Farley. »Die meisten Verbrecher wollten ihre Tat eigentlich nicht begehen. Sie gehören in einen Käfig.« Er lachte leise. »Hab' heute etwas Komisches gehört. Ein Veranstalter konnte sich keine neuen kriminellen Attraktionen leisten. Er las irgendwo, daß die Leute früher Geld gezahlt haben, um Tiere in Käfigen zu sehen. Er beschloß also, Tiere auszustellen. Wie sich zeigte, ist das gesetzlich verboten.«

»Wollen Sie damit sagen«, fragte Helpflin langsam, »daß es ungesetzlich ist, Tiere auszustellen, daß es aber nicht gegen das Gesetz ist, Menschen auszustellen?«

»Genau. Tiere dürfen nicht unmenschlich behandelt werden. Menschen schon.«

»Aber nur unter bestimmten Umständen«, meinte Helpflin. »Nur, wenn sie Verbrecher sind.«

»Falsch.« Farley beugte sich vor und senkte die Stimme: »Es geht, wenn dabei Geld zu verdienen ist. Die Regierung nimmt Riesenmengen Geld ein, indem sie Verbrecher an Ausstellungen vermietet. Würde man Tiere ausstellen, könnte die Regierung nichts daran verdienen.«

»Ist es gegen das Gesetz, Tiere zu töten?« fragte Helpflin.

»Das nehme ich an.«

»Es ist jedoch nicht gegen das Gesetz, Menschen zu töten. An jedem A-Tag wird es gemacht.«

»Aber nur unter bestimmten Umständen«, meinte Farley. »Das heißt, wenn die Menschen arbeitslos sind.«

»Das bedeutet, es geht um Geld«, sagte Helpflin ruhig. »In diesem Fall um Geld, das gespart werden kann.«

»Stimmt. Ein Bursche findet keine Arbeit, bekommt zwei Jahre lang Unterstützung, hat noch immer keine Arbeit – zack!« Farley trank aus, ließ sich an der Theke den Krug wieder füllen, kehrte zurück und leckte dabei den Schaum vom Rand. Schließlich waren dann beide betrunken.

»Ich glaube noch immer, es ist unmenschlich, Menschen in Käfige zu stecken«, sagte Farley.

»Lassen Sie sie doch raus«, schlug Helpflin vor.

Farley starrte ihn an.

»Dann wären sie arbeitslos, und die Regierung würde sie ausrotten«, sagte Helpflin laut lachend.

»Daran hab' ich noch nie gedacht«, gestand Farley. »Alle kann man nicht rauslassen. Zu viele Wachtposten. Vielleicht lasse ich aber Lyndyl raus. Die quälen ihn mit Elektroschocks.«

»Das sollten die nicht machen«, bemerkte Helpflin. »Klingt unmenschlich.«

»Nein, das ist nur Strafe. Er ist ein Mörder und gehört bestraft. Aber deswegen bestraft man ihn nicht. Man bestraft ihn, weil er keinen Auftritt lernen will und nicht öffentlich in einem Käfig auftreten kann, und das ist unmenschlich.«

»Wieso lassen Sie ihn dann nicht raus?«

»Werde ich. Muß aber geplant werden. Wollen Sie helfen?«

»Selbstverständlich. Ich bin groß, wenn Leuten geholfen werden soll. Die sterben zwar sowieso, aber ich bin im Helfen groß. Ich bin belobigt worden.«

Die beiden steckten ihre Köpfe zusammen und unterhielten sich weiter.

Sie tauchten aus der kalten Nacht auf und betätigten den Gong der Strafbehörde. Farley trug einen seltsamen weiten Umhang. Helpflin war ähnlich gekleidet und trug eine Maske, die Farley den Requisiten entnommen hatte, die er für seine Attraktionen sammelte. Es handelte sich um ein Gebiß und eine falsche Nase. Außerdem war Helpflin in der Kontrollbehörde für Armut gewesen und hatte Ausweise gefälscht.

Der Torwächter blickte sie neugierig an. »Das ist Dr. Bier«, sagte Farley. »Ich brauche eine ärztliche Genehmigung für den Auftritt von Lyndyl.«

Der Wächter trug ihn ein und winkte die beiden durch. Die Sicherheitsüberprüfungen wurden nachlässig gemacht. Aus der Strafbehörde war noch niemand entkommen. Wie hätten die Häftlinge auch fliehen können, wenn sie alle in Käfigen steckten?

Der Bestrafungswärter der Nachtschicht schlief. Farley hielt sich nicht auf. Er ließ Lyndyl frei, legte ihm seinen Umhang so um, daß das Gesicht darunter verborgen war, und sah zu, wie Helpflin ihn fortführte. Dann ging Farley an ein Fenster im Obergeschoß und wartete, bis sie das Gebäude verlassen hatten.

Ungeheuer zufrieden stolperte er trunken hinunter in die Strafabteilung, betrat Lyndyls Käfig und schloß die Tür.

»Ich schätze Ihren Diensteifer«, sagte Mallod, »aber Sie hätten das nicht tun dürfen.«

Farley hatte seinen Vorgesetzten noch nie so aufgeregt gesehen, aber er hatte wegen gewaltiger Kopfschmerzen Schwierigkeiten, sich zu konzentrieren. Er konnte ihn lediglich anstarren.

»Ich habe das nicht ernst gemeint, daß man Lyndyl auf freien Fuß setzen sollte«, erklärte Mallod. »Aber es hat geklappt. Er wird jetzt eine halbe Million wert sein.«

Farley begriff langsam. »Sie meinen – Lyndyl hat noch ein Verbrechen begangen?«

»Noch einen Mord«, sagte Mallod zutiefst zufrieden. »Er ist jetzt ein Doppelmörder, und auch der einzige Ausbrecher, den es seit zwei Generationen gab, und er braucht nicht mehr aufzutreten. Er kann einfach lächelnd dasitzen und dem Publikum Schauer über den Rücken jagen.«

»Wen hat er umgebracht?« fragte Farley entgeistert.

»Was glauben Sie? Diesen Dr. Bier, den Sie mitbrachten. Wir fanden seinen Umhang und seine Ausweise, aber Lyndyl will uns nicht sagen, was er mit dem Leichnam gemacht hat. Wenn er ihn in einen öffentlichen Müllschlucker gesteckt hat, und dazu hatte er Gelegenheit, werden wir keine Spur mehr von ihm finden. Sie hätten es nicht tun dürfen. Der Arzt hier ist der Meinung, daß Sie wegen einer Nahrungsmittelvergiftung, die er nicht bestimmen kann, unzurechnungsfähig waren, und damit können Sie sich auch am besten verteidigen.«

»Lebenslänglich«, sagte der Richter. »Die vorgeschriebene Bestrafung beträgt fünfzig Prozent. Ich untersage jede Vermietung an private oder öffentliche Schausteller.«

Farley sagte bestürzt: »Aber ich habe doch keinen Mord begangen.«

»Sie haben mitgeholfen, einen wahnsinnigen Mörder freizulassen. Sie sind also verantwortlich für das, was er getan hat. Aber dafür würde ich keine Bestrafung verhängen. Mord richtet sich gegen eine Person. Da Sie einen gesetzlich inhaftierten Verbrecher freiließen, begingen Sie eine Straftat gegen Ihre Regierung, mit anderen Worten gegen eine halbe Milliarde Menschen. Lassen Sie sich rasch abführen, bevor ich die Bestrafung auf hundert Prozent anhebe.«

Er hatte immerhin Grund, dankbar zu sein. Er hatte ein Verbrechen begangen und verdiente Strafe. Wenigstens war er der Demütigung einer öffentlichen Zurschaustellung entgangen.

Er durchlitt acht Tage einer fünfzigprozentigen Bestrafung, und als er nach einem solchen Bestrafungszyklus zu sich kam, fand er sich im Helikopter der Strafbehörde. Dieser landete, und Farley wurde unsanft ausgeladen und in einen anderen Käfig gesteckt.

Strahlend blickte Dr. Savron zu ihm herein. »Willkommen auf den ›Weiten Wiesen‹!«

Farley sah ihn ungläubig an.

»Mallod und ich, wir haben das in die Wege geleitet«, sagte Savron. »Ich hätte Sie gern ständig hier, damit Sie uns mit den Attraktionen helfen. Aber da Sie ein Feind der Regierung und nicht zur öffentlichen Ausstellung zugelassen sind, steht das natürlich außer Frage.«

»Selbstverständlich«, meinte Farley mit leichtem Lächeln.

»Es sei denn«, fuhr Savron fort, »Sie könnten selbst auftreten.«

»Ich bin Student der Geschichte und kein Darsteller.«

»Genau. Aber wenn Sie etwas Erfolgreiches, Sensationelles auf die Beine stellen, können wir den Richter unter Druck setzen, und er läßt Sie vielleicht hier.«

»Danke«, sagte Farley. »Ich lasse mich lieber bestrafen als öffentlich demütigen.«

»Genau. Heute nachmittag sitzen jedoch einige bedeutende Besucher im Publikum. Der ganze Rat der Untersuchungsrichter ist hier, und wenn diese Herren etwas sehen, was ihnen gefällt, können sie den Strafrichter sicher dazu bringen, daß wir Sie behalten dürfen. Das ist die Chance Ihres Lebens, sie kommt vielleicht nie wieder. Der Auftritt muß aber sensationell sein. Alles Gute, Sie sind in einer halben Stunde dran.«

Er verschwand. Farley sah ihm voller Verachtung nach. »Ich habe keinen Auftritt!« schrie er. »Ich will nicht auftreten!«

Es kam keine Antwort. Savron war gegangen, und die Wand schloß sich. Farley ließ sich in einen Stuhl fallen und sah sich um. Die Bühne war wie ein gewöhnlicher Raum hergerichtet, Stühle, ein Tisch, ein Regal mit Buchbändern, jedoch ohne Abspielgerät, billiger Kleinkram.

Die einzige Würde, die ihm blieb, bestand darin, sich der Würdelosigkeit eines öffentlichen Auftritts in einem Käfig zu verweigern. Wenn Savron zurückkam, würde er ihm das unmißverständlich mitteilen.

Er war aber nicht undankbar für die Aussetzung der Bestrafung. Er war erschöpft. Er streckte sich auf dem Stuhl aus und döste sofort ein.

Ein Summton weckte Farley auf. Einen Augenblick lang wußte er nicht, wo er war. Dann schrie er: »Ich habe keinen Auftritt! Ich werde nicht auftreten!«

Die Bühnenscheinwerfer flammten auf, die Wände wurden durchsichtig, und er starrte wütend auf sein Publikum.

Er hatte noch nie Publikum gesehen. In der Vergangenheit war er immer Zuschauer gewesen und hatte sich vor allem auf das konzentriert, was der Darsteller tat. Jetzt sah er zum erstenmal die Gesichter des Publikums.

Die höhnischen, groben, spöttischen Gesichter. Aus den vorderen Reihen riefen ihm kleine Buben Schmährufe zu. Mädchen kicherten, Frauen gackerten, Männer grinsten. Nur die Untersuchungsrichter, erkennbar an ihren blitzenden Uniformen, blickten feierlich auf die Bühne.

Farley sprang auf die Füße. Seitlich saß sein vermeintlicher Freund aus dem *Anachron* und starrte ihn an. Dieser angeblich ermordete Dr. Bier, dessen richtigen Namen Farley nicht erfahren hatte. »Sie haben gesagt, ich soll es tun!« schrie Farley. Er zeigte mit zitterndem Finger auf ihn. »Sie! Es ist Ihre Schuld!«

Die Menge brach in Gelächter aus. Von überall her klafften ihm offene Mäuler entgegen. Nur Dr. Bier lachte nicht.

»Sie!« schrie Farley.

Dr. Bier drehte sich um und ergriff die Flucht.

Farley wurde von der Wut überwältigt. Er nahm seinen Stuhl und warf ihn gegen die Wand. »Sie!« schrie er wieder.

Er warf noch einen Stuhl, dann den Tisch. »Sie haben mir gesagt, ich soll es tun!« schrie er.

Kissen. Die Buchbänder, den Kleinkram. Alles, was er heben konnte, und seine Kraft war gewaltig. Dann warf er sich selbst gegen die Wand und hämmerte mit den Fäusten dagegen. Sein Zorn begann sich zu legen, und er starrte dumpf auf die vielen Gesichter vor ihm.

Die Leute wurden von Lachkrämpfen geschüttelt. Er stieß Verwünschungen aus, warf mit allen losen Gegenständen seines Käfigs um sich, und als die Scheinwerfer verloschen und die Wand zum Publikum wieder undurchsichtig wurde, lag er vorn am Boden und schlug mit blutigen Händen gegen die Wand.

Langsam kam er auf die Füße. Er sah die Trümmer rings um sich und sank wieder entwürdigt und vernichtet zu Boden. Weinend sehnte er sich nach seinem Strafkäfig.

»Farley!«

Verständnislos sah er auf. Dr. Savron blickte ihn strahlend an. »Große Schau! Wirklich großartig! Ich hole mir von allen Untersuchungsrichtern Stellungnahmen und sehe zu, daß Sie von morgen an für immer hier bleiben. Ich werde dem Bühnenarbeiter sagen, er soll billige Requisiten besorgen, damit Sie keine guten Möbel kaputtwerfen müssen. Wir stellen Sie erst wieder aus, wenn die da sind.«

Sein Gesicht verschwand. Der Bühnenarbeiter kam, lachte noch immer und räumte die Trümmer fort. Dann brachte er einen aufblasbaren Sessel. »Da haben Sie was zum Sitzen, während wir das Kulissenlager durchstöbern«, sagte er.

Er ging, und Farley ließ sich in den Sessel fallen. Er schloß die Augen. Er saß im Käfig. Es war ungesetzlich, Tiere in einem Käfig auszustellen, doch es war nicht gegen das Gesetz, Wace Renoldon Farley, 673 492 479 341 895, in einen Käfig zu stecken und ihn zehnmal am Tag einer höhnischen Menge unmenschlicher Menschen vorzuführen.

Zum erstenmal begriff er, daß das Publikum Gesichter hatte. Er hatte sie gesehen, die schrecklich erregten, verzerrten, groben, gakkernden, kreischenden, heulenden Klumpen belebten Fleisches. Er hätte sich nie träumen lassen, daß es etwas so Abstoßendes geben könne, und er war in einen Käfig gesperrt und vom Schicksal bestimmt, sie sich zehnmal am Tag ansehen zu müssen.

Er hatte jedoch noch nicht verloren. Man konnte ihn nicht zwingen, aufzutreten. Das Gesetz hatte die Bestrafung für ihn vorgesehen, und sie war für ihn ohne Schrecken.

Er öffnete die Augen und sah sich um. Die Unterkunft in den »Weiten Wiesen« war die prächtigste, die er je gesehen hatte. Er stand auf und besichtigte rasch das bequeme Schlafzimmer hinter der Bühne und auch die eigene Toilette mit Bad. Die Bühne war riesengroß und konnte als Wohnzimmer benutzt werden, wenn er nicht auftrat. Die Wohnung, die er sich mit dem Lohn der Strafbehörde hatte leisten können, war im Vergleich dazu miserabel.

Er setzte sich wieder hin. Wenn sein rasender Wutanfall brüllendes Gelächter erregt hatte, was würde dann ein richtiger Auftritt auslösen, ein Auftritt mit dem richtigen Tempo, in sich zusammenhängend, mit Höhepunkten, mit einer echten Pointe am Ende?

Wenn er einen Wasserhahn hätte, den das Publikum sehen könnte, würde er ein Gefäß mit Wasser füllen und es gegen die Menge schleudern. Er würde zwei Gefäße brauchen. Er würde eines füllen und die Wände bespritzen, und man würde vor Lachen bersten. Dann würde er es wieder füllen. Er würde dann mit dem Gefäß auf das Publikum zustürzen, die Wand würde im rechten Augenblick aufgehen, und man würde denken, der gefährliche Verbrecher sei frei und dabei, alle mit Wasser zu überschütten. Er würde jedoch das andere Gefäß in der Hand halten, und während die Zuschauer angsterfüllt versuchten, sich in alle Winde zu verstreuen, würde er eine Wolke Konfetti auf sie herabregnen lassen.

Da würden sie fertig sein.

Er lehnte sich zutiefst zufrieden zurück. Wace Renoldon Farley, der berüchtigte Feind der Regierung und des Volkes, Wace Farley würde seine Zuschauer total fertigmachen.

Mit einem sanften Lächeln auf dem Gesicht schlummerte er ein.

Was Gott tut, das ist wohlgetan

Die monatliche Ziehung der Nationalen Lotterie fand auf dem Riesenparkplatz im Yosemitetal statt. Scheinwerfer bohrten sich in den Nachthimmel, und auf der Bühne stand eine junge Dame in glitzernden, gestreiften Hosen neben einem Springbrunnen wirbelnder, leuchtender Bälle und hielt ihr langstieliges Netz bereit. Im Vordergrund kämpfte beschwingte Musik gegen das ununterbrochene Rauschen und Plätschern des Springbrunnens an. Im Hintergrund erhob sich das unruhige Summen der Tausenden von Menschen, die warteten. So weit die Infrarotkameras des Fernsehens das Tal erfassen konnten, war nichts als ein Meer angespannter Gesichter zu sehen.

Das Netz stieß herab. Die junge Dame schleuderte den gefangenen Ball geschickt in das offene Maul der Abschußvorrichtung. Kameras verfolgten den glühenden Bogen des Balles, bis er eindrucksvoll platzte und über dem Tal gleißend die Zahl sechs schwebte, die sich langsam in eine leuchtende Wolke auflöste.

Auf den Anzeigetafeln der Lotteriestellen erschien im ganzen Land unter der Abteilung A vor den Augen von Millionen von Bürgern, die sich in den Straßen drängten, die Zahl sechs. Und auf der Bühne beugte sich die junge Dame vor, um einen weiteren Ball herauszufischen.

Benjamin Franklin ging an die Bar, um sich einen Drink zu mixen. Obwohl eifrige Nachforschungen erwiesen hatten, daß er nicht mit der berühmten historischen Gestalt verwandt war, spielte Franklin doch gern auf eine Verwandtschaft an. Deshalb habe er auch, meinte er, sich der Erforschung der Elektrizität zugewandt. Er war der Aufsichtsratsvorsitzende eines der größten Energiekonzerne des Landes.

Vor den Leuten, mit denen er sich im Augenblick verbunden hatte, tat Franklin gern so, als sei diese Verwandtschaft ironischer Natur. Der historische Benjamin Franklin hatte einmal eine Lotterie veranstaltet, um den Kauf einer Kanone zur Verteidigung Philadelphias finanzieren zu können. Der jetzige Franklin leitete eine Verschwörung, die die Nationale Lotterie vernichten wollte, und er hatte zu diesem Zweck einen Fond von einer halben Million Dollar eingerichtet.

Auf dem wandgroßen Fernsehschirm hatte die gestreifte junge Dame wieder einen Ball gefangen und abgeschossen, und die Nummer drei löste sich langsam auf. Franklin hob sein Glas und sagte: »Der Staat Georgia veranstaltete einmal eine Lotterie, die fünftausend Dollar für eine Schule erbringen sollte. Das war damals, als der Dollar so viel wert war, wie heute fünfzig. Die Lotterie kostete über dreihunderttausend Dollar, und zwar ohne die Preise. Und wenn man das mit der Leitung unserer Nationalen Lotterie vergleicht –«

Edmund Cahill, der Präsident der größten Maklerfirma des Landes, trank sein Glas aus und bemerkte: »Nun, wir müssen etwas unternehmen. Wir müssen die Öffentlichkeit aufklären. Was ist eine Niete nach der Ziehung schon wert?«

Charles Jaffner, ein Versicherungsmann, der ewig mit Statistiken auftrumpfte, gab bekannt: »Nach der letzten Wirtschaftsprognose wird die Nationale Lotterie in diesem Jahr dreißig Prozent des nationalen Einkommens aufbrauchen. Dreißig Prozent für nichts ausgegeben! Wir müssen etwas tun, aber ich weiß nicht, ob es etwas nützt, die Lotterie in eine Klemme –«

Franklin grinste gutgelaunt. »Lassen Sie mich doch jetzt nicht im Stich. Wir sind auf unserem letzten Treffen übereingekommen, daß wir der Öffentlichkeit zeigen müssen, wie lächerlich die Lotterie ist. Leider kann man die meisten Abteilungen der Lotterie nicht angreifen. Die Leute übersehen latente schädliche Auswirkungen. Sie kommen mir vor wie halbwüchsige Mädchen, die auf Mondsafari gehen, oder nette alte Damen, die mit dem Geschäft, das sie gewonnen haben, Bankrott machen. Tatsache ist, daß in den meisten Abteilungen ein Gewinnlos die Erfüllung eines lebenslangen Traumes bedeutet, und so einen Traum kann man den Leuten nicht madig machen. Es hat keinen Sinn, die schreckliche Verschwendung an den Pranger zu stellen, wenn die Leute mit ihren Folgen zufrieden sind.«

»Ich bin noch nicht davon überzeugt, daß die Abteilung S leichter als die anderen anzugreifen ist«, sagte Jaffner. *»Seien Sie, was Sie wollen* – was ist daran falsch? Die meisten Leute wollen etwas anderes sein als das, was sie sind.«

»Deswegen ist sie auch so populär«, erklärte Franklin. »Wissen Sie überhaupt, was die Gewinner sein wollen? Und werden?«

»Das wird geheim gehalten«, äußerte Cahill.

»Natürlich. Der Gewinner möchte nicht, daß die ganze Welt weiß, daß er seinen Erfolg einer gerissenen Werbefirma verdankt, die sich auf die unbegrenzten Geldmittel der Nationalen Lotterie stützen kann. Der jetzige Bürgermeister von Kansas City ist Gewinner der Abteilung S. Einfach ein kleiner Angestellter, der immer der große Maxe sein wollte. Prockly und Brannot, die Werbefirma der Lotterie, hat ihn aufgebaut und ausgebildet, schrieb seine Reden und führte seinen Wahlkampf. Komisch ist nur, daß er einen recht guten Bürgermeister abgibt.«

»Wie können wir das der Lächerlichkeit preisgeben?« wollte Jaffner wissen.

»Was würde geschehen, wenn ein Gewinner der Abteilung S Präsident sein möchte? Will das amerikanische Volk seine höchsten Amtsträger über eine Lotterie wählen?«

»Ist das heute nicht schon so?« fragte Cahill trocken.

»Und die anderen Gewinner? Da war eine Amateursopranistin, die Primadonna von Bayreuth werden wollte. Ihr hätte keine Ausbildung helfen können, da sie gar kein Talent hatte, also heuerten

Prockly und Brannot Publikum, Orchester und Sänger an und mieteten das Theater für einen ganzen Ring. Das Publikum hatte sich sein Geld wohl verdient.«

»Nun, wir müssen unbedingt etwas tun«, sagte Cahill. »Die Leute vergeuden nicht nur ihre Ersparnisse für Lotterielose, sie stürzen sich jetzt schon in Schulden, um sie kaufen zu können. Wenn eine bloßgestellte Abteilung S die Leute wieder zur Vernunft bringt . . . wer ist übrigens der Gewinner?«

»Ein Mann namens Alton Smith. Den kenne ich seit Jahren. Er war der Gebäudereiniger in dem Bau in St. Louis, wo ich mein erstes Büro hatte. Er haßt schon immer das Spiel, und die Lotterie ist ein Spiel. Die Nationale Lotterie vernichtet zu haben, wäre der Höhepunkt seines Lebens. Er macht mit uns mit.«

Die anderen blickten Franklin unruhig an. Jeder Verdacht, daß drei führende Geschäftsleute sich verschworen hatten, die Lotterie zu vernichten, konnte den Ruin bedeuten. Der Vorsitzende einer Vereinigung, die gegen die Lotterie auftrat, war in Rhode Island vom Mob zerrissen worden. Jaffner fragte: »Weiß er über uns Bescheid?«

»Nein«, erwiderte Franklin. »Wir halten uns ganz im Hintergrund. Smith wird ein paar Wochen warten, bis er den Gewinn beansprucht.«

»Sie haben das so gedeichselt«, sagte Edmund Cahill langsam, »daß dieser Alton Smith in der Abteilung S gewinnt und sein darf, was er sein möchte, und das soll die Nationale Lotterie vernichten?«

Franklin nickte zuversichtlich.

»Was will er sein?« fragte Cahill.

Franklin lächelte. »Gott.«

Walner Frayne war einer der vier Angestellten von Prockly und Brannot, die einen Posten als Lotteriefachmann hatten. Sie wechselten sich bei der Planung und Durchführung der Feldzüge ab, die aus den monatlichen Gewinnern der Abteilung S das machten, was sie sein wollten.

Frayne war ein geschätzter Mitarbeiter und wurde für seinen geschickten Umgang mit den Gewinnern bezahlt. Er fand seine Arbeit idiotisch und konnte sie nicht leiden. Bei der letzten Ziehung war eine neue Idiotie aufgetaucht. Eine Woche war vergangen, und jede Abteilung außer der seinen hatte ihren Gewinner, die Abteilung *A* (besitzen Sie ein eigenes *A*partmenthaus) bis zur Abteilung

Z (eine Zillion Dollar).

Frayne und seine zwei Assistenten, Ron Harnon und Naida Ainsley, hatten seit der Nacht der Ziehung die Koffer gepackt gehabt. Sobald sich der Gewinner meldete, mußten sie ihn aufsuchen und ihn einen Vertrag unterschreiben lassen, daß er die Dienste von Prockly und Brannot in Anspruch nahm. Dann wurde der Feldzug angekurbelt.

Ganz gleich, wo er lebte. Es hatten sich schon Gewinner in Bombay und Brisbane gemeldet.

Eine Verzögerung von einer Woche hatte es jedoch noch nie gegeben.

F. Pierpont Prockly betrat das Büro, in dem Frayne mit seinen Helfern saß. »Noch nichts?«

Frayne schüttelte den Kopf. »Wir haben eine Liste der Möglichkeiten erstellt.« Er nahm ein Papier zur Hand. »Er hat sein Los verloren. Er liegt in einem Krankenhaus im Koma. Er hat sich zur Meditation in den Urwald am Amazonas zurückgezogen, und die Brieftaube, die seinen Anspruch überbringen sollte, ist in einem Wirbelsturm vom Weg abgekommen.«

Prockly blickte ihn wütend an. »Wenn die Lotteriedirektoren davon Wind bekommen –« Er drehte sich auf dem Absatz um und ging verdrossen.

»Ist bei einer anderen Abteilung je ein Preis nicht in Anspruch genommen worden?« fragte Naida Ainsley. Man wußte es nicht. Es war auch der falsche Augenblick, danach zu fragen. Es vergingen zwei Wochen, und man konnte nichts tun als warten. Schließlich meldete sich nach fünfundzwanzig Tagen ein gewisser Alton Smith auf der Lotteriestelle in St. Louis. Frayne reiste sofort mit seinen zwei Helfern hin.

Das Häuschen war ärmlich, aber blitzsauber, ebenso der Besitzer. Alton Smith war ein kleiner, älterer Mann mit schütterem weißen Haar, einem versonnenen Gesicht und einem riesigen Adamsapfel. Die kugeligen Kontaktlinsen ließen seine Augen manchmal lustig aufblitzen, aber meistens schien er in die Unendlichkeit zu blicken. Seine Stimme war auf rührende Art piepsig, wie oft bei alten Menschen. Er war so offensichtlich eine sanfte, freundliche Seele, daß ihn Frayne auf den ersten Blick mochte, bis ihm einfiel, weswegen er gekommen war.

Dann jagte ihm der Anblick Schrecken ein. Dieser Mensch war, wie er war. Aus ihm war nichts zu machen.

Alton Smith sagte versonnen: »Ich glaube, Geld ist da nicht drin.«

Frayne erwiderte laut: »Nein, kein Geld. Haben Sie nicht die Regeln gelesen?«

»Ich selbst brauche keines«, sagte Smith entschuldigend. »Aber ich hätte gern meinen Töchtern geholfen.«

»Was möchten Sie gerne sein?« fragte ihn Frayne.

»Nichts, glaub' ich.«

Frayne starrte ihn an. »Sie haben in der Abteilung S gewonnen, und Sie möchten nichts sein? Warum haben Sie dann das Los gekauft?«

»Ich dachte, der Mann hätte Z gesagt«, entgegnete Smith. »Als meine Nummer nicht gezogen wurde, hab' ich das Los weggeworfen. Eine meiner Enkelinnen fand es, und gestern hat sie Lotterie gespielt, hat das Los mit den Gewinnummern verglichen und ihre Mutter gefragt, was sie gewonnen hat. Ich hab' mich dann gemeldet, weil ich sehen wollte, ob ein bißchen Geld herausspringt. Wenn ich gewußt hätte, daß es die Abteilung S war, hätte ich das Los nicht gekauft.«

»Also kommen Sie«, sagte Frayne und strahlte eine Zuversicht aus, von der er gar nicht erfüllt war. »Ein Gewinn in der Abteilung S ist besser als Geld. Sie können sein, was Sie wollen.«

»Ich bin zu alt.«

Frayne fühlte sich am Rand einer Katastrophe. Ein Gewinner der Abteilung S, der seinen Gewinn nicht wollte? »Es muß doch etwas geben!« rief er.

Smith schüttelte den Kopf. »Nein, ich möchte wirklich nichts sein. Ein bißchen Geld hätte ich allerdings schon brauchen können.«

Frayne warf flehende Seitenblicke auf seine Assistenten. Als das Schweigen peinlich wurde, sagte er matt: »Wir denken über Ihr Problem nach und schauen, was wir tun können.«

Man erhob sich, und Smith brachte sie an die Tür. Er war noch immer schüchtern, spürte anscheinend ihre Notlage, und sie schienen ihm leid zu tun. Er räusperte sich. »Vielleicht –«

Sie waren schon an der Gartentür und drehten sich gespannt um. Smith sagte: »Nun . . .« Die drei sahen ihn erwartungsvoll an, und er schüttelte den Kopf.

»Ich bin sicher, es gibt etwas«, erklärte Frayne. »Wir machen eine Liste mit Vorschlägen und suchen Sie morgen auf.«

Smith' Augen waren in die Unendlichkeit gerichtet. Er sagte

leise: »Ich dachte manchmal, es wäre nett, meine eigene Religion zu haben, aber ich glaube nicht –«

Frayne schwieg. Er war nicht so verzweifelt, daß er den Strohhalm nicht zuerst untersuchte, bevor er ihn ergriff. »Ihre eigene Religion? Meinen Sie, Sie möchten ein Priester sein?«

Smith schüttelte den Kopf. »Ein Priester muß viel lernen. Theologie und so was. Er muß lernen, was er zu sagen hat. Ich bin zu alt dazu, ich möchte nicht, daß man mir was vorschreibt.«

»Ihre . . . eigene . . . Religion?« überlegte Frayne. »Was für eine Religion?«

»Was ich eben möchte.«

»Eine Spielart des Christentums?«

»Was ich eben möchte. So wie der Papst, der zu bestimmen hat. Oder noch mehr . . . wie . . . wie, also wie Gott.«

Frayne zuckte zusammen. Er sagte langsam: »Dann möchten Sie das Oberhaupt einer neuen Religion sein, mit einer Lehre, die Sie sich selbst ausdenken.«

»Ich glaub' schon.«

»Wir können Ihnen vertraglich nicht zusichern, Sie zu Gott zu machen«, erklärte Frayne und lächelte leicht. »Aber eine Religion können wir für Sie schon schaffen.« Er grinste plötzlich. »Wird vielleicht sogar Spaß machen. Ich schließe den Vertrag mit Ihnen.«

Erst als sich Frayne seinem Chef Prockly gegenübersah, hatte er plötzlich Zweifel. Prockly sagte jedoch nur: »Wenn er das möchte, dann bekommt er es auch.«

»Er wird seine Angelegenheiten in Ordnung bringen, sein Haus vermieten und seinen Nachbarn erzählen, er ziehe zu seiner Tochter in Vancouver«, sagte Frayne. »Er kommt möglichst rasch in den Osten. Ich dachte, wir können seine Kirche dort einrichten, wo ich Leute von unserem Stab einsetzen kann, wenn es nötig ist. Wir haben angefangen, uns Religionen und religiöse Führer anzusehen, aber viel Nützliches haben wir nicht gefunden. Religionsgründern wurde die Karriere immer schon vor der Geburt prophezeit, sie wurden von jungfräulichen Müttern geboren, waren im Alter von sechs Jahren ausgereifte Philosophen, vollbrachten Wunder und so weiter.«

Prockly winkte ab. »Das ist nur ein Durcheinander von Mythen, das nach ihrem Tod von den Jüngern zusammengebraut wurde. Oder vielleicht sind es theologische Spekulationen, aber die Theologen sind notorische Lügner. Was hat man von dem Zeug während ihrer Lebenszeit geglaubt?«

»Vielleicht ein paar von den Wundern.«

»Wir werden Wunder haben«, erklärte Prockly zuversichtlich. »Das Problem ist, wie man die Leute zum Glauben bringt. Wenn sie anfangen zu glauben, glauben sie alles.« Prockly lehnte sich zurück und faltete die Hände vor seinem dicken Bauch. »Vergeuden Sie Ihre Zeit nicht damit, Mythen zu analysieren. Machen Sie lieber eine Computeranalyse der bestehenden Religionen. Filtern Sie heraus, was bei jeder universell anziehend ist. Wenn Sie diese Elemente dann miteinander verbinden, erhalten Sie eine Universalreligion, die jeden anzieht.«

Naida Ainsley und Ron Harnon blickten Frayne mit leeren Augen an. »Wie war das noch mal?« fragte Harnon.

»Anweisung des Chefs«, erzählte Frayne. »Wir nehmen jede der bestehenden Religionen und schälen die verkrusteten Überlieferungen ab. Wenn wir das bis auf die Knochen machen, finden wir etwas in Lehre oder Ritus, das universell anziehend ist. Daraus bauen wir unsere Religion zusammen.«

»Aber wäre es nicht möglich, eine Religion auf vernünftigen psychologischen Grundsätzen aufzubauen?« fragte Harnon.

»Vernünftige psychologische Grundsätze und theologisch Allgemeingültiges«, meinte Frayne. Harnon nickte eifrig. »Dann sagen Sie mir mal, was das ist.«

»Ich denke, wir fangen lieber mit der Computeranalyse an«, meinte daraufhin Harnon.

»Sie machen das«, erklärte Frayne. »Wir brauchen auch Smith' Vorstellungen zur Lehre. Was wir uns einfallen lassen, muß ihm zusagen. Naida, können Sie heute nach St. Louis fahren und mit ihm reden?«

Benjamin Franklin hatte eine Sondersitzung einberufen. Er führte Cahill und Jaffner in sein prächtiges Privatbüro. »Ich möchte, daß Sie sich etwas anhören.« Er legte eine Minikassette auf das Gerät neben ihm und drückte auf einen Knopf.

Die Stimme von Naida Ainsley: »Das verstehe ich, Mr. Smith. Aber die meisten der großen religiösen Führer kamen zu uns als Propheten von Göttern oder eines Gottes. Sie wurden erst viel später von ihren Anhängern zu Göttern gemacht. Wird Ihre Religion einen Gott haben?«

Die Stimme von Alton Smith: »Ich verstehe nicht.«

Naida Ainsley: »Gott. G – O – T – T. Der Schöpfer aller Dinge. Das höchste Wesen. Hat Ihre Religion eines?«

Smith: »Ich glaube schon.«

Naida Ainsley sehr geduldig: »Was ist das Wesen Ihres Gottes?«

Smith mit piepsiger Stimme, die vor Verwirrung zittert: »Wesen?«

Naida Ainsley: »Was für eine Art Wesen ist er? Wie sieht er aus? Hat er überhaupt eine Erscheinungsform? Er könnte ja völlig unsichtbar sein. Aber Sie müssen irgendwelche präzisen Vorstellungen von ihm haben. Viele Leute jüdischen oder christlichen Glaubens stellen sich ihren Gott als alten Mann mit einem Bart vor.«

Smith (plötzlich wird es in seinem verwirrten Kopf hell): »Ah! Ein alter Mann mit einem Bart!«

Naida Ainsley: »Dann wollen Sie den jüdischen und christlichen Traditionen folgen?«

Smith (äußerst zufrieden und schwärmerisch): »Ein alter Mann mit einem Bart.« Langes Schweigen. »Ein dicker alter Mann mit einem Bart. Er hat einen roten Anzug an. Und Weihnachten bringt er allen Geschenke.«

Franklin schaltete die Kassette ab. Seine beiden Mitverschwörer bogen sich vor Lachen.

Naida Ainsley schaltete ihre eigene Kassette aus. Walner Frayne hatte das Gesicht in den Händen vergraben. »Mein Gott!« murmelte er. Dann sah er die anderen entschuldigend an. »Es könnte schlimmer sein. Es hätte der Osterhase sein können. Hat diese Ausgeburt von Smith einen Namen?«

»Ich habe ihn nicht gefragt«, erwiderte Naida.

»Warum nicht ›Gott‹?« wollte Harnon wissen.

»Wir könnten uns einen Namen ausdenken, wenn's sein muß«, sagte Naida. »Obwohl das einfache ›Gott‹ eine Menge für sich hat. Auf jeden Fall weiß jeder, was das heißt.«

Im Atelier war ein angestellter Künstler mit Namen Al Koten dabei, kirchliche Gewänder zu entwerfen. Bei der Arbeit betrachtete er düster ein Foto von Alton Smith.

»Der Kerl schaut nur dann nicht albern aus«, verkündete er, »wenn man ihn mit Tauchermaske und Schnorchel in ein Wasserbecken steckt. Dieser Adamsapfel!«

»Macht nichts«, sagte Frayne. »Lassen Sie das, bis ihn die Maskenbildner in den Händen gehabt haben. Eine gute Perücke zum Beispiel –«

Koten schüttelte den Kopf. »Eine Perücke genügt nicht. Der braucht eine Maske.«

Frayne kehrte in sein Büro zurück und sah sich zum vierzehntenmal einen fünfminütigen Tonfilm an, in dem Alton Smith stotternd und mit falschen Betonungen aus der Bibel las.

Die Schaffung einer neuen Religion erwies sich als wesentlich komplizierter, als Frayne gedacht hatte. Smith sollte am Ende der Woche eintreffen, und es war noch gar nichts entschieden.

Ron Harnon erklärte sich widerstrebend dazu bereit, offiziell auf Smith aufzupassen. Er brachte den kleinen Mann in einem bescheidenen Hotel unter und lieferte ihn jeden Morgen in den Büros von Prockly und Brannot ab. Die Maskenbildner bekamen ihn zum erstenmal in die Hände, und zwei Tage später umgab ihn eine kräftige Aura von Würde. Die Perücke war vornehm mit Grau durchsetzt, der modisch geschnittene Bart verbarg sein schwaches Kinn. Besondere Schuhe glichen seine Kleinwüchsigkeit ein wenig aus. Neue Zähne wirkten Wunder für seinen Mund, doch seiner piepsigen Stimme war durch nichts beizukommen.

Frayne schöpfte neuen Mut, und Koten entwarf wirkungsvollere Gewänder. »Die Mystik des Ostens«, verkündete er, »gepaart mit dem Mittelalter des Westens.« Er schuf einen bemerkenswerten Umhang mit hohem Kragen, der Smith' vorspringenden Adamsapfel verhüllte.

Frayne hatte einen buddhistischen Spruch an seine Wand geheftet. »Aus Gutem muß Gutes entstehen, aus Bösem Böses. Das ist das Gesetz des Lebens.« Er und Naida wollten sich auf das Problem mit der Lehre stürzen.

»Er ist ein wunderbarer alter Mann«, sagte Naida plötzlich.

»Smith?« fragte Frayne leicht überrascht.

»Wirklich. Er hat eigentlich nie ein Interesse an der Religion gehabt. Er war seit Jahren nicht in der Kirche. Er ist aber sehr moralisch. Sie sollten ihn hören, wie er gegen das Spielen wettert. Religiös ist er jedoch sicher nicht. Würden Sie gerne wissen, warum er seine eigene Religion wollte?«

Frayne blickte sie sprachlos an.

»Er hat uns angesehen, daß wir in Schwierigkeiten waren, weil er nichts wollte. So hat er etwas gesagt, von dem er annahm, es würde uns eine Freude machen. Das ist seine Art. Was wir vorschlagen, er wird es gutheißen. Er wüßte nicht, was er mit einer Religion anfangen sollte, auch wenn er eine hätte.«

»Nun, er wird eine haben«, sagte Frayne finster. »Und es ist gleich, ob er gutheißt, was wir vorschlagen. Dieses Vorhaben muß vom Chef und den Lotteriedirektoren akzeptiert werden, und das werden sie nicht tun.«

»Aber Smith wird mit allem einverstanden sein, was wir sagen, und er wird sein Bestes tun«, fuhr Naida unbeirrt fort. »Also versuchen wir, den Chef und die Direktoren zufriedenzustellen.«

»Na schön«, erwiderte Frayne. »Versuchen wir es.«

Die beiden starrten den Wandspruch an.

Eine Woche mühten sie sich ab, eine vollkommene religiöse Lehre zu entwickeln, die von einem tiefen Ritus begleitet werden sollte und Prockly und den Direktoren gefallen mußte. Alles sah einfältig aus. Schließlich fegte Naida einen Stapel Papiere vom Schreibtisch und sagte: »Lassen wir doch den Chef und die Direktoren und versuchen wir, Smith zufriedenzustellen.«

Frayne entgegnete gereizt: »Ich denke, Sie sagten, ihm werde alles gefallen?«

»Freilich. Und wenn es ihm gefällt und er darauf besteht, dann müssen Chef und Direktoren mitziehen, nicht wahr?«

»Das nehme ich an, wenn es nicht zu wild ist.«

»Erinnern Sie sich an das Interview, das ich in St. Louis aufgenommen habe?« fragte sie. »In dem er Gott wie den Weihnachtsmann beschreibt?«

»Ich habe versucht, es zu vergessen.«

»Wie wäre es, wenn wir eine Schau aufziehen und Leute belohnen, die es wirklich verdienen; im Namen der Religion?«

Frayne blickte auf den Wandspruch. »Vielleicht wäre das etwas, ja«, meinte er nachdenklich. »Der Weihnachtsmann belohnt brave Kinder mit Geschenken und bestraft die bösen, indem er ihnen keine gibt.«

»Solange es Geschenke gibt, wird diese Religion äußerst beliebt sein. Wie lange wollen wir dafür sorgen, daß es Geschenke gibt?«

»Ich muß den Chef fragen.«

»Es gibt ein Problem«, gab Naida zu bedenken. »Wir können das Märchen vom Weihnachtsmann benutzen, nur den Weihnachtsmann selbst nicht, ganz gleich, was Smith möchte. Niemand wird mit einem Gott einverstanden sein, der einen dicken Bauch hat. Diese Vorstellung läßt nicht die Ehrfurcht entstehen, die einem Gott entgegenzubringen ist.«

»Wir verkleiden ihn. Er wird der Allbarmherzige sein. Der Geber aller Dinge, weil er der Schöpfer aller Dinge ist. Und anstelle der Belohnung in einem ungewissen Jenseits – sehr bequem, weil nicht beweisbar – vergilt *dieser* Gott Gutes mit Gutem, und zwar *jetzt.*«

»Solange es Geschenke gibt, wird das Land hingerissen sein«, sagte Naida.

Frayne nickte. »Mir gefällt das. Wir können Bargeld geben, wenn nötig, werden uns jedoch auf Waren und Pauschalreisen, oder was eben paßt, konzentrieren. Bevor wir weitermachen, brauchen wir Smith' Zustimmung.«

»Ihm wird's gefallen«, sagte Naida. »Er ist ein netter alter Mann.«

Es gefiel Smith. Frayne teilte ihm mit: »Wir haben eine Religion für Sie ausgearbeitet. Sie verteilen Geschenke an Leute, die gut sind, nicht nur an Weihnachten, sondern das ganze Jahr über. Möchten Sie das?«

Smith nickte glücklich.

Prockly war entsetzt. »Das wird ein Vermögen kosten!«

»Nein, Sir«, sagte ihm Frayne. »Eine Geschenkschau im Fernsehen gibt auch nur vier Leuten im Publikum etwas, und eine Religion der Geschenke muß nicht die gesamte Gemeinde belohnen, sondern bei jedem Treffen nur ein paar verdiente Mitglieder.«

Prockly überlegte einen Augenblick. »Nun, er ist der Gewinner der Abteilung S, und wenn er es so möchte – machen Sie einen Voranschlag über die Summen, die benötigt werden, um die Sache anlaufen zu lassen, und was pro Woche gebraucht wird. Ich werde die Direktoren fragen, wielange Sie die Sache laufen lassen wollen.«

»Durch die Religion wird auch ein bißchen Geld hereinkommen«, sagte Frayne.

»Wie?« wollte Prockly wissen.

»Bei Gottesdiensten wird gewöhnlich eine Kollekte gehalten.«

Frayne ging in sein Büro zurück und dachte über das nächste Problem nach: Alton Smith und seine piepsige Stimme. Er rief Harnon herein. »Smith muß reden«, sagte er ihm. »Nur herumstehen und zuschauen, würde ihm keinen Spaß machen. Versuchen Sie es mit einem Kehlkopfmikrophon. Lassen Sie ihn flüstern, oder brummen, oder leise reden, bis sich seine Stimme so verstärken läßt, daß sie würdevoll klingt.«

Frayne entdeckte ein verfallenes, unbenutztes Kino in einem heruntergekommenen, praktisch leeren Einkaufszentrum. Er zeigte es Smith. »Die verfügbaren Kirchen sind viel zu klein«, sagte er. »Hier sind tausend Sitzplätze. Das ist heute noch zuviel, aber wenn die Sache größer wird, muß nicht umgezogen werden. Ihre meisten Anhänger werden aus der Siedlung gegenüber kommen. Da gibt es viele Sozialfälle. Ist das so in Ordnung?«

»Ja«, erwiderte Smith leise, »in Ordnung.« Er sprach ohne Piepsen. Harnon hatte ihm beigebracht, leise in ein Mikrophon zu sprechen, und jetzt sprach er immer mit dieser Stimme. Wurde sie verstärkt, klang sie merkwürdig, aber äußerst eindrucksvoll.

Man stellte einen Hilfsgeistlichen an, einen arbeitslosen Schauspieler in mittleren Jahren, der Harvey Borne hieß und eine herrlich volle Stimme besaß. Smith sah freundlich zu, wie sich die vier, Frayne, Harnon, Naida Ainsley und Borne, daran machten, die Lehre der neuen Religion ins Praktische umzusetzen. Als erstes ließen sie alle neuen Namen für Gott fallen und verknüpften ihre Lehre fest mit der christlichen Bibel.

»Warum sollen wir uns die Mühe mit Predigten machen«, meinte Borne, »wenn in der Bibel unzählige fertige Predigten stehen?«

Man machte anscheinend endlich Fortschritte, und Frayne widmete sich den finanziellen Problemen. Als er das nächste Mal zu ihnen hereinsah, beugten sich die vier über ein riesiges Foto, das vom Vordach des alten Kinos gemacht worden war. Sie hatten TABERNAKEL DER SELIGEN daraufgemalt.

Frayne sagte angewidert: »Eine Kirche mit Vordach und Anzeigetafel?«

»Wenn es bei einem Kino geht, geht's bei einer Kirche auch«, erwiderte Harnon fröhlich. »Beide bieten eine Abendunterhaltung. Und in der Bibel heißt es doch, man soll sein Licht nicht unter den Scheffel stellen. Smith gefällt es so. Wenn man den Weihnachtsmann und Fernsehshows zum Vorbild hat, ist es sowieso nichts mit der Würde. Diese Religion soll ausgelassen und fröhlich sein. Zum Teufel mit der Würde. Stimmt's, Altie?«

Smith strahlte ihn an. »Genau, Ronnie.« Er erklärte in seiner neuen, gedämpften Sprechweise: »Fröhlich, so wollen wir es haben. Die Leute sollen freudig Geschenke in Empfang nehmen.«

Der neue Hilfsgeistliche zwinkerte Smith grinsend zu. Borne war ein herzhafter Mann mit üppigem Leib. Frayne vermutete, er sei arbeitslos, weil es so wenige Rollen für fette Männer gibt. Und er konnte ansteckend laut lachen. »Nur zu, Altie. Machen wir eine fröhliche Schau, in der viel passiert, und wir werden alle Rekorde brechen.«

»Eine Schau, bei der das Publikum mit einbezogen wird«, sagte Harnon.

»Nur zu«, nickte Borne. »Bei der Sache wird's mir ganz anders. Da werd' ich wieder zum Kind. Meine Mutter schickte mich in die Sonntagsschule, die ich nicht ausstehen konnte. Aber bei der Sache hier wird's mir ganz anders.« Er nahm ein Blatt Papier und las vor: »Ich war hungrig, und du gabst mir Speise. Ich war durstig, und du stilltest meinen Durst.« Er ließ das Blatt sinken und sagte: »Stark! Das ist ein Versprechen, und als Kind hab' ich das nie begriffen. Die Kirchen machen das Versprechen seit Jahrhunderten, und wenn sich jemand wundert, warum es nicht gehalten wird, reden die davon, was für ein köstlich Ding der Tod sei. Also das Leben ist viel köstlicher, und eine Religion, die ihre Anhänger zu Lebzeiten belohnt, wird eine Sensation sein.«

Smith strahlte.

»Ihre Predigten können Sie sich für die Gemeinde aufsparen«, erklärte Frayne.

Frayne ließ Naida Ainsley eine Werbekampagne durchführen. Während Studenten den Leuten geschickt gemachte Fragebogen vorlegten, die den Namen der Kirche bekannt machen sollten, sammelte Naida die Namen von Unglücklichen, auf die man während der Kampagne gestoßen war, und ließ sie unauffällig überprüfen. Die Bedürftigsten würden dann zur rechten Zeit in die Kirche gelockt und belohnt werden.

Vor dem umgebauten Kino leuchtete ein besonderes Schild zum erstenmal immer wieder auf. HEUTE ABEND GOTTESDIENST. Der Saal war zu drei Vierteln gefüllt. Das war eine beachtliche Besucherzahl am ersten Abend einer neuen Religion, und ein Erfolg von Naidas Öffentlichkeitsarbeit.

Hinten auf der Bühne, wo sich die Leinwand befunden hatte, war ein schwerer, doppelstöckiger Altar errichtet worden. Unten hielt Harvey Borne, flankiert von Orgel und Chor, seine Reden. Oben vollzog Alton Smith sein Ritual, sprach seine Segenswünsche aus und warf gelegentlich eine Erklärung ein, die vom Verstärker wunderbar wiedergegeben wurde. Unter dem ersten Altar befanden sich auf Bühnenebene Abteile mit Vorhängen, in denen die Segnungen eines gerechten Gottes auf ihre dramatische Enthüllung warteten.

Harvey Bornes wohltönende Stimme füllte den Saal mit der Predigt, die Harnon für ihn entworfen hatte. »Der Herr wird nicht zulassen, daß die Seele des Gerechten hungert . . .«

Smith sah auf seiner hohen Bühne freundlich und verehrungswürdig aus, wirkte durch seine mächtigen Gewänder aber auch ehrfurchtgebietend.

Dann kam der Höhepunkt, die Prozession der Seligen. Zu Füßen von Smith entfaltete sich eine Treppe, und er stieg langsam zur Bühne hinab, wobei er verkündete: »Selig sind, die da Leid tragen, denn sie sollen getröstet werden. Die Zeit des gerechten Gottes bricht an, und er wird Gutes belohnen und Übles bestrafen.«

Die Gemeinde ließ sich verblüfft auf die Gänge führen, wo jedem eine brennende Kerze gereicht wurde.

»Das Licht der Gerechten frohlockt«, rief Smith, »aber die Flammen der Bösen werden ausgelöscht werden.«

Die Gemeindemitglieder umklammerten ihre Symbole der Gerechtigkeit, füllten die äußeren Gänge und begannen langsam, den Altarraum zu umkreisen, gingen unter der Bühne und dem schweren Füllhorn in der Mitte durch, das sehr direkt die Wohltätigkeit des gerechten Gottes versinnbildlichte.

In diesem Gottesdienst war die Empore für die Öffentlichkeit geschlossen, und Frayne und Prockly saßen dort mit zwei Lotteriedirektoren und einer Menge von Lotteriebeamten und Angestellten von Prockly und Brannot. Über Kopfhörer konnten sie die Anweisungen mithören, die Harnon an Smith funkte. »Der kleine Junge mit der Krücke. Er ist rechts von Ihnen auf dem äußeren Gang. Er heißt Timothy Allen. Fangen Sie jetzt mit dem Gebet an.«

Smith stimmte an: »Oh, gerechter Gott, hast du heute abend jemanden hergeführt, dessen Güte noch nicht belohnt worden ist? Lenke meine Hand, oh, Gott der Gerechtigkeit, daß ich einem der vielen Gerechten dieser Erde ein Scherflein geben kann.« Er hob beide Arme. »Halt!«

Die Prozession blieb ängstlich stehen. Smith lief an der Reihe der neugierigen, verblüfften Gerechten entlang, zögerte, blickte hierhin und dorthin und griff dann zu. Er nahm einem kleinen Jungen mit Krücke die Kerze ab und hielt sie hoch.

»Timothy Allen«, rief Smith aus, »die Stunde der Belohnung ist da. Mit deinem lahmen Bein hast du Gänge für die erledigt, die schwächer als du sind, hast du anderen geholfen, wann immer du konntest, und du hast ohne Murren alles ertragen. Hier, Timothy Allen, der Anfang deines Glücks.«

Smith half dem verkrüppelten Kind auf die Bühne und führte

es vor die verhüllten Abteile. Er machte eine eindrucksvolle Pause und ließ dann einen Vorhang aufziehen. Ein Gehilfe schob ein blitzendes motorisiertes Rad mit Seitenwagen heraus.

Die Gemeinde war zuerst sprachlos. Viele der Leute kamen aus der Umgebung, waren arm wie Timothy und kannten ihn. Dann brach donnernder Applaus aus. Smith stellte Timothys Kerze auf einen Sims unterhalb des Altars, während zwei Helfer das Rad von der Bühne hoben. Timothy strömten die Tränen über das Gesicht, als er auf das Rad gestützt davonhumpelte. Harvey Borne fing ihn ab, hielt ihm ein Mikrophon hin, gratulierte ihm.

»Wieso kennt er mich?« platzte Timothy mit hoher Stimme heraus und zeigte auf Smith, der ihm gütig von der Bühne aus zulächelte.

»Ein gerechter Gott kennt dich«, sagte Borne und tätschelte ihm den Kopf.

Einen Augenblick später begann Smith auf Befehl Harnons einen neuen Segen anzustimmen.

Als die Reihe der Kerzen, die die belohnten Gerechten zurückließen, größer wurde, zeigte sich die Menge immer erregter. Manche der Geschenke waren Kleinigkeiten. Ein alter Mann, der alles Geld zusammenkratzte, um die Vögel im Winter zu füttern, erhielt einen Riesensack Futter und ein Fernglas, damit er seine gefiederten Freunde besser beobachten konnte. Er verließ die Bühne mit Glückstränen in den Augen. Ein älteres Ehepaar bekam Hörgeräte, ein anderes einen Fernsehapparat.

Am Ende kam ein Höhepunkt, der dem des Anfangs in nichts nachstand. Smith ergriff einen Mann in einem abgetragenen Anzug, einen Mann, der nur einen Arm hatte. »Jefferson Calder«, murmelte Smith. Aber diesmal gab der Vorhang ein scheinbar leeres Abteil frei. Leer bis auf den Gutschein, der Calder zum Erwerb eines künstlichen Armes berechtigte. Der Mann verließ die Bühne, umtost von einer Woge des Applauses, und umarmte mit einem Arm die weinende Frau und die Kinder. Wie Timothy Allen kannten ihn die meisten Leute als einen guten Mann, dem es schlecht ging, der sich aber nie beklagte. Ein Mann, der anderen half, wo er konnte.

Der Gottesdienst schloß glorreich mit einem Lied des Chores an den gerechten Gott, in dem ihm für die Schöpfung dieser reichen Erde gedankt wurde.

»Betet«, verkündete Borne mit voller Stimme, »aber bittet nicht für euch. Bittet, daß die Gerechten gesegnet werden, wo und wer sie sein mögen, und wenn ihr für euch betet, so bittet Gott nur, daß er euch die Kraft schenke, gerecht zu sein.«

Schließlich sprach Smith den Segen und lud alle ein, am nächsten Abend wiederzukommen.

Die Direktoren waren entzückt. Prockly strahlte zufrieden und wollte Frayne gratulieren. Der übersah ihn jedoch. Er hatte ein Mikrophon gepackt und knurrte hinein: »Was geht hier vor? Gottesdienste sollen nur zwei pro Woche stattfinden. Sonntags und mittwochs. Schluß. Mehr ist bei unserem Budget nicht drin.«

»Smith möchte täglich Gottesdienst halten«, antwortete die Stimme Harnons.

»Das hätten Sie unterbinden müssen.«

»Wie?« fragte Harnon. »Es ist seine Kirche. Er kann Gottesdienste abhalten, wann er will.«

»Er bekommt nicht einen Pfennig mehr, als eingeplant ist, und das reicht für zwei Gottesdienste in der Woche.«

»Wir glauben, wir können das Geld strecken, da der Anfang gemacht ist. Die Geschenke werden morgen um einiges billiger sein.«

Frayne zuckte die Achseln. »Wenn Smith es so will. Wieviel kam durch die Kollekte herein?«

»Ungefähr tausend Dollar.«

Frayne stieß einen Pfiff aus. »Kein Wunder, daß er täglich Gottesdienst halten will.«

Harnon verließ am nächsten Morgen Prockly und Brannot. Er erklärte, das Tabernakel der Seligen habe Zukunft, und er wolle bei Smith bleiben. Frayne ließ die Neuigkeit kalt. Seine Rolle beim Stapellauf von Smith' Religion war beendet.

Edmund Cahill fragte verärgert: »Sie meinen, Smith weigert sich, mitzumachen?«

»Es macht ihm mehr Spaß, religiöser Führer zu sein«, sagte Franklin.

»Nach all unseren Bemühungen, unseren Ausgaben –«

Franklin lachte leise. »Wir haben alles aufgezeichnet, was geschehen ist, und mehr Beweise brauchen wir nicht. Er kann uns nichts Neues sagen, und wenn er nicht mitmachen will, wird die Bloßstellung vielleicht noch wirkungsvoller.«

*

Etwa einen Monat später erschien Procklys fülliges Gesicht auf Fraynes Visafon. »Kommen Sie sofort her«, sagte Prockly. »Wir haben ein Problem.«

Frayne lief es eiskalt über den Rücken. »Smith?«

Prockly nickte. »Smith. So ein Problem haben Sie noch nicht erlebt. Sie kommen sofort!«

Bei Prockly waren vier Männer, die Frayne alle nicht kannte. Prockly stellte sie ihm vor: einen plumpen, rosigen Menschen mit dem unmöglichen Namen Benjamin Franklin; Edmund Cahill; einen schlanken, älteren Herrn, Charles Jaffner, der ihm als einziger die Hand schüttelte; und einen unscheinbaren Kerl namens John Ferguson.

»Das ist Walner Frayne«, sagte Prockly. »Der ist dafür verantwortlich.« Er wandte sich an Ferguson: »Informieren Sie ihn.«

Ferguson nahm einen Umschlag aus seiner Jackentasche, öffnete ihn und nahm Geldscheine heraus, Zwanzig- und Fünfzig-Dollar-Scheine. »Davon sind achtundvierzigtausendsiebenhundertfünfzig aufgetaucht«, sagte er. »Wir wissen nicht, wieviel im Umlauf ist. Die meisten dieser achtundvierzigtausend haben wir zum Tabernakel der Seligen zurückverfolgen können. Einige wurden bar ausgezahlt, das meiste jedoch zum Ankauf von Waren benutzt.«

»Falschgeld?« rief Frayne.

Ferguson gab ihm die Scheine, Frayne untersuchte sie und gab sie ihm kopfschüttelnd zurück. »Mir kommen die echt vor.«

»Sie sind echt«, sagte Ferguson. »Das Papier, die Farbe, die Zeichnung ist echt, und kein Experte der Welt könnte an diesen Scheinen etwas Falsches entdecken, wenn da nicht eine Sache wäre.«

»Welche?« fragte Frayne schwach.

»Die Seriennummern. Das einzige, was an den Scheinen nicht stimmt, ist die Tatsache, daß sie noch nicht gedruckt worden sind.«

Frayne glotzte ihn an. Prockly nahm ihn am Arm und führte ihn zu dem Mann, der Benjamin Franklin hieß. »Informieren Sie ihn«, sagte Prockly.

»Es war unser Einfall, die Lotterie zu benutzen, um eine Schwindelreligion zu schaffen«, begann Franklin. »Wir haben Smith eingesetzt, haben die Lotterie manipuliert, damit er Gewinner in der Abteilung S würde. Wir dachten, die Lotterie ruiniere die Wirtschaft; wir wollten sie deshalb vernichten, indem wir sie lächerlich machten. Aber *wir* haben uns lächerlich gemacht. Die Kirche von Smith ist zehnmal gefährlicher für die Wirtschaft als die Lotterie. Wissen Sie, wieviel Smith letzte Woche an Bargeld und Waren weggegeben hat?«

Frayne glotzte immer noch.

»Eine knappe Million Dollar«, sagte Franklin. »Er hält Gottesdienst in Schichten, vom frühen Morgen bis zum späten Abend. Er hat die angrenzenden Gebäude des alten Einkaufszentrums dazugenommen. Wir müssen das beenden.«

»Aber woher hat er das Geld?« fragte Frayne.

»Das würde der Geheimdienst auch gerne wissen«, erklärte Prockly. »Smith sagt, ein gerechter Gott sorgt für alles. Harnon ist der Kassenwart und sagt, er wüßte nichts. Smith sagt ihm, welche Geschenke am nächsten Tag benötigt werden, und Harnon sagt, es sei nicht genug Geld da, und Smith meint, er soll die Kollekte nehmen. Und die Kollekte bringt immer genug. Die Leute werfen ihre Spenden in das große Füllhorn, während sie mit Kerzen herumlaufen, und Harnon will uns weismachen, man hätte letzte Woche eine knappe Million hineingeworfen. Diese von Motten zerfressene Menge würde in hunderttausend Jahren keine Million zusammenkriegen, und wenn, würde sie sie nicht wegschenken.«

»Ich weiß nichts über gerechte Götter«, sagte Ferguson finster, »aber wenn einer auftauchen sollte, möchte ich wetten, daß er nicht als Falschmünzer erscheint.«

»Harnon sagt, er hätte auch daran gedacht«, meinte Prockly. »Er machte sich Sorgen, weil so viele neue Scheine in der Kollekte waren, aber die Bank versicherte ihm, sie seien echt. Smith sagt, das Geld eines gerechten Gottes muß echt sein.«

»Wenn man von den Seriennummern absieht«, murmelte Ferguson.

Die Tür ging auf, und Ron Harnon trat ein. »Smith und Borne sind auf dem Weg«, äußerte er. »Ich komme eher, weil ich Sie gerne etwas wissen lassen möchte.«

»Schön«, nickte Prockly. »Es gibt tatsächlich einige Dinge, die wir gern wissen würden.«

»Hören Sie.« Harnons Gesicht war bleich, und er wirkte äußerst ernst. »Wir hatten ein System, nach dem die Geschenke vergeben wurden. Wir ermittelten bedürftige Menschen und brachten sie in die Kirche. Ich wurde auf sie aufmerksam gemacht, behielt sie im Auge, und wenn einer von ihnen sich dem Altar näherte, gab ich Smith einen Hinweis und beschrieb ihm den Menschen, und Smith machte seine Geschichte, und der gerechte Gott führte ihn zum Gerechten. Das lief so ein paar Wochen lang. Keine Schnitzer. Dann lief Smith eines Abends direkt an der Frau vorbei, die wir für eine Waschmaschine vorgesehen hatten, und gab das Geschenk einer anderen. Ich dachte, wir hätten die Schau verdorben, bis sich herausstellte, daß die Frau, die er ausgewählt hatte, bedürftiger war. Das ging so weiter. Meistens lief er an den Leuten, die wir überprüft hatten, vorbei und traf seine eigene Wahl, und die war immer die bessere. Als wir ihn fragten, sagte er, ein gerechter Gott führe ihn zu den Gerechten. Wir hörten also mit den Überprüfungen auf. Smith sagt uns jetzt, was wir für den nächsten Tag kaufen sollen. Er weiß, wer kommen wird, und was er ihnen geben will. Und das Geld dafür ist immer in der Kollekte. Wenn dafür der Gerechte Gott nicht verantwortlich ist, wer dann?«

Franklin murmelte: »Der Betrieb läuft raffinierter, als wir gedacht haben. Irgend jemand gibt ihm Hinweise.«

»Das ist ohne mein Wissen unmöglich«, sagte Harnon leidenschaftlich. Dann lächelte er. »Es sei denn, ein gerechter Gott sagt ihm, was zu tun ist.«

Prockly brüllte: »Wollen Sie damit sagen, Sie glauben –«

Alton Smith trat ein, gefolgt von Harvey Borne.

»Frieden, Brüder«, sagte Borne und lächelte gütig.

Frayne starrte Alton Smith an. Er war nicht mehr der kleine Mann, dem Prockly und Brannot Gewand und Perücke verpaßt hatten. Er hatte Vertrauen und innere Haltung gewonnen. Er sah aus wie einer, der zu führen verstand. Wenn er lächelte, dann war er nicht mehr der Niemand, der gefallen wollte. Er hatte das Lächeln eines Mannes, der sicher war, daß ihm die anderen zustimmen werden.

Als er sich mit wirbelnden Gewändern in die Mitte des Raumes stellte, fragte Prockly: »Woher bekommen Sie das Geld?«

Smith lächelte und schwieg.

Borne pflanzte sich neben Smith auf. »Hören Sie mal«, sagte er zu Prockly, »die Menschen haben den Einen Gott der Juden und Christen jahrtausendelang angebetet, und je mehr sie diesen Glauben verkündeten, desto weniger glaubten sie an ihn. ›Die Gerechten sollen das Erdreich besitzen. Was einer Gutes tut, das soll ihm vom Herrn wieder kommen‹.« Borne klatschte in die Hände. »Immer wieder bringt die Bibel diese Botschaft. Und worüber haben unsere heuchlerischen Kirchen jahrhundertelang geredet? Über Fegefeuer, Ablaß, den Himmel und die Belohnung nach dem

Tode. Im Tabernakel der Seligen, meine Brüder, glauben wir von Herzen an einen gerechten Gott. Nach all diesen nutzlosen Jahrhunderten ist der Gerechte Gott so erfreut, eine Gemeinschaft zu sehen, die treu glaubt, daß er unsere Rechtschaffenheit verschwenderisch belohnt. Gesellt Euch zu uns, meine Brüder, und wenn Ihr gerecht seid, werdet Ihr den Lohn erhalten.«

Smith machte eine Geste, und Borne unterbrach sich und sah ihn ehrfurchtvoll an.

Smith' leise Stimme klang in dem stillen Raum wie Donner: »Es gibt einen Gerechten Gott, und Alton Smith ist sein Prophet.«

Er schritt zum Ausgang, eine aufrechte Gestalt, und Borne und Harnon folgten ihm.

Franklin wandte sich wütend an Ferguson: »Haben Sie nicht genug in der Hand, um ihn verhaften zu lassen?«

»Zu einer Verhaftung reicht es vielleicht, aber verurteilt wird er nie werden. Wenn Falschgeld in die Kollekte getan wird, kann man das nicht dem Geistlichen vorwerfen. Daß er es ausgibt, kann man ihm auch nicht vorwerfen, da ihm seine Bank sagt, es sei nicht gefälscht.«

»Wir müssen ihn dazu bringen, daß er schließt«, sagte Franklin. »Er stellt zumindest ein öffentliches Ärgernis dar. Wir fahren sofort hin. Ich bringe den Polizeichef mit. Wir finden etwas, das für eine Anklage reicht.«

Die vier, Ferguson, Franklin, Cahill und Jaffner, eilten davon. Prockly ließ sich in einen Sessel fallen und blieb einen Augenblick gedankenverloren sitzen. »Wie sehen Sie die Sache?« fragte er schließlich Frayne.

»Ich weiß nicht, was ich sagen soll«, antwortete dieser.

»Ziemlich deutlich, nicht wahr? Diese drei wollten Smith dazu benutzen, die Lotterie durch Lächerlichkeit zu erledigen. Die Lotteriedirektoren kamen dahinter und benutzten nun ihrerseits Smith, Franklin und seine Freunde der Lächerlichkeit preiszugeben. Es wird schon lange gefragt, was mit all dem Geld der Lotterie geschieht. Ein hübscher Teil davon floß wahrscheinlich in einen hübschen Sparstrumpf, damit man auf Notfälle wie diesen vorbereitet ist.«

»Möglich«, pflichtete ihm Frayne bei. »Aber die Direktoren hätten in ihrem Sparstrumpf keine Geldscheine, die noch gar nicht gedruckt wurden.«

»Die brauchen nur ein paar Leute in der Münze zu bestechen.«

Sie blickten sich ungewiß an. »Uns geht das nichts an«, sagte

Prockly nach kurzem Nachdenken. »Prockly und Brannot hatten einen Vertrag, und die Direktoren waren mit allem einverstanden, was wir taten. Trotzdem meine ich, wir sollten hinfahren und nachsehen, was passiert. Und wir sollten die Direktoren benachrichtigen. Wenn sie hinter Smith stehen, sehen sie, daß wir auf Draht sind. Wenn nicht, dann wollen sie bestimmt wissen, was vor sich geht.«

Das ganze Tabernakel der Seligen war von Smith' Riesengemeinde umgeben, und Prockly und Frayne konnten sich ihm nicht nähern. Als sie hilflos dastanden und auf die geduldig weiterrückende Menschenmasse blickten, tauchte Harnon neben ihnen auf. »Smith sagte, Sie würden kommen«, teilte er ihnen mit und reichte sie nüchtern an zwei stämmige Aufseher weiter, die ihnen einen Weg durch die Menge bahnten. Am Eingang wurden sie von einem Platzanweiser begrüßt und zu reservierten Plätzen geführt. Franklin, Ferguson und Genossen saßen schon mit dem Polizeichef da. Frayne blickte sich um und entdeckte zwei Lotteriedirektoren. Der Gottesdienst hatte begonnen.

Smith stand mit ausgebreiteten Armen auf seiner hohen Kanzel. Man hatte die Beleuchtung geändert, oder vielleicht bildete sich Frayne auch nur ein, daß ihn eine Wolke von Licht umgab. Bornes klangvolle Stimme machte zeitlose Musik aus der ewigen Botschaft der Bibel. »So sagt der Herr, unser Gott, ich will dir Gleiches mit Gleichem vergelten.« Und dann, als Smith zur Bühne herabstieg, fing die Prozession der Seligen an.

»Das Licht der Gerechten frohlockt, aber die Flammen der Bösen werden ausgelöscht werden.«

Die Gemeinde drängte eifrig zu den äußeren Gängen, wo Aufseher die Kerzen verteilten. Frayne sah zu und war eigentümlich bewegt. Ein gerechter Gott.

Er blinzelte verblüfft, da Franklin, Ferguson, der Polizeichef, Cahill, Jaffner und selbst die beiden Lotteriedirektoren andächtig mit gesenkten Häuptern in der Prozession mitgingen und mit hohlen Händen ihre flackernden Flammen schützten, als hinge ihr Leben von ihnen ab. Frayne wollte Prockly auf sie aufmerksam machen, aber der war schon auf seinem Weg in den Gang.

Frayne warf wieder einen Blick auf Alton Smith, den strahlenden Propheten des Gerechten Gottes, und dann ging er selbst auf den Gang hinaus und beeilte sich, Anschluß an die Prozession zu gewinnen.